ティアムーン帝国物語 XIII

断頭台から始まる、姫の転生逆転ストーリー

WRITTEN BY
NOZOMU
MOCHITSUKI

餅月

サンクランド王国
SUNKLAND KINGDOM
王都
騎馬王国
KINGDOM OF CAVALRY
セントノエル学園
公都
ノエリージュ湖
王都
聖ヴェールガ公国
PRINCIPALITY OF SAINT VEIRGA
レムノ王国
REMNO KINGDOM
辺土
N
未開地
Map by. 冒険姫ベル

Tearmoon Empire Story World Map
ギルデン
辺土伯領
未開地
ティアムーン帝国
Tearmoon Empire
新月地区
帝都
ガヌドス港湾国
Ganudos
Port Country
初期帝国領土
（中央貴族領地群）
ガレリア海
セイレント
静海の森
ルドルフォン
辺土伯領
ペルージャン農業国
Perugian
Agricultural country

contents

第五部　皇女の休日Ⅱ

第六部 馬夏(まなつ)の青星夜(よ)の満月夢(ゆめ)Ⅰ

イラスト――Gilse
デザイン――名和田耕平デザイン事務所

CHARACTERS

ティアムーン帝国

パトリシア

ベルと一緒に
現れた少女。

孫と祖母

ミーア

主人公。
帝国唯一の皇女で
元わがまま姫。
が、実はただの小心者。
革命が起きて処刑されたが、
12歳に逆転転生（タイムリープ）した。
ギロチン回避に成功するも
ベルが現れ……!?

ミーアベル

首を矢で穿たれ、
光の粒となって消えたが、
成長した姿で
再び現れた。

四大公爵家

ルヴィ

レッド
ムーン家の
令嬢。
男装の麗人。

シュトリナ

イエロームーン家の
一人娘。
ベルにできた
初めての友人。

エメラルダ

グリーン
ムーン家の令嬢。
自称ミーアの
親友。

サフィアス

ブルームーン家の
長男。
ミーアにより
生徒会入りした。

ルードヴィッヒ

少壮の文官。毒舌。
地方に飛ばされかけた所を
ミーアに救われる。ミーアを
女帝にしようと考えている。

アンヌ

ミーアの専属メイド。
実家は貧しい商家。
前世でもミーアを助けた。
ミーアの腹心。

仇敵

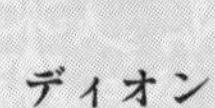

ディオン

百人隊の隊長で、
帝国最強の騎士。
前の時間軸で
ミーアを処刑した人物。

※——— 未来の時間軸での関係性

※……… 前の時間軸での関係性

仇敵

ルドルフォン辺土伯家

セロ

ティオーナの弟。優秀。
寒さに強い
小麦を開発した。

ティオーナ

辺土伯家の長女。
ミーアを慕っている。前の
時間軸では革命軍を主導。

助力

サンクランド王国

キースウッド

シオン王子の従者。
皮肉屋だが、
腕が立つ。

シオン

第一王子。文武両道の天才。
前の時間軸ではティオーナ
を助け、後に断罪王と
恐れられたミーアの仇敵。
今世ではミーアを
「帝国の叡智」と認めている。

［風鴉（かざがらす）］サンクランド王国の諜報隊。

［白鴉（はくあ）］ある計画のために、風鴉内に作られたチーム

聖ヴェールガ公国

支援

ラフィーナ

公爵令嬢。セントノエル学園の実質的な
支配者。前の時間軸ではシオンと
ティオーナを裏から支えた。
必要とあらば笑顔で人を殺せる。

［セントノエル学園］

近隣諸国の王侯貴族の子弟が
集められた超エリート校。

レムノ王国

アベル

王国の第二王子。前の時間軸
では希代のプレイボーイとして
知られた。今世では、
ミーアに出会ったことで
真面目に剣の腕を磨いている。

［フォークロード商会］クロエ

いくつかの国をまたぐ
フォークロード商会の一人娘。
ミーアの学友で読書仲間。

混沌の蛇

聖ヴェールガ公国や中央正教会に仇なし、世界を混乱に陥れようとする破壊者の集団。歴史の裏で暗躍するが、詳細は不明。

ティアムーン帝国

ニーナ
エメラルダの専属メイド。

バルタザル
ルードヴィッヒの
兄弟弟子。

ジルベール
ルードヴィッヒの
兄弟弟子。

ムスタ
ティアムーン帝国の
宮廷料理長。

エリス
アンヌの妹で、
リトシュタイン家の次女。
ミーアのお抱え小説家。

リオラ
ティオーナのメイド。
森林の少数民族
ルールー族の出身。弓の名手。

バノス
ディオンの副官で、
ティアムーン帝国軍の
百人隊の副隊長。
大男。

マティアス
ミーアの父。
ティアムーン帝国の皇帝。
娘を溺愛している。

アデライード
ミーアの母親。故人。

ガルヴ
ルードヴィッヒの師匠の
老賢者。

ルドルフォン辺土伯
ティオーナとセロの父親。

騎馬王国

馬龍（マーロン）
ミーアの先輩。
馬術部の部長。

慧馬（エマ）
火族の末裔。
ミーアのお友達。

荒嵐（コウラン）
月兎馬（つきとば）。ミーアの愛馬。

サンクランド王国

モニカ
白鴉の一員。レムノ王国に
アベル付きの従者として潜入していた。

グレアム
白鴉の一員。モニカの上司に当たる男。

商人

マルコ
クロエの父親。フォークロード商会の長。

シャローク
大陸の各国に様々な商品を卸している大商人。

レムノ王国

リンシャ
レムノ王国の没落貴族の娘。
ラフィーナのメイドとして働きながら、
セントノエル学園で学業に勤しんでいる。

ペルージャン農業国

ラーニャ
ペルージャン農業国の第三王女。ミーアの学友。

アーシャ
ラーニャの姉で、ペルージャン農業国の第二王女。

STORY

わがまま姫して革命軍に処刑されたとティアムーン帝国の皇女ミーアは、
血濡れの日記帳とともに12歳の自分へと時間遡行（タイムループ）! 何とかギロチンの運命を回避するも、
未来からきた孫娘・ベルに帝国の崩壊を知らされることに。
暗躍する『混沌の蛇』との戦いでついに彼女を失うも——
成長したベルが謎の幼女と共に再び現れて!?

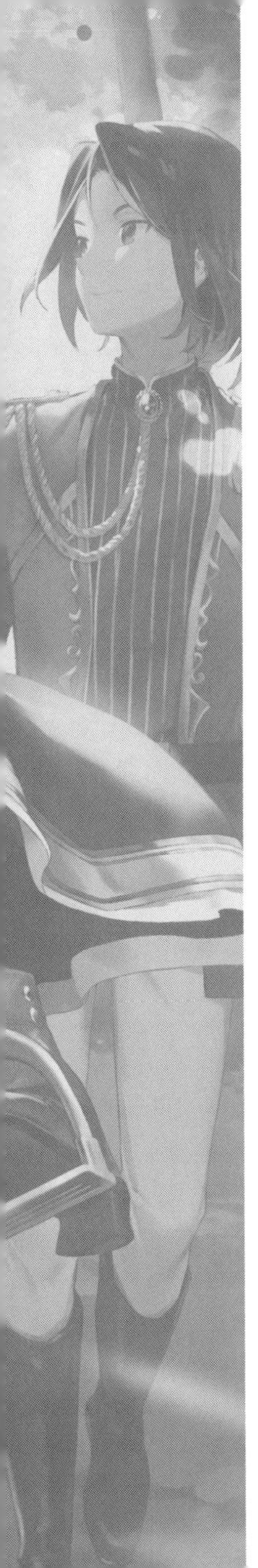

第五部　皇女の休日Ⅱ

PRINCESS' HOLIDAY

プロローグ

「わたくしたちは、忘れるべきではありませんわ。美味しいディナーを食べた後には、美味しいデザートが待っているということ。腕の良い料理人のデザートは、ディナーと同じぐらい美味しいもの。いえ、それどころか、デザートのケーキのほうが主役であることすら、往々にしてあり得ますわ。ゆえに、油断してはいけませんわ。ディナーに全力を出し、デザートに気を抜くのは、愚かなことですわ」

帝国の叡智、女帝ミーア・ルーナ・ティアムーンは、夕食会の席で、黄月トマトのシチューを三杯お代わりした後に自らの子どもたちにこのような言葉を語った……と、歴史書は綴っている。

それは、為政者としての大切な心がけ。一つの問題が片付いたからといって、決して気を抜いてはいけないということ。むしろ、より大きな問題、根源的な問題は、一つの問題を解決した後にこそ明らかになるものだ、ということを教えるために語られた言葉だと、ミーアの忠臣、ルードヴィッヒは解説したという。

「ミーアさまは、かつて、仰っておられた。腕の良い料理人は神のようなものだ、と。ふふ、おそらくは言い間違いであろう。ミーアさまは、おそらく、こう仰りたかったのだ。運命を司る我らの神は、時に、腕の良い料理人のように振る舞われる、と」

そのように、楽しげに朗らかに語ったというが……。

はたして、その真意がどこにあったのか……それは定かではない。定かではないが、少なくともこの日のミーアは、その警句を必要としていたといえるだろう。

この日……セントノエル学園、大聖堂にて。

特別初等部の子どもたちを守るため、大聖堂での演説を終えた瞬間のミーアは油断していた。油断しきっていた！

そう、まさにミーアは、豪勢なディナーを食べ終えて、心の底から満足しきったような状態にあったのだ。

確認するように会場内を見回して、ホッと安堵の息を吐く。

途中で「あら？ ベルとリーナさん、まだ来ておりませんのね」などと、気付きはしたものの、まぁ！ いっか！ と華麗にスルーしつつ。

――どうやら、上手くいったようですわね……。

などと、胸を撫でおろしていたのだ。

おそらく、特別初等部のことで、まだ不満を持つ者もいるにはいるだろうが……、大多数の者たちの顔には納得の色が見えた。それだけで十分な戦果といえるだろう。

だから、戦装束であるメガネを取って、肩の力を抜いてしまっても無理からぬことだったかもしれない。

されど、特大の……メインのデザートというのは、食べる人間が油断した時に運ばれてくるものなのだ。

「ミーアさん……。犯人が動いたわ」

「…………はぇ？」

……事件は静かに、解決へと向かって動きだした。

第一話　ベルはとても潔い

「あ……ぁっ……」

バルバラを見た瞬間、シュトリナは雷に打たれたように体を硬直させる。

ぱくぱく、と口を開け閉めするが、そこから言葉が発せられることはなかった……。

「あら、そんな風に大口を開けてはしたない。ふふふ、もっと近くでお顔を見せてください」

小窓から、にゅっと腕が出た。

それを見て、反射的に一歩、二歩と下がるシュトリナ。

「おやおや、髪が少し傷んでいますね。ろくなメイドをつけていないのでは？　ああ、それとも、新しいメイドはつけていないとか？　他人に髪をいじられると私を思い出して怖いから、その髪もご自分で手入れをしているのではありませんか？」

　ねっとりとした笑みを浮かべるバルバラに、シュトリナは真っ青な顔で、さらに後ろに下がろうとして……。

「リーナちゃんは、将来、ボクの髪を手入れしてくれる時のために、練習してくれてるんですよ？」

　静かな、けれど、力強い声が響いた。

「リーナちゃん、階段、気をつけてくださいね。落ちたらケガしちゃうかもしれません」

　その声に、シュトリナはハッとした顔をする。それから、ゆっくりと振り返ると……いつの間にか、階段の際までやってきていた。これ以上、下がると、ベルの言うとおり落ちてしまっていただろう。

　相手の心の傷を抉（えぐ）り、誘導する。それが蛇の手口……。口車に乗せられて、危うく階段から落ちそうになったことに、シュトリナは悔しげに歯を食いしばる。

「あら？　ふふふ、そちらにも懐かしい顔がございますね」

　一方、バルバラは、ぎょろりとベルに目を向けて、不愉快そうに顔を歪めた。

「やれやれ、巫女（みこ）姫が殺したなどと聞いておりましたけれど、生きているではないですか。まぁ、あれも元王女。そこまで期待をするべきでもなかったのでしょうね……。あなたと同じですよ、シュトリナお嬢さま」

「リーナちゃんは、ボクの友だちです。我が友を愚弄することは許しません」

強い声で言うベルに、バルバラは若干あきれ顔で……。

「許さない、でございますか？　以前も思いましたが……あなたは少し危機感というものを持ったほうがいいのでは？　ご自分が囚われの身であることを理解しているの……？」

「……へ？　あ……」

と、ベルもそこで思い出す。

自身の腕をガッチリ固めて、動けなくしている者の存在のこと……。背後に立つユリウスのことを。

一瞬、これは、もしや……アレを使う時なのではないか？　という思いが頭に浮かぶ。あの、嫌な男の子をやっちまえ……とミーアお祖母さまから教わった、アノ、禁断の技を……っ！

——今が、その時かもしれない！

ベルは、ふんっと、勇ましく鼻息を吐き……。

——あれ、でも、これ、どうやって蹴るんだろう……？

大きな疑問にぶち当たる。

後ろから腕をひねられた状態から、必殺のキックを放てるものなのだろうか……。

しばし黙考、いくつかの未来を想像し……結論はすぐに出る。

——無理っぽいかな……？

ベルは早々に諦める。自力での脱出は無理である、と。

潔い姿勢には定評のあるベルである。特に、その潔さは勉学の分野で発揮され、しばしば、宰相ルードヴィッヒの悩みの種になったりしたのだが……まぁ、それはともかく。

ベルは、改めて、ユリウスを見上げる。

「ユリウス先生、あなたが銀の祭具を盗んだ犯人だったんですか？」

とりあえず、ユリウスがなにか行動に移らないよう、会話で繋ぐ。

時間稼ぎは大事なことだ。入り口の肖像画を外してきたことで、異変が起きていることに誰かが気付くかもしれないし。それに、先ほどから一切声を出さずに、わざと存在感を消しているらしいシュトリナが何か手を打ってくれるかもしれないし。それに……。

――ミーアお祖母さまが、ボクたちの不在をおかしく思わないはずがない！　きっと気付いて、なにか手を打ってくれるはずです。

……ベルたちが遅れてるけど、まぁいいかー！　と、ミーアが思っていたなどとは、夢にも思わないベルである。現実は残酷なのだ。

ともあれ、圧倒的に周りに味方が多いこの状況。時間さえ稼げば、状況が好転する可能性は大いにある。

ということで……自身で無茶をすることもない、と、すっぱり諦めるベルであった。

割り切りは、とても大事なこと。

算術が苦手なら、やらなくていいじゃない？　嫌なら、ちょっとぐらいサボってもいいじゃない？　別の得意なことを伸ばせばいいじゃない？　例えば、乗馬とか、利き甘味とか……そういうのを伸ばせばいいじゃない。

そう主張したいベルである！

……まぁ、実際にそれをやったら怒られるだろうから、口には出さないが。

さて、ベルに問いかけられた瞬間、ユリウスはぴくん、と体を硬直させる。

しばし、呆然とバルバラのほうを見つめていたが……。

「ああ……ええ。ええ、そうですね。私の部屋に隠してありますから、捜せばすぐに見つかると思いますよ」

あっさりと自白する。

「それは、バルバラさんを助けるためですか？」

「んー、それは、どうでしょう……」

今度は、微妙な返事だ。

「この島から、彼女を連れ出すのは、とても難しいことだと思いますよ。少なくとも私には、その方法は思いつかないですね」

ユリウスは苦笑いを浮かべる。

「正直、荒事も得意じゃないし……できることといえば、このぐらいで……」

「あはは。そこのあなた、なかなか見どころがありますよ」

彼の言葉を聞いて、バルバラは楽しそうに笑った。

「そう。同じ蛇だからといって助けるなど無駄なこと。我々が考えるべきは、いかにして、相手にダメージを与えるか。さぁ、その小娘を殺しなさい。そうすれば、皇女ミーアと、そこのシュトリナお嬢さまに深刻なダメージを与えられる。効果的に彼女たちを歪められるでしょう」

バルバラは歪んだ笑みを浮かべて言う。けれど、

「そんなことはしませんよ」

ユリウスは、どこか悲しそうな顔で首を振る。

「もう……私の希望は叶(かな)いましたから」

バルバラが怪訝(けげん)そうな顔をした、直後のことだった。

「は……？　何を言っているのですか？　あなたは……」

「そこまでにしていただきましょうか」

厳粛な声。同時に、やってきたのは、数名の男たちだった。

その先頭に立っていたのは、ラフィーナの忠臣たる初老の男で……。

「サンテリ・バンドラー殿。確か、島の警備を担当されている方でしたね」

「この島を訪れた際に、ご挨拶(あいさつ)させていただきましたな、ユリウス殿」

「見張りを立てなかったのも、あなたが？」

「ラフィーナさまの指示です。下手に暴れられて生徒に被害が及ばぬように。ここにおびき寄せて捕らえたほうがよい、と。計算外にお二方が巻き込まれてしまいましたが……」

サンテリの視線を受けて、ユリウスは、ベルを解放する。

「なにをしているのです？　人質を放すなどと……」

バルバラの焦ったような声が聞こえたが、それには答えず、ユリウスはサンテリのほうを見た。

「愚かなことをしましたな」

厳しい顔をするサンテリにユリウスは肩をすくめてみせた。

「手にしているすべてを失ってでも成し遂げたいことというのが、人にはあるのではないですか？　感謝しますよ。見張りを立てずにいてくれたこと……ここまで入ることを許してくれたことを……」

それからユリウスは、改めてバルバラのほうに目を向けて、深々と頭を下げた。

第二話　おこがましい！

「ゆっ、ユリウス先生が……？　そんな」

全校集会が終わってすぐに、ミーアはラフィーナから呼び出しを受けた。それは、生徒会の他のメンバーも同じだった。

そうして、生徒会室に入って早々に告げられた事実。それは、祭具を盗んだのがユリウスであったということだった。

「でも、どうしてユリウス先生がそのようなこと……」

思わず、つぶやくミーアである。同時にミーアの頭に思い浮かんだこと……それは……。

――ユリウス先生は……確か、帝国出身だったはずですわ……！

事の責任を、帝国に遠い位置に押しやったはずなのに……気付けばすぐそばに、責任の二文字が迫ってきていた。

さすがに子どもたちと同じ理屈は適用されないだろうが……それでも、ずぅんっと暗い顔をするミーアである。

「ショックなのは、わかるわ。私もとてもショックだった」

沈んだミーアの表情を見て、ラフィーナも悲しそうな顔をする。

「でも……」

っと、言葉を続けようとしたところで、ノックの音が聞こえた。

「続きは、本人を交えてしましょうか」

扉が開き、入ってきたのはユリウスと……ベルとシュトリナだった。

「あら？　どうして二人が一緒に……？」

首を傾げるミーアに、ふふん！　と得意げな顔をするベル。さも「ボクが捕まえました！」みたいな顔をするベルである……実におこがましい！

そして、無論のことながら、ミーアは、ベルが捕まえたなどという可能性を考えない。

帝国の叡智は騙されない。シュトリナならばともかく、ベルが捕まえた？　あり得ない！

一方で、ユリウスのほうは、といえば、こちらも、いつもと変わらない穏やかな顔をしていた。

それは、状況にそぐわない表情、まるで、お茶会に呼ばれでもしたかのような、落ち着いた表情だった。

「ユリウスさん、お聞きしたいことがあって来ていただいたの。少しいいかしら？」

ラフィーナの問いかけにも、ユリウスは表情を崩すことはない。

「さて……。今さら、私に聞くことなどないと思いますが……」

諦めているのか、慌てるでもなく、悔しがるでもなく……。あくまでも落ち着いた声で、彼は言った。が……。

「あなたが銀の大皿を盗んだことは、すでにわかっているわ。あなたの部屋から出てきたし、おそらく、あなたも否定はしないのでしょう？」

「ええ……。盗まれたものが見つかってしまったのであれば、私としても見苦しく言い逃れをするような真似は……」

「もしかして、わざとではないかしら？」

ラフィーナは、彼の顔を覗き込むようにして言った。

「わざと……？　なにがでしょうか？」

「あなたが盗んだという証拠が見つかるようにしていたこと……。あなたが犯人だと、私たちに示すために、わざとわかりやすくしていたんじゃないかしら？」

「ははは。わざとそんなことをする意味がどこに？」

おかしげに笑うユリウスだったが……ラフィーナは取り合わずに、真面目な顔をしていた。

「意味はあるわ。子どもたちを守るため。あなたの経歴のすべてが、嘘だとは思えないから」

そう言って、ラフィーナは羊皮紙の束を彼の前に置いた。

「あなたが、子どもたちを大切にし、孤児たちに教育することを熱心に考えていたことがよくわかる」

「……ははは。よくできた経歴でしょう？　蛇に用意してもらいました。ヴェールガ公国の目を欺(あざむ)くなんて、やっぱり我ら蛇のほうが上手……」

「もっと軽いものを盗んでもよかったのに、わざと重たい銀の大皿を選んだ。子どもが盗むのに、あの大皿は明らかに不自然。それをわからせるために、あえて、あれを選んだ。そうでなければ、ミーアさんだって、あんなふうに堂々と子どもたちを信じるとは言えなかった」

――んっ？

一瞬、なにか誤解が混じったような気がしないでもなかったが……グッと飲み込み、ミーアは、うんうん！　と頷いておいた。

さも「わたくし、すべてわかっておりましたわ！」という顔で……実におこがましい！

「自らの希望を叶えるために、できるだけ子どもたちに被害が及ばないようにした。そうではなくって？」

蛇ならば、子どもたちに疑いがかかるようにして、もっと事態をかき回してもおかしくはなかった。生徒会と学生たちの間を分断するよう立ち回り、秩序を破壊することだってできたはずだった。だが、彼はそうしなかった……。ただ、わずかにできた隙を突くように、バルバラのもとに向かっただけだった。

そのやり方は、拙(つたな)く……蛇の綿密さからも、悪質さからも程遠い。

「人が好いですね。聖女ラフィーナ……。あなたも、ミーア姫殿下も実に人が好い。こんなことなら、ここまであからさまにする必要はなかったかな……」

ユリウスは、小さく肩をすくめて、ミーアのほうを見た。

「……あなたたちが特別なのかな？　それとも、私が知っている連中がたまたまクズばかりだった。そういうことなのだろうか？」

ユリウスは小さく首を振ってから、

「私は蛇……。世の秩序を憎み、あなたたちとは相いれぬ存在……。そういうことに、しておいてはいただけませんか？」

「そうして、バルバラさんと同じ場所に収監される……それが望みかしら？」

ラフィーナは、一度、言葉を切ってから、ユリウスの目を見つめる。

「ユリウスさん、あなたのことを調べさせていただいたわ。あなたは、バルバラさんの子ども……よね？」

ラフィーナの問いかけに、ミーアは、ぽっかーんと口を開けた。

――はぇ？　なっ、なにを言っているのかしら？　ラフィーナさま……。バルバラさんの子どもはすでに亡くなっているはずでは……？

頭の中を？？？で埋めるミーアを尻目に、ラフィーナの話は続く。

「そして、あなたの復讐は……すでに終わっている。家を没落させること。子爵家を堕とすことで、すでに、あなたの復讐は終わっていた。そして、残りの人生をあなたは……不幸な子どもたちのために使おうとした。自分と似た境遇の子どもたちのために使おうと思った……。そうではないかしら？」

「なるほど、すべてお見通しということですか」

ユリウスは苦笑いを浮かべて、首を振った。

「未練がましい男と……笑ってくださっても結構なのですがね……」

深い、深いため息とともに、彼は言った。

「別に一緒に収監されようだとか、処刑されたいだとか、そこまでは考えていなかったんです。ただ……一目会いたかった。そのチャンスが今だけしかないのだと、そう思ったら……立ち止まることができなかった。それだけなのです」

そうして、彼は話しだす。彼の身に、なにが起きたのか、を。

第三話　ユリウスの過去

「ご指摘のとおり、あそこに閉じこめられている女性は、私の母です」

その言葉に、ミーアは目を白黒させる。

――どういうことかしら……？　バルバラさんは、やっぱり嘘を吐いていた？

うーむむ、っと唸るミーア。先ほどの全校集会で酷使された頭からは、早くもモクモクと煙が上がりつつあった。っと、その時だった。

「みなさん、あの……とりあえず、甘いものでも食べて少し落ち着きませんか？」

ラーニャとアンヌが、マカロンをのせたお皿を持ってきてくれた。

――おお、ご褒美がやってきましたわ！

ミーアは笑みを弾けさせる。

それは、一般的なお茶菓子に用いられる、普通のマカロンだった。

ミーアが妄想をたくましくして、思い描いたような、超豪華ケーキとは程遠いものではあったが……、甘いものに貴賤なし！

豪華なケーキであれ、一枚のクッキーであれ、甘いものはミーアを幸せにする。地下牢で、甘いものの魔法によって救われたミーアは、そのありがたみをよく知っているのだ。

……甘いものならばなんでもいいのね？　などと言ってはいけない……いけない！

ともあれ、口の中を幸せでいっぱいにしながら、ミーアは考える。

――それにしても、ユリウスさんがバルバラさんの子ども……。まぁ、バルバラさんのことですから嘘を吐いていたとしても、不思議はございませんわ。

なにしろバルバラは、ミーアが知るところ実に蛇らしい思考の持ち主だ。自分の目的のためならば、嘘を吐くことだって厭わないだろう。

それは、まぁ、そうなのだが……。

――けれど、なんだか、引っかかりますわ。あの時のバルバラさんの表情……。

ミーアとアベルに過去を語ったあの時の顔……。あれが嘘だとはとても思えなくって……。

――ということは、バルバラさんが騙されていた？　でも……うーん……。

それも、なんだかあり得ないことのように、ミーアには思えたのだ。

あのバルバラが騙される？　そんなことが、はたしてあり得るだろうか？

うんうん考えつつ、さくさくマカロンを食べ進めていくミーア。

その横で、ユリウスの話はゆっくりと進んでいく。

「みなさんにとっては意外なことかもしれませんが、あの人は……母は普通の人でした。貧しい中で、幼い私に愛情を注ぎ、育ててくれた」

彼の口から語られるのは、蛇に堕ちる前のバルバラの姿。貴族の子どもを身ごもった召使いの女性が、追い出された先でも懸命に生活を営もうとした、そんな風景だった。

「転機が訪れたのは、私が七歳になった時でした。オベラート子爵家の跡取りたる一人息子が死んだことで、私に声がかかった。半ば強引に連れ去られるようにして、私は子爵家に引き取られました。必ず当主になって迎えに行くと、母とは約束して。でも……子爵家についてすぐに、母が死んだと教えられました。流行（はやり）の病にかかったのだ、と……」

——ふむ、母子それぞれに、互いが死んだと伝えて諦めさせた、というわけですわね。なかなか悪辣（あくらつ）ですけれど、貴族の家がいかにもやりそうなことですわね。ふーむ……。

ユリウスを跡継ぎとして迎える際、最も邪魔なのはバルバラの存在だ。そこの関係を断っておきたいという考えはわかるが……引っかかることがないではなかった。

あの、バルバラともあろうものが、その程度の嘘に騙されたりするものだろうか？

——貴族の家に潜入して探るなんてこと、あの方ならば朝飯前という気がしますけれど……。ああ、でも、そもそもユリウスさんが死んだと聞かされるまでのバルバラさんは蛇ではないのでしたわね。あの方がいつの時点で蛇と接触があったのかもわかりませんし、一般民衆に貴族の家の内情を探ることは難しいかもしれませんわね。

　そう納得しかけたところで、ミーアの耳にユリウスの言葉が届いた。

「まぁ、私のほうは本当に死にかけたのですが……危ういところを先代の皇妃さまに救われました。我がオベラート子爵家は、父があちこちの女性に手を出した関係で、貯蓄は底をつき、家は傾きかけていました。折悪しく、農作物の不作の時期がやってきて……。はは、まったく貴族なのに情けない限りですが、餓死しかけましたよ」

――先代の皇妃さま……パティのこと、ですわよね……？

　それは、なんとなく気になる符合だった。確かに、金回りに困った貴族の家を帝室が救うということは、ないことではないのだが……。

　あの日、バルバラと対峙（たいじ）した時、パティは言っていた。

「可哀想だ」と。

　あの時の顔が、脳裏を過（よぎ）った。

「そうして……体調が回復し、成長した私は、栄光あるオベラート子爵家を潰（つぶ）してやることにしたのです」

　自らの復讐を語る彼の目には、暗い光が灯る……ことはなかった。

　そこにあるのは、あくまでも穏やかで、知的な光だ。それは、すでにすべきことを終えた者の目だった。

「年老いてなにもできなくなった父の目の前で、栄光ある子爵家の名を地に堕とす……。造作もないことでした。もとより帝室の助けがなければ自然に傾いていた家ですから。金遣いを荒くするだけで、すぐに破綻(はたん)した。そして、一度は助けてくれた皇妃さまも、今度は助けてはくれませんでした」

それは、浪費をやめないオベラート家に呆(あき)れたから……とも考えられるが……。

――ユリウスさんの命にかかわる時だけ助けた、ようにも見えますわね。

ミーアの中に、一つの推論ができあがりつつあった。

それは、すなわち……。

――パティが、こちらの世界で抱いた感情を持ったまま、過去に戻り、過去を変えた……。そういうことではないかしら？

かつて、断頭台から過去に戻ったミーアと同じことを、パティもやったのではないか、とミーアは考えたのだ。だとしたら……それは。

自らの思考を整理するように、ミーアは目の前のマカロンに手を伸ばす。それを舌の上にのせ、じんわりと溶かして、テイスティングする。

――ふむ、砂糖の甘味、このフレーバーは……。

などと、いったんお菓子で気を落ちつける。

一方でユリウスの話は佳境を迎えていた。

「そうして、子爵家を潰し、私の復讐は終わりました。母をはじめとした多くの女性を遊び半分に弄（もてあそ）んだ父は、失意のうちに病死して。オベラート子爵家の名は地に堕ちた。正直なところ、復讐というのは、あまり気分のいいものではありませんでしたが……それでも一つの決着にはなった」

「復讐を終え、国外に渡ったあなたは、子どもたちのために生きようと決めたのね？」

ラフィーナの問いかけに、ユリウスは苦笑で答える。

「貧しい子どもたちのため、などと聖人じみた考えはありませんでした。というか、むしろ未練がましく、情けない話なのです。私は、ついつい、母と過ごした町並みに似た場所を求めてしまった。二度と会えぬ母の面影を——あの時、子爵家に行かなければ迎えたかもしれない、母とともにある日々の光景を、貧民街に求めてしまったのです」

子爵家の跡取りとして、いきなり貴族の家に引き取られたユリウスに、愛情を注ぐ者はいなかった。だから、彼の心の中で、母親の姿はいつまでも上書きされることなく残り続けた。

「人間というのは欲深い者。〝母とともにある日々〟であるならば、それが貧しさの内で死ぬという結末でも構わない、それは幸せなことなのだと、最初のうちは思っていたのですが……。つい、私は見てしまいたくなったのです。母とともに貧しさに囚われていた子どもが、まっとうな幸せを手にする未来を。しっかりと生きる術を得て、母を連れて貧しさから脱出する光景を。自分が迎えたかった光景を、彼らの姿を通して見たいと、思ったのです」

そうして、彼は、子どもたちへの教育を志すようになった。

けれど……そんな熱意を持った彼の前に、蛇は密かに忍び寄ってきた。

第四話　マカロン探偵ミーアのミルクな推理

ミーアは、五つ目のマカロンを口に放り込む。

アンヌに怒られないよう、そのペースは緩やかなものだった。

ミーアだって少しは成長するのだ。口の中で、じっくりと、舌の上でじんわり味わえば、甘味というのは長持ちするもの。だから、少ないお菓子でできるだけ甘味を長く楽しむことを、最近のミーアはモットーとしているのだ。

それはともかく、ユリウスの話は続く。

「この島に来る少し前のことです。一人の男が接触を図ってきました。彼は、私に言いました。お前の母親は生きている。セントノエル島に幽閉されている……、と」

そんなユリウスの独白を聞きつつ、ミーアは口の中に、微かな不快を覚えた。

――口の中の水分がマカロンに持っていかれておりますわね。下手に声を発すると、咳き込んでしまいそうですわ……。

舌の上でマカロンを転がして、甘味を楽しんでいたツケが、ついに回ってきてしまったのだ！

っと、そんなミーアの異変に気付いていたのか、タイミングよく、アンヌがコップを置いてくれた。

なみなみと注がれた白い液体、それは、甘い香りを放つホットミルクだった。

マカロンには牛乳。味と栄養とを考えた、アンヌの見事なチョイスである。

「ありがとう」

瞳で語りかけつつ、ミーアはコップに口をつけて思う。

美味しい。風味からすると、今朝搾ったものだろう。新鮮そのもののミルクで口の中を満たしつつ……けれど、ついつい思い出してしまうのは贅沢なことで……。

「騎馬王国の……」

うっかり口に出しかけて、慌てて言葉を呑み込み……そうして、改めて思う。

――騎馬王国の、あの美味しいミルクが懐かしいですわね。また、心ゆくまで飲んでみたいものですわね。

なぁんて、満足していると……。

「騎馬王国……っ！　そうか。くそ、気がつかなかった。ユリウス殿、もしかすると、あなたに近づいた男というのは、騎馬王国風の格好をしてはいなかったか？」

鋭く舌打ちしつつ、シオンが声を上げる。かつて弟を罠にはめた存在、あの男がまた関与しているのか、と、勢い込んで尋ねると、

「ええ。仰るとおり、騎馬王国の訛りを持つ男でした……。彼の言うことは、胡散臭いと思いましたし、おそらく彼が私を利用しようとしていることはわかっていました。けれど……私は、事情を聞かずにはいられませんでした」

結果、ユリウスが知ったのはバルバラの悪行。王族、大貴族への非礼。

「男は言いました。これだけのことをしてしまったら、母は確実に処刑されるだろう、と。そして私ならば、母を助けることができる。その手助けをしてやってもよい、と……」

それは、まさしく蛇の囁き(ささや)きだった。相手の欲求を巧みに読み取り、都合のいいように誘導する、蛇の所業だった。

――なるほど。蛇は、すでにバルバラさんの息子が生きていることを知っていた。けれど、それを話してしまうと彼女は、息子を取り返すことだけに生きる者になる。蛇ではなくなってしまう。だからこそ、情報を隠した、ということですわね。理屈は通りそうですけれど……。

それでもなお、ミーアの頭には微妙に引っかかるものがあった。やはり、パティの存在が、どうしても気になるのだ。

「酷い……」

ユリウスの話を聞いて、眉をしかめるティオーナと、その傍らでふんふん、っと怒ったように鼻を鳴らすリオラ。他の生徒会メンバーも、みな不快げな顔をしている。

ミルクで口の中をスッキリさせたミーアも、周りをチラリと確認して不快げな顔をしておく。和を乱すことを嫌うミーアは、周りの空気に合わせる術(すべ)を持っているのだ。

「それにしても、さすがだな。ミーア。よく、その男が例の男だと気付いたな」

シオンの言葉に、当然とばかりに頷(うなず)いたのはミーア……ではなく、その隣に佇(たたず)んでいたラフィーナだった。

「ミーアさんなら、造作もないことよ。ユリウスさんが、セントノエルに来るまでどこにいたのか、そして、サンクランドを出た例の男が、どこに向かったのか。それに、このやり方……。いくつかの推理を重ねれば、おのずと答えは見えてくる」

そうして、ラフィーナは友人の叡智を誇らしげに語る。

「ミーアさんならば、このぐらいの推理、簡単に組み立ててしまうわよ」

そのラフィーナの言葉を、否定する者は一人もいない。

「ミーアお祖母さま、すごい……」

ベルまでが、瞳をキラッキラさせている！

対するミーアはすまし顔で、

「いくらなんでも、それは……買いかぶりが過ぎるというものですわ。おほほ」

などと笑って誤魔化しつつ、

「ええと、それで、あなたはバルバラさんを助けるために、この島に来たんですわね？」

問いかけに、けれど、ユリウスは疲れた顔で首を振る。

「母がしたことは許されないことですから、最初から助け出そうなどとは思いませんでした。あの人は、処刑されて当然のことをした、と私は思っておりました。だから……私が求めたのは、もっと些細なことでした」

そうして、ユリウスは笑った。

「未練がましい男と思われても仕方のないことですが……ただ、一目会いたいと思った……。私の望みは、それだけだったのです」

「ただ、会いたい……」

その言葉に頷いたのは、ベルだった。

かつて親を失い、育ての親であるアンヌとエリス、忠臣ルードヴィッヒとディオンを見送ったベルは、その渇望を知っている人だ。

普段の能天気さは、鳴りを潜め、とても真剣な顔で、ベルは聞いていた。

「私にとって、子どもたちに教えることは、やりがいのあることでした。世界を幸せに変える、その手助けをしているのだという手応えが確かにありました。私の周りにいた幾人かの方からの信用も、私にとっては貴重なものでした。その想いに応えたいとも思っていました。けれど……幼き日の執着とは……母への愛慕とは、恐ろしいものです。死んだと思っていた母に会える。否、今を逃せば、本当に二度と会えなくなってしまう。そう思ったら、止まることができなかった」

これまでの話しぶりを聞いていて、ミーアは思った。

このユリウスという男は、理性的な男だ、と。

彼のかける眼鏡が、そのイメージに多少影響している感がなくもなかったが、ともかく、ミーアはそう思ったのだ。

そんな理性的で、自分を治める術をきちんと心得ている、そんな男ですら、蛇は操ってしまう。

彼の、唯一捨てきれぬ執着。母への想いを抉り、利用したのだ。

男は、いくつになっても母親に憧れる……などという次元の話ではなかった。

ユリウスの目の前に示されたそれは、母と会話できる、文字通り最後のチャンスだったのだ。

「私は、母の復讐のため、子爵家を潰し、父を惨めな死へと追いやった。これにより、私の復讐は叶いましたが、逆に思ったのです。私は、母の復讐を奪ってしまったのかもしれない、と。私が子爵家を潰してしまったから、母は復讐の相手を失い、暴走した。今なお、その怒りに囚われて、死の瞬間まで、解放されることはないのかもしれない」

そこでユリウスはラフィーナを……、次いでミーアを見た。

「それは、あまりにも悲しいことではありませんか？　母が処刑されるのは仕方なきこと。だがせめて……今なおその心が復讐に囚われたままであったなら、解放してあげたかった。ただ、それだけが、私の望みなのです」

眼鏡の奥、いつも穏やかな光を湛えていた瞳が、今は少しだけ鋭さを増していた。

「ラフィーナさま、ミーア姫殿下、お人柄を見込んでお願いします。母と話をさせてください。その後、いかようにも処罰を受けますから、どうか……」

頭を下げるユリウスを眺めながら、ミーアは思っていた。

――ふぅむ……。まぁ、蛇にありがちな話だと思いますけど……これは上手くするとバルバラさんを無害化させられるんじゃないかしら……。それに……。

ミーアが思い出したのは、パティのことだった。

――あの時、あの子はバルバラさんを可哀想だと言っておりましたわ。もしも、わたくしたちがバルバラさんを助けたら、案外すんなりと蛇からの転向を促すことができるのではないかしら？

いずれにせよ、その再会をパティに見せてあげようと思うミーアであったが……。

第五話　乾燥したものには若干劣るものの……

　いったんユリウスを下げてから、ラフィーナは悩ましげな顔をした。

「困ったことになったわね。どうしたものかしら……」

　憂いに満ちた吐息を、ふぅっとこぼして……。

「とりあえず……彼をバルバラさんに会わせる、ということに反対の方はいるかしら？」

　はっきりと、そう言った。

　その大変慈悲深い言葉に、ミーアは腕組みしつつ頷いた。

　――そう、ラフィーナさま、そういうの、とっても大事ですわ！

　偉そうに、まるで「聖女ラフィーナを育てたのは、このわたくしですわ！」と言わんばかりの顔で頷くミーア。実におこがましい！　と言いたいところではあるのだが……実際のところ、確かに今のラフィーナを形作る要素に、ミーアのアレやコレやの行動が深く深く関係しているため、強くはツッコめないのが、とってーも口惜しいところではある。

「それは、とても良いお考えだと思います」

　ラフィーナの言葉に、一番に賛同の声を上げたのはティオーナだった。

「やっぱり、家族に会えないのはとてもつらいことですし、ぜひ、そうすべきだと思います」

ルドルフォン家は、家族仲がいい。領地の農民も家族扱いであり、総じて「家族」に対する思いが、ティオーナの中では強いのだろう。

「そうだな。俺も、それには賛成だ」

続くのはシオンだった。彼もまた、弟と会えない境遇にある。ユリウスの気持ちが理解できるのだろう。後ろで、キースウッドが少しばかり心配そうにシオンを見つめている。その視線がふとラフィーナのほうに向き……微妙に憂いを帯びたように感じられた。

——あら、キースウッドさん、もしかして……ラフィーナさまに気があるのでは？

などと……本人の目の前で口走れば、本気で殺意を向けられかねないことを妄想していると、ふいにラフィーナが目を向けてきた。

「ミーアさんは、どうかしら？　なにか、良い考えがあれば聞きたいのだけど……」

「ふむ、そうですわね……」

ミーアは、再び腕組みして、わずかに黙り込んでから……。

「できれば、パティの同行を、認めてもらいたいと思っているのですけど……」

先ほど思いついたことを口にしてみる。

バルバラとユリウスのことをきちんと聞かせることは、パティをまともに育てることにきっと役に立つ……はずだ。たぶん。

「パトリシアさんを……？」

ラフィーナは不思議そうに首を傾げた。頬に手を当てて、考えることしばし……。

「あっ……。それはもしかすると、子どもたちに、ユリウスさんの事情を聞かせたいと、そういうことかしら？」

ラフィーナの問いかけに、ミーアは「うんっ？」と思うも、とりあえず黙って微笑んでおく。

意味深な笑いの使い方を学んだミーアである。相手の出方を見る時、なにか考えている風に笑うのは、わりと有効な手段なのだ。

「あの、どういうことでしょうか？」

クロエが代わりに質問の声を上げてくれた。ラフィーナは一度頷いて、考えをまとめるように軽く首を傾げながら……。

「私はユリウスさんの行動には、同情すべき点があると思っているわ。だけど、子どもたちが誹謗（ひぼう）中傷（ちゅうしょう）を受けたこともまた事実。配慮をしたといっても、あの子たちは不当な疑いの目を向けられて、被害を受けた。少なくともあの子たちは、ユリウスさんの行動で迷惑を被（こうむ）っている。そうでしょう？」

ラフィーナの問いかけに、クロエはこくりと頷いた。

「だから、ミーアさんは、ユリウスさんに謝罪の機会を与えたいと、そう考えているのではないかしら？　そして、そのために、彼の境遇を子どもたちにも教えたいと……。彼がなぜ、それをしたかったのか、その気持ちを教えたいと、そう思っているのではないかしら？」

それから、ラフィーナは悲しげな目をした。

「ユリウスさんは、お母さまに会いたいがために、子どもたちを危険に晒（さら）した。けれど、子どもたちを思っていたということにも、おそらく嘘はないはずだもの。人はいろいろな面を持ち合わせているもの。ただ、悪いだけの人なんていない、と……私は最近強く思うようになったわ」

それを聞いて、ミーアは……不覚にも感動した！

──ああ、ラフィーナさまが、とても、とってーも優しいですわ。慈愛に溢れておりますわ。

ミーアの目には、今のラフィーナは優しい獅子に見えた。

ちょっとぐらい尻尾を踏んでも許してくれそうな……穏やかな笑みを浮かべる……獅子に見えた！

ここまで来るのに長かったなぁ、と……しみじみと色々なものがこみ上げてくるミーアである。

──しかし、それはさておき……なるほど。そうすれば、ユリウスさんを追放するということにはならないかもしれませんわ。

それまでは、ユリウスをセントノエルから追放することは避けられないだろうと思っていたミーアである。けれど、もしも子どもたちにきちんと事情を説明するならば、いささか状況が変わる。

なにしろ、子どもたちには、先ほどの全校集会で、たとえ過去に悪いことをしていたとしても許しますよ、と言ってしまったからだ。

せっかく、子どもたちの心に安心を植え付けたというのに、もしもユリウスに厳しい罰を与えてしまったら、微妙に首尾一貫しない印象を与えるに違いない。

そして、どこかから新しく講師を連れてくるよりは、ユリウスに続投してもらったほうが、面倒がなさそうだ、とミーアの直感が告げている。

新たに呼んだ講師が、より一層、危険な蛇である可能性は否定できない。無論、ラフィーナの側も警戒はするだろうが、完璧に、とはなかなかいかないものだろう。

そして、それよりなにより、ミーアは……信じたいと思ったのだ。

ユリウスの言葉を……それ以上に、彼がかける眼鏡を……！

――ガミガミうるさかったですけど、クソメガネはいいやつでしたわ。だから、きっとユリウスさんも……。

そんな信念を固く持つミーアなのである。

眼鏡への信用はとても固いのだ。乾燥したキノコには若干劣るものの、生のキノコよりは確実に固いのだ！

第六話　大浴場での語らい

さて、生徒会室での会合が終わった時……ミーアは疲労困憊（ひろうこんぱい）状態にあった。

全校集会から続いて、ユリウスの処遇についての話し合い。

ミーアの体力は地味に削られていたのだ。

なんと、夕食を食べる気力が微妙に湧かないほど、ミーアのやる気は減退していた！　大変なことである！

……ちなみに、別に話し合いをしながら、マカロンを食べすぎてお腹が苦しい、などということではない。それは、まったくの誤解である。

「ふむ……お夕食の前に、腹ごなしにお風呂に行こうかしら……？」

「はい。それがいいのではないでしょうか。お風呂でリラックスされるとよろしいかと思います」

仕事が終わり、お風呂にするか、夕食にするか？　と聞かれることは、ミーアにとって最高に難しい二者択一ではあるのだが、この日は、比較的スムーズに決まった。

こうしてアンヌを伴い、ミーアは大浴場へと向かう。

脱衣所の扉を開けると、そこには、見知った二人の姿があった。

「あら、ヤナさん。パティ、二人もこれからお風呂なんですのね」

話しかけると、ヤナはぴくんっと肩を揺らす。それから小さな声で、

「……はい」

と返事をして、服を脱ぎ始めた。

その様子に、ミーアは小さく首を傾げた。

――妙ですわね。なんだか、思いつめたような顔をしておりますけれど……。それに、なんだか、わたくしを待っていたような……？

パティのほうに視線を向けるものの、こちらは、いつもと変わらぬ顔だ。

――パティの表情から心の内を読み取るのは大変ですわね。

だからこそ、珍しく感情らしい感情を見せた、バルバラのことに関わらせるのには意味があるのだが。

――ユリウスさんとバルバラさんの再会で、なにか良い影響があればよいのですけど。

考え事をしつつ、風呂場へ。手早く髪と体を洗い、さっさと浴槽に身を沈める。

「おーふぅ……」

熱い湯が、じんわりと固まった体を柔らかくしてくれる。じゅわわっと伝わる熱分が、体の血行をよくしていき、ぽっぽと頬が熱くなる。

「ああ……やはり、セントノエルのお風呂は最高ですわね。素晴らしいですわ」

頭を浴槽の縁に預け、目にタオルをのせて……「あー」などと、実に、おっさ……いや、まぁ、その……若干、ご令嬢らしからぬ声を出して、お風呂を満喫していると……

「あ……あの……」

「ん？」

タオルを取り、顔を上げると、ヤナがすぐそばまで来ていた。髪を洗い、頭の上でまとめているので、その額にある目の形の刺青が露わになっていた。

――海洋民族ヴァイサリアン……。こうしてみると、この刺青はとても目立ちますわね。これが、海賊の証として使われていたと、みなが知っていたとしたら、さぞや生きづらいことでしょうね。

血行がよくなったミーアはわりと回転がよくなった頭で、そんなことを考える。それから、もの言いたげな顔をするヤナに話しかけた。

「どうかしましたの？」

問い返されたヤナは再び肩を震わせて、それから、おずおずと口を開いた。

「実は……その……カロンが、何日か前に、あたしに、盗みをしないかって……言ってきて……」

ぽつりぽつり、と話し始める。

「まぁ、そのようなことがございましたのね」

驚いてみせつつも、ミーアはヤナを見つめる。

体の両脇に垂れた腕、小さな拳はギュッと何かを堪(こら)えるかのように、小さく震えていた。

――それで、大浴場で待っていたんですのね。わたくしと話しても、目立たないような場所で……。

ヤナのしていることは、仲間から見ると告げ口だ。余計なことを言いやがって、と非難される行為だった。あまり、好き好んでしたいことではなかったのだろう。

もちろん世の中には、喜んで告げ口する人間というのがいる。そして、前の時間軸でずいぶんと痛い目に遭わされたミーアは、その手の人間があまり好きではない。

けれど、ミーアの見たところヤナは告げ口を喜ぶようなタイプではないように見えた。痛みを堪えるように握りしめられた手がその証拠だ。

にもかかわらず、彼女がこうして話しに来たのは……。

――おそらく、先ほどの全校集会の言葉を受けて……ということですわね。

ミーアは、そう結論づける。先ほどのミーアの言葉に対して、ヤナは、カロンに対する疑惑を黙っていることが不誠実だと思ったのだろう。

だから、すべてを話すために、ミーアを大浴場で待ち伏せていたのだ。ミーアの部屋に行ったりしたら、カロンに疑いをもたれる。が、男女別の大浴場であれば、こうして話をしても露見しづらいから。

――なるほど、この子……なかなか、機転が利きますわ。ベルと似た空気を感じますわね。

などと感心していると、ヤナは勢いよく頭を下げた。

「申し訳ありません。あたし、今まで、黙ってて……。せっかく、クラスのリーダーを任せてもらったのに……こんなっ」

「ああ、ヤナさん……。あなたが、そんな風に頭を下げる必要はございませんわ」

そっと、華奢（きゃしゃ）な肩を優しく押して、体を起こしてあげる。それから、ミーアは言った。

「それに、わたくしは思いますわ。彼は、絶対にやっておりませんわ。わたくしは信じておりますわ」

というか、すでに犯人はわかっているのだが……もちろん、余計なことは言わないミーアである。

「でも……」

「先ほどの全校集会で言った、あれがすべて。もしも、彼が盗んでいたとしても、わたくしは許しますわ。もちろん、二度としてはいけないと注意はするでしょうけれど……」

そう微笑みつつ、ミーアは、そこで思いつく。

――あ、そうですわ。せっかくですし……。

なぁんて悪い笑みを浮かべながら、ミーアは言葉を続ける。風呂好きミーアは、風呂に入ると悪知恵が働くようになるのだ。

「ねぇ、ヤナさん、わたくしは思いますの。許すことって……とっても大事じゃないか、と」

ミーアは思う。

人というのは、存外、周りの空気に流されるものなのだ、と。

でき上がった流れにわざわざ反抗しようなどという強い意思を持つ者は、滅多にいない。波乗りを極めた海月（くらげ）、ミーアはよく知っているのだ。

そして、その流れというのは、一人があげた声で容易に作られるものなのだ。

ミーアがヤナに期待するのは、その最初の一人になることで……でも。

「だけど……許せないやつだって、いる……」

硬い声が響く。目を向ければ、ヤナがギリッと、悔しげに歯を食いしばっていた。その幼い額では、消せない海賊の証、刺青の目が真っ直ぐにミーアを見つめていた。

きっと、今までいろいろと辛い思いをしてきたんだろうな……などと思いつつも、ミーアは、うんむっと唸ってから……。

「人は、自分が蒔（ま）いた種を、必ず自分で刈り取らなければならぬもの……ですわ」

「え……？」

きょとん、と首を傾げるヤナに、ミーアは諭すように続ける。

「報いというのは、だいたいにおいて与えられるもの。わたくしたちの目の前で悪いことをすれば、わたくしたち上に立つ者、貴族や王族が裁き罰を与える。そして、わたくしたちの目の届かないところで行われた悪には、神が裁きを与える……。それが神聖典の教えですわ……たぶん」

うろ覚えの部分がないではないが、ミーアは大陸の共通認識を確認する。そのうえで、

「だから、あなたが怒りに囚われて、時間を浪費する必要はありませんわ、ヤナ。その腹を立てて

いる時間は、キリルに優しくしてあげるのに使うべきですわ」

許すことは大事だと、復讐を手放すことは大事だと……強調しておく！　しっかりと強調しておく！

そのうえで、

「まぁ、それでも、どうしてもムカつく時は、そうですわね。相手が嫌な男の子とかだったら、こう、思いっきり蹴り上げて……」

「ミーアさま……」

見ると、アンヌが浴槽のところに歩いてきていた。咎めるようにミーアを見つめるアンヌ。さらには、アンヌに髪を洗ってもらっていたらしいパティが、そのそばで、ジッとミーアを見つめていた。

「んっ、んん、ともかく、ですわね。許すことは大事ですわね。どうか、わたくしたちを、信じてくださいませ」

「ミーアさま……はい。わかりました。」

ヤナは、その目に確かな信頼の光を宿して、小さく頷いた。

……海洋民族ヴァイサリアン。その名が、意外な重みをもって、ミーアに迫ってくるのはもう少し先のことであった。

第七話　ベル、ぶんぶんする

「こんな場所がセントノエルにあるとは思いませんでしたわ」

ミーアは少し古びたホールの、壁に開いた穴を見て、ううむ、と唸った。

「ところで、入り口のところは、いつもあんな風に開いたままの状態なんですの？」

問いつつ、ラフィーナの顔を見る。と……ラフィーナはついっと視線を逸らし、

「……ええ。いつもは、その……入り口に絵が飾ってあるのよ」

「はい。お見事なしょ……絵でしたよ。ラフィーナお……さま」

なにやら、微妙に言葉に詰まりつつ、ベルが言った。

「あら、絵がかかっておりましたのね。この穴を隠すぐらいですから、結構大きい絵ですわね」

「はい……！」

と答えたのは、またしてもベルだった。それから、彼女はシュシュッとラフィーナのほうを確認してから、

「とっても素敵な天使の絵でした」

ドヤァな顔で言った。

――ははぁん、今のは、ラフィーナさまにおべっかを使ったんですのね？

などと察したミーアは、

「まぁ、そうなんですのね。それは、ぜひ見て……」

みたい……と自らもラフィーナのご機嫌取りに走ろうとした。けれど、ラフィーナはニッコリ笑みを浮かべて、

「あまり出来の良くない絵なのよ。ねぇ、ベルさん。そうよね？」

有無を言わさぬ口調で、言い切った！

その清らかな笑みに、ミーアは、言い知れぬ迫力を感じてしまう。

――これは……かつて、わたくしに『誰でしたっけ？』などと聞いてきた時の笑みに似ておりますわ。

これは、あまり触れないほうがいい話題だぞぅ、っと直感に促されるままに、ミーアは口を閉ざす……が。

「あ……はい。よく考えると、大した絵じゃありませんでした。ええと、あ、そうだ！」

ぽこんっと手を叩き、ベルが言った。

「とっても恥ずかしい絵でした！」

「うぐぅ……」

なにやら、ベルの一言がどこかに刺さったのか、ラフィーナが胸を押さえて崩れ落ちそうになっていた。

ミーアは、そこに、大人しい獅子の尻尾を、むんずと掴んでブンブン振っている孫娘の姿を幻視

する。

――ベル……、この子にしゃべらせておいて、本当に大丈夫かしら？　というか、恥ずかしい絵って……いったい、どんな絵だったんですの？

絵の内容が気になるも、ミーアはあえて掘り下げない。

好奇心は姫を殺すのだ。迂闊(うかつ)に触れないほうがよいものというのが、この世界にはあるのだ。

『地を這うモノの書』とか、そういう類(たぐ)いのものが……。

まぁ、それはともかく……。

「ふ、普段は、ここに見張りを立たせているのだけど、あの日は、監視をつけずにおいたの。ユリウスさんがどんな行動に出るか、読めなかったから」

若干、涙目になりつつも、ラフィーナは話を変えた。

「なるほど。下手に暴れられては学生たちに被害が及ぶかもしれない。それよりは、この中に誘い込んで、そこで捕まえてしまおうと、そういうことだったのですね」

当の本人であるユリウスは、涼しい顔で頷いていた。

「私に、母の居場所を教えたのもそのためですね。最初から怪しいと疑っていて、おびき寄せようとした」

「蛇の言いようではないけれど、偽りに真実を混ぜたほうが相手を騙せるもの。さらに、真実のみを話して、相手を罠にはめられるなら、それに越したことはないわ。私たちだって、頭を使うのよ」

「なるほど。お見それしました」

そう、ユリウスが微笑んだところで、

「おやおや、これは……ずいぶんと大所帯でいらっしゃったのですね？」

暗い声が、部屋に響き渡った。

壁の穴から現れたのは、サンテリと警備兵、それに腕を縛られたバルバラだった。

「お懐かしい顔がありますね……ふふふ。おや、そちらの子どもたちは……？」

バルバラの異様な雰囲気に、初等部の子どもたちが息を呑むのがわかった。パティですら、怯えるように、身じろぎしたのを、ミーアは見逃さなかった。

――ふぅむ、しかし、バルバラさん……閉じこめられてる間に、また、闇の気配が濃くなっておりますわね。なんだか、くろーい靄を発散してるように見えますわ。

などと思いつつ、ミーアは子どもたちを守るように前に出る。

「この子たちは見学ですわ」

「はて、見学……？　私めを、晒しものにしようとでも？」

怪訝そうな顔をするバルバラに、ミーアはあくまでも首を振る。

「あくまでも、見ているだけですわ。この子たちにも無関係のことではありませんから。けれど、本命は、そちらの方ですわ」

そうして、ミーアが指し示すほう、立っていたのはユリウスだった。

「ああ……そう、その男にはぜひ聞きたいと思っていたのです」

バルバラは不機嫌そうに鼻を鳴らす。

「あなたは、いったいなんなのです？　なんのために、こんな場所に来たの？　蛇の動きにしては、まったく中途半端なことを……」

「お久しぶりです……。母上」

バルバラの言葉を遮り、ユリウスが言った。

「……あなた、いったいなにを言っているのです？」

警戒するように、目を眇めるバルバラの目の前で、ユリウスは名乗った。

「私は、没落したオベラート子爵家のユリウス・オベラート。オベラート子爵と、あなたの子どもです」

バルバラは、かくん、っと首を傾げた。

それから、じぃっとユリウスのほうを見つめる。ほかのものなどなにも目に入らない、という様子で。

見つめることしばし、彼女は、静かに首を振った。

「あり得ないこと。あなたたちは、この期に及んで私を嘲笑おうというのですか？　ははは、さすがは王侯貴族のみなさま方。実に趣味が悪い。そうでなくては……」

バルバラは頬を引きつらせ、歪んだ笑みを浮かべる。

「それとも、私が、息子の死を確認しないとお思いですか？　この私が？　そうであるならば、いささか、私を見くびりすぎでございます。確かに、我が子ユリウスは、子爵家で餓死した。当主の放蕩に巻き込まれて、死んだのです」

それから、バルバラは、ミーアに、そして、シュトリナに指を突き付ける。

「帝室は、大貴族は、助けてくれなかった。食うに困った子爵家を放置したのでございます。そして、息子は死んだ。私は、死体だって確認しているのです。それとも、あなた方は、あれが『夢』だったとでも言うおつもりですか？」

その……瞬間だった。

夢、という言葉を口にした時、バルバラの体が小さく硬直した。

「夢……？　馬鹿な、あれは……でも……」

彼女のつぶやきに、ミーアは、そっとパティのほうに目をやった。

いつもと変わらぬ無表情、されど、真っ直ぐに……パティはバルバラのほうを見つめていた。

第八話　帝国の叡智の裁き（表）

「馬鹿な、私の息子は死んだ。それを私が調べないはずがない。あれが、夢であったなどとは、決して思えない。夢……、あり得ない」

前髪をグシャリと握りしめ、バルバラはぶつぶつつぶやいていた。

そんな彼女の姿を、シュトリナは、微かな困惑を持って見つめていた。

バルバラの事情は、彼女も聞いていた。

過去の貴族の横暴がバルバラを傷つけ、暴走させたのだ、と。

けれど、こうして実際に目にするまでは信じられなかったのだ。

シュトリナにとって、バルバラはいつでも恐怖の対象であったのだ。得体の知れぬ蛇という存在、その体現者こそがバルバラであり、一時は逆らうことなど考えもしなかった、絶対的な悪だった。

その彼女の、暗い心が——息子を奪われるという、あまりにもわかりやすくて、とても人間的な感情から来ている……シュトリナでさえ想像できてしまう悲しみによって形作られている。そのことが、シュトリナには信じられなくって……。

今にも、バルバラが余裕の笑みを浮かべて、恐ろしいことをするのではないかって……そう思って。なのに……。

「茶番……ああ、なんたる茶番。なるほど、これは、私を陥れるための罠……なのですね？　そうでしょう？」

ラフィーナのほうを見て、バルバラは言った。奇妙なことに、その声には、縋(すが)るような、助けを求めるような、そんな響きがあった。手酷い裏切りに遭ったかのような、そんな響きがあった。

弱々しいその姿に、シュトリナはひたすらに困惑する。

「母上……」

その時だった。ユリウスが、そっと手を伸ばし、バルバラの手を取った。びくんっと震えるバルバラだったが、手を振り払うことはしなかった。

「遅くなってしまい、申し訳ありません。あの日の約束のとおりに、ともいきません。私は、子爵

家の当主にはなれませんでしたから」

ユリウスは、それでも、バルバラの顔を見つめて言う。

「それでも……私は……僕は……あなたと……母さまと、再びお会いできて、とても嬉しい」

そう言うユリウスの目には、うっすらと涙が浮く。その、歓喜に染まる顔を、もはや、バルバラは否定することができなかった。

「ああ……これは、なんて……」

口からこぼれ落ちた声……それが微かに震える。

「では、私は、なんのために……」

その先に続く言葉を想像して……シュトリナは背筋に寒気を感じる。

シュトリナの目に映るのは、一人の弱い人間の姿。それは、自分が辿（たど）ったかもしれない人生の末路だ。

子を奪われ、蛇という力に縋った。縋らざるを得なかった彼女は、最後に、その蛇からも見捨てられたのだ。

シュトリナの目には、バルバラの体から蛇が離れていく様子が、確かに見えていた。人の人生を弄び、その後はあっさり離れていく、そんな姿。

後に残されたのは傷つき途方に暮れる年老いた女のみ。

それは、蛇にすべてを尽くした先にあるのは、空しい人生の結実だ。

バルバラは罪を犯した。

ユリウスの言ったとおりだ。

彼女は、自分では決して担いきれない罪を犯した。その罪は、必ず裁かれなければならない。それは変わらない。

不幸な境遇を加味して処刑は免れたとしても、彼女はこの先、生涯、解放されることはない。囚人として苦役に服さなければならない。囚われの罪人として、その生涯を終えるのだ。

それは、なんて……悲しいことなのだろう、と……。

こんなことならば、蛇の勝利を高らかに賛美している時に、処刑してしまったほうが、彼女のためであったのではないか、と……そんなことさえ思ってしまって……。そこに……。

「あなたは、蛇から解放されましたわ。バルバラさん。あなたは、すでに蛇ではない」

ミーアが厳しい顔で告げたこと……それは。

「ゆえに、あなたは……これからの生き方を変えなければなりませんわ」

少しだけ、意外な言葉だった。

罪を償え、でも、刑に服せ、でもなく……生き方を変えよ、と……。

その言葉はシュトリナの中で、すとんと腑に落ちた。

バルバラから蛇が離れたことを、その目で見たシュトリナには、その言葉がこう聞こえた。

「今までは蛇とともに滅びるものであったけれど、すでにあなたは蛇ではない。であれば、あなたは、今後はあなた自身の人生を生きなければ、ならない」と。

そのうえで……。

「バルバラさん、あなたは、ユリウスさんと暮らしなさい。もちろん、あなたは囚人ですから、ユリウスさんの通いということになるのかもしれませんけれど……」

静かで、穏やかな声で、ミーアは続ける。

その意味するところを、シュトリナは、鋭く洞察する。

罪には罰が与えられなければならないのと同様に……傷にもまた癒やしが与えられなければならない。

息子を失い傷ついて罪を犯した人には、裁きとともに癒やしが与えられるべきなのだ。

だから、ミーアは言っているのだ。

「ユリウスさんと、ともに暮らしなさい」

と。

そうして、ミーアは何事か考えた様子だったが……。やがては小さく頷き……。

「ふむ……そうですわね。ユリウスさんの手伝いを、あなたの苦役とするのがよいのではないかしら……？　無論、子どもたちに変なことを吹き込まぬよう、監視はつけるべきであると思いますけれど……残された人生は、ユリウスさんの言うことを聞いて、その手伝いをして過ごすこと。それが、あなたのすべきことですわ」

「私を、許そうというのですか？　帝国の叡智、ミーア・ルーナ・ティアムーン」

前髪の下から、バルバラが、鋭い視線を向ける。けれど、ミーアは、チラリとラフィーナのほうに視線をやってから、小さく首を振る。

「許すなどと……。あり得ないことですわ。あなたは許されぬことをした。あなたは囚われ、その生涯を囚人として終える。あなたは、あなたの蒔いた種を刈り取らねばならない」

ミーアの言葉は、どこまでも重い。そこには、一切の妥協はなかった。

「あるいは、あなたに恨みを持つ者が、その裁きに納得がいかなければあなたを見つけて殺すでしょう。仮に平穏な死を迎えられたとしても、天で神があなたを裁くでしょう。あなたの罪は消えない。でも……」

と、そこで、ミーアは言葉を切った。そうして、バルバラに向けるのは優しい笑みで……。

「〝その時〟までには、わずかなりとも時間があるでしょう。ならば、やがてその命が終わる日までに、できることはあるのではないかしら？」

シュトリナは目を見開いた。

ミーアの言わんとしていることの意味を、今まさに悟ったからだ。

ミーアは、言っているのだ。

残された時間で、お前の人生に「意味」を持たせろ、と。

自らの手ですべてを捨て、破壊し、それでも構わないと生きたバルバラ。その人生にはなんの意味もなく、価値もなく、実りもなく。

その終わりにあるのは刑に服す囚人としての時間のみ。復讐され、嘲笑（ちょうしょう）の中を殺される、あるいは、復讐の刃を恐れ、やがて来る神の裁きを恐れるのみ。

彼女に与えられるのは、そんな空しい終わり方であったはずだ。

けれど、否、とミーアは言う。

それでも、その人生に意味はあったのだ、と……。

蛇は死なない。人が人である限り、やがてはどこかで甦り、再び動きだす。永久に不滅の存在。

されど、後に繋がる流れというのは、なにも蛇だけではないのだ。

人の営みだとて、未来に繋がるれっきとした流れだ。

ユリウスという人を世に産んだ。そして、彼によって育てられた子どもたちは、確かに、この世界に影響を与えていく。

バルバラに残された命の時間がどれほどかは定かではない。でも、それでもミーアは、その流れに加われ、とバルバラに言う。

その人生には確かに意味があったのだと、そう誇らしく死んでいけるように……と。

ミーアは、バルバラを見つめて、もう一度言った。

「あなたは、すでに蛇ではない。ならば、罪人として裁きを受け入れ、ユリウスさんの母として、彼の良き行いを手伝うこと。それが、これからあなたがなすべきことですわ」

その言葉に、バルバラは、静かに瞳を瞬かせた。

第九話　帝国の叡智の裁き（表…………面張力）

「それでも……僕は……母さまと、再びお会いできて、とても嬉しい」

「ああ……これは、なんて……」

感動的な親子の再会に、ミーアは思わず、瞳をウルウルさせていた。

——ああ、よかったですわ。これは実に素晴らしい。

うんうん、っと満足げに頷いてから、ふと、ミーアはパティのほうを見る。

パティはジッと、二人の再会を見つめていた。

——うふふ、パティもこれなら納得してくれるんじゃないかしら？　見事なハッピーエンドですし……。

などと思っていたミーアであるのだが……その敏感な嗅覚が違和感を嗅ぎ取る。見つめているパティの視線……そこに、かすかに心配そうな色を見つける。

——はて？　なにか、心配することがあるかしら……？

辺りを窺うと、そのそばにいたシュトリナも、なにやら、不安そうな顔でバルバラのほうを見ている。

パティならばともかく、シュトリナまで、となると、さすがにミーアも不安になってくる。

ミーア、しばしの黙考。その後、一つの答えに至る。

――ああ、そうですわ。わたくしとしたことが、これは少々詰めが甘かったですわね。きっちりと確認しておく作業を失念しておりましたわ。

それは、ミーア自身もよくやらかすことなのだが……。「これって、結局、どういうこと？」とわからなくなってしまうことは往々にして起こり得ることだ。

目の前で起きていることの意味を、きちんとその場で確認しておかなければ、後々で問題になってしまうことは多い。互いの認識というのはしばしばズレるもの。

相手がミーアとは違うものを状況から読み取っている可能性だってある。

ゆえに……。

――ここは、あえて、ユリウスさんが生きていた、というのがどういうことなのか、しっかりと言葉にして、バルバラさんにわからせておく必要がありますわ。

ミーアは、静かに頷いてから、キリリッとしかつめらしい顔をした。

「バルバラさん、あなたは蛇から解放された。あなたは、すでに蛇ではない」

そう、まずはそれを確認しておかなければならない。

バルバラはすでに、蛇になる理由がなくなっている。蛇として活動する理由はどこにもないのだ。

だからこそ、ミーアは言いたい！　心から、訴えたいのだ。

「もう、蛇じゃないんだから、大人しくしてましょうね……」

と。

そのことを、きっちりとわかっておいてもらわなければならないのだ。

「あなたは、生き方を変えなければなりませんわ」

これも、あえて口に出して、確認しておく。

あなたは、もう蛇ではありませんね？　では、これからは、蛇として生きるんじゃなくって、生き方を変えなきゃダメですよね？　と……バルバラにきっちりわからせるのだ。

さらに、抜け目なく言っておく！

「バルバラさん、あなたは、ユリウスさんと暮らしなさい」

これにより、バルバラはユリウスの顔を見るたびに、自分はもう蛇ではないことを、嫌でも確認することになるのである。

さらにさらに！　ミーアの配慮は続く。

――人は暇だと、ろくなことを考えないものですわ。生真面目なわたくしですら、授業中に、グッとくる、アベル宛の恋文の文面を完成させよう、などと益体もないことを試してしまったわけですし。

ちなみにバレずには済んだものの、後で文面を読み返し……もしも、これ教師に見つかってたら……などと青くなったミーアである。

――ともかく、なにもやらせずにおくのは危険ですわ。バルバラさんが悪だくみをする隙がないように、なにか、役割を与えるべきですわね。

そうして、ミーアは言ったのだ。

「ユリウスさんの手伝いを苦役としなさい」

すなわち、残された人生を、ユリウスの監督のもとで生きよ！　と。

――ユリウスさんは、一時期、悪に染まったとはいえ、信頼できる方。あの眼鏡がその証明ですわ。

ミーアの眼鏡に対する信頼は揺らぐことはない。

他に、なにか確認し忘れていることはないか？　と考えていると、不意にバルバラが口を開いた。

「私を、許そうというのですか？」

――許す……はて？

ミーアは首を傾げて……それから、ハッとした顔でラフィーナのほうを見た。

――これは……もしや、刑罰が軽すぎたかしら？　確かにユリウスさんの手伝い、子どもの世話というのは、普通の囚人に与えられる仕事としては軽いものかもしれませんし……。バルバラさんはリーナさんの世話をしていたのですから、慣れてるし、ちょうどいいと思ったのですけど……。

それに、離れ離れになっていた子どもと一緒に生活してもいいよ、というのも、少々、甘い裁きだろう。以前、ティオーナ監禁事件の際、ラフィーナから「優しいわね！」などと笑顔で言われた時のことを思い出し、ミーア、震える。

さらに、バルバラに一番恨みがあるのは、なんといっても、シュトリナである。

この場で、ミーアが勝手に「許す！」などと、言えるはずもない。

試しに、そちらを見てみると……なんと、シュトリナはバルバラのほうをジッと見つめて震えているではないか！

——ひぃい、い、怒りに震えておりますのね。これは、危険ですわ！

ということで、ミーアは自身の言葉に軌道修正をかけることにする。すなわち、

「許すなどと……。あり得ないことですわ！」

許すなど、とんでもない！　きちんと罰を受けてもらいますよ！　と強調しておく。

「あなたに恨みを持つ者が復讐し、天で神があなたを裁くでしょう。あなたの罪は消えない」

仮に、自分が与える罰が軽くっても、ちゃんと罰が下るよ。大丈夫よ？　と予防線を張りつつ……。

「その時までには、わずかなりとも時間があるでしょう」

厳しく言いすぎると、今度はバルバラが自棄(やけ)になって暴走するかもしれない、と思い、できるだけ優しい顔をして、バランスを取っておく。すなわち、

「神様とか、復讐者とかに弁解できるように、よいことする時間はあるよね？」と言い足しておくのだ。「自分はこんないいことしてるから、許してね！」と言えるよう、きちんと行動しておきなさいね？　というのだ。

そうしておいて……、

「あなたは、すでに蛇ではない！」

もう一度、確認する。

繰り返し確認することは、とても大切なことなのだ。そのうえで、

「罪人として裁きを受け入れ、ユリウスさんの母として、彼の良き行いを手伝うこと」

罪人として殊勝に生きなさい。でも、そう生きることは、亡くしたはずの息子と生きられる、と

てもよい時間でもありますよぅ！　と。

バルバラを納得させるために言って締めに、

「それが、これからあなたがなすべきことですわ！」

断言するのがとても大事だ。

人というのは、断言されると「あれ？　そうかも？」と思ってしまうもの。

流れが来たら、その流れに流されていくものなのだ。

水の流れというものを、海月ミーアはよく知っているのだ。

かくてミーアは、うっかりさんな孫娘ベルに見せつける。

各方面に対する気遣いの極致──将来的に自身が危険に接する面積をできるだけ小さくしようとする……そのために手を尽くす、いわば表面張力的な戦術を。

水の心というものを、海月ミーアをよく知っているのだ。


ミーアの言葉を黙って聞いていたバルバラは……返事をしなかった。けれど、その顔から、険が消えているのを見て、ミーアはホッと安堵して……、安堵しかけて……。

「私を……セントノエル島に渡らせたのは、巫女姫とは違う流れの蛇。額に、瞳の刺青を入れた男」

「……はぇ？」

突如、出現した新たな波に、あっという間に呑まれていくのだった。

第十話　追走劇

月の明るい夜だった。

満天の星空をのんびり眺めながら、火燻狼（カ・クンロウ）は馬に揺られていた。

「さぁて、バルバラの息子は上手いことやってのけたかね……？」

遥か後方、今はもう見えなくなったノエリージュ湖を思い出しながら、つぶやく。

「まぁ、上手くいっていようがいなかろうが、俺には関係ないが……」

基本的に、燻狼は、事が起こる時に現場にはいないようにしている。彼が去った後に事件が起きるのであり、その頃には仕掛け人たる彼は、すでに別の場所にいるのが理想。

サンクランドでも、巫女姫の居城でも、それは変わることがない。

成功・失敗を見届けず、その結果にもこだわらないことで決して当事者にならない。それこそが彼のスタンスなのだ。

「しかし、せっかく逃がしてやったのに、まさかセントノエルに行くとは。あの女も焼きが回ったもんだ」

もともと、バルバラは騎馬王国に由来する蛇ではない。帝国に古くから根差す蛇を源流としている。さらに地理的に、より西側、ガヌドス近辺の蛇ともうっすらと繋がりがあったため、重宝してきたのだが。

「まぁ、いいがね。別に、繋がりがあろうがなかろうが……」

蛇は、基本的に個人主義者だ。短い期間協力することはあっても、そこに情が生まれることはなく。

「各々が秩序の破壊を志し、歴史の流れを変えていく。それが蛇の本道なり、か。さぁて、次はどこへ向かおうかね……ん？」

と、そこで、燻狼は口を閉ざした。

耳元に手をやり、風の音を聞く。

穏やかな夜風に乗って、なにかが近づいてくる音が聞こえて……それは馬の駆ける音で……。

直後、燻狼は舌打ちする。

鋭く馬を駆り、街道を走りだす。が、ほどなくして……その足を緩める。

――これは逃げきれそうもないかね……。

諦め混じりにため息を吐き、それからゆっくりと振り返る。

「おお、これはこれは、狼使い。我らが族長殿」

その視線の先、漆黒の馬に乗る、スラリと背の高い男の姿があった。馬の両脇には二匹の狼が控える。

――臭いを辿られたら逃げようがないかね……。やれやれ。

「ひさしいな、燻狼。今までどこでなにをしていた？」

「不肖、この燻狼、この世をよりよくするために、善行に身をやつしておりました。北で孤児院に寄付を寄せ、南で町のくず拾い」

よよよ、と泣き真似をしてみせて、燻狼はバカにするように舌を出す。

「教えるはずがなかろうよ。たとえ親、兄弟、あるいは、お前の大切な巫女姫であろうと、我が手の内を晒すことはない。それが蛇というものさ」

「聞くだけ愚か、というものか」

「なぁに、気に病むことはない。お前が剣の腕しかない愚か者であることは、俺もよくよく知っているさ」

「そうか……。ならばここは、我の得意ごとの話をしようか」

そう言って、馬駆（マク）はスラリと剣を抜いた。

「おいおい、狼使い。族長殿よ、まさか、この俺を殺すつもりかね？」

「安心しろ。殺しはしない。それは禁じられているからな。我はただ、己が役割を果たすのみ」

「やめてくれませんかねぇ、実戦は苦手なんだ」

言いつつ、燻狼も剣を抜いた。わずかに曲線を描く刀身が、月明かりを受けてギラリと輝く。

視界の中、二匹の狼が左右から包囲するように近づいてくる。

「俺ごときに三対一とは……。族長殿も容赦がない」

右に、左に、と視線をやって、燻狼は、剣を両手持ちにした。

「むっ？」

馬駆が警戒に足を止めた、瞬間、燻狼は動いた。

「ほいっと」

剣の柄の部分をひねる。パキッと何かが割れる音がして、ジワリ、と持ち手の部分から液体が染み出してきた。

それは、彼が握りこんでいた粉状の薬と混じり合い……。パァッと強烈な光が生まれた！

狼の弱々しい悲鳴と、馬駆の微かな呻き声。

それを背中に聞きながら、燻狼は馬首を翻す。

「さぁて、どれぐらい足止めできるものやら……」

投げやりにつぶやきつつ、馬を駆る。

さすがは、騎馬王国出身なだけはあり、その手綱さばきは見事なもの。足を止めた馬駆たちを置いて、ぐんぐんと荒野を駆けていく。

されど……彼にとって不運だったのは、今宵が月夜であったこと。そして……。

「逃がさぬ……」

追手が火の一族一の、馬の乗り手であったことだった。

振り返れば、後方より、じり、じりと馬駆の馬が近づいてきた。

――やれやれ、さすがに速いな。しかも、あの狼たちには俺の臭いが知られているし。こいつはいよいよ逃げ切れないかね。

っと、その時だ。燻狼の耳が、ある音を捉えた。

それは、ごうごうと音を立てる、川の音だ。

「ああ、ようやくか……」

見えたのは、太い川だった。

キラキラと月明かりを反射する水面、水しぶきを上げ、轟（とどろ）きを響かせる荒れた川だ。流れが速く、馬に乗ったままではとても渡れそうもない。

川は、燻狼から見て右の、やや下ったところを流れていた。

そして、その川に、まるで枯れ葉のように漂う一艘（そう）の舟が見えた。舟は真っ直ぐに川を下っている。並行するように、川を見下ろしながら、燻狼は馬の首筋を撫でた。

「さぁて、お前とはここでお別れだ。せいぜい、幸せに暮らせよ」

そう言うと燻狼は、手綱と鐙（あぶみ）……馬と人とを結びつける馬具を一太刀で切り捨てた。

そうして、彼自身は、馬の背を蹴って川のほうに跳躍する。

刹那の浮遊感、美しい月夜をぼんやりと眺めつつ、落ちていき、落ちていき……次の瞬間、お尻を堅い木に、したたかに打ち付ける。

「あたたた……」

「おいおい、大丈夫かい？　あんたが『巫女姫』のところの蛇導師の生き残りか？」

見上げると、長髪の男が、こちらを見ていた。額に青いバンダナを巻いた、鋭い目をした男だった。

「そう言うそちらさんは、バルバラをセントノエルに送り届けた、西の蛇かね？」

「ふん、どうやら、間違いはないようだ……っと？」

不意に、男が目を上げる。と、

つられて燻狼も視線を上へ。すると、月明かりを背に受け、漆黒をまとった男が降ってきた。

「逃がさぬ、と言ったはずだ」

見事に、舟に着地を決めた男、火馬駆はすかさず剣を抜き……。

「おいおい、他人の舟で勝手が過ぎるんじゃない？」

突然の声、直後、がいぃん、っと重たい金属の音を立て、火花が散った。

一足飛びで馬駆にとびかかったのは、バンダナの男だった。鋭い横薙ぎを、剣を立てて受け止めた馬駆だったが、足場の舟がぐらつき、バランスを崩した。

「しゃあっ！」

追い打ちをかけるように、バンダナの男が蹴りを放った。鋭く突き出す蹴りは、馬駆の胴体の中心を射抜き……、その体を舟から叩き落とした。

その一部始終を、燻狼は、落とされぬよう必死に舟に掴まりながら見ていた。

「やーれやれ。あれが、巫女姫の最強戦力か」

軽く腕を振りつつ、バンダナの男は軽い笑みを浮かべる。

「ま、こうして舟の上なら恐れるに足りんと言ったところかな」

「それは、どうでしょうかねぇ……っと！」

びゅうっと飛ばされてきた青い布に手を伸ばし、燻狼は苦笑した。

それは、馬駆の斬撃によって斬り落とされた、男のバンダナだった。

「なるほど、なかなかやるなぁ」

男は、川の中に消えた馬駆を睨(にら)みながら、獰猛(どうもう)な笑みを浮かべた。

――族長も化け物だが、この男も負けずに化け物じみてるねぇ。

やれやれ、とため息を吐きながら、燻狼は言った。

「ところで、これからどこに向かうので？」

「さぁてね。たまには、故郷に顔を出そうかと思っていたところだよ」

そう言って、男は笑った。月明かりに照らされたその顔、前髪の間から覗く額には、目の形の刺青がくっきりと彫り込まれていた。

第十一話　ダレカの誤算

バルバラは、サンテリに引き立てられて、その場から去っていった。

――ぐぬぬ……最後にとんでもない情報を置いていってくれましたわね……。

それは、新たなる蛇の情報……。その蛇が、ヤナたちに所縁(ゆかり)の民族、ヴァイサリアンであるということ。

バルバラのことが片付いた瞬間に現れた大きな問題を前に、頭がモクモクしそうになるミーアであったが……。

――いえ、違いますわね。今は少なくとも一つの問題が片付いたことを喜ぶべきですわ。そして、目の前の問題をきちんと解決させることこそが肝要。新しいものは、また改めて考えればよいですわ。明日のことは明日の自分に任せよう！　と割り切って、ミーアは改めて現状を整理する。

とりあえず、バルバラのことはこれで問題ないだろう。今後のことは、ラフィーナの沙汰を待つことになるが、恐らく、それほど酷いことにはならないだろう。

――優しい獅子になったラフィーナさまであれば、そんなに酷い判断はしないと思いますわ。あのベルが許されてるぐらいですし、大丈夫に違いありませんわ。あとは……。

そうしてミーアが視線を向ける先、一人残ったユリウスの姿があった。彼には、まだ、するべきことがあるのだ。

ユリウスは、ゆっくりと歩いて子どもたちの前に出る。そうして……。

「本当に、申し訳なかった」

静かに頭を下げた。それから、彼は語りだした。

彼自身の罪を……。

先ほどの女性が自分の生き別れの母親であること。

彼女が罪を犯し、このセントノエルに捕らえられていたということ。

母と会うために、自分が銀の大皿を盗んだということ。

一切の言い訳もなく、ただ淡々と事実を告げていくユリウス。そして、

「私は、君たちに嫌疑がかかった時、疑いを晴らすことができたのに、それをしなかった。その結果、君たちの身を危険に晒すことになった。これは言い訳のしようもなく、私の罪だ。本当に申し

訳なかった」

そのユリウスの言葉に、子どもたちは呆気にとられた様子だった。

それも仕方のないことかもしれない。なにしろ、いろいろなことがありすぎたのだ。

事情を理解するだけでも、一苦労だろう。

ミーアにとって誤算だったのは、ヤナのことだった。

彼女もまた、黙ってユリウスのことを見つめるばかりになっていた。

――ああ、これは……予想外ですわ。

ミーアは、ぐむっと唸った。

先日の大浴場で、きちんとヤナに言い含めていたつもりになっていたが……。

――新たな蛇がヴァイサリアンの関係者だっていう話の影響力が大きすぎたみたいですわね。

自分たちと同じ、額に目の刺青を持った男が暗躍している。その情報は、ヤナにとって少なからずショッキングなものだったのだろう。

――こうなれば、ここはなにか、わたくしが……。

キリリと凛々しい顔で、一歩踏み出そうとしたミーアであったが……、すぐに立ち止まり、頭からボフンッと煙を出す。

――だ、ダメですわ！　なにも思い浮かびませんわ！

バルバラの話をまとめるのに、すでに甘いもの(エネルギー)を使い果たしてしまったミーアは、菓子(ガス)欠状態になってしまったのだ。

そうして生まれた沈黙、どのように流れるか、全く読めない状況の中で、声を上げたのは……。

「でも……ユリウス先生は、お母さんに会うためにやったんでしょ？」

ヤナの弟、年少組のキリルだった。

お兄さん、お姉さんたちがなにも言えずにいる中、キリルは、一生懸命に言葉を紡(つむ)いでいく。

「ボクは……、ボクだったら、もしも、お母さんに会えるなら同じことやっちゃうと思う。それに、お姉ちゃんとはなればなれになっちゃって……それでもしも、もう一回、会えるんだって言われたら、わるいことだって、やっちゃうと思う」

「キリル……」

思わぬタイミングで口を開いた弟を、ヤナはビックリした顔で見つめていた。

「だから……ユリウス先生は、わるくないと思う」

その声は、尻すぼみに消えていって……。けれど、確かに、子どもたちの心には届いたらしかった。

「うん……。俺もユリウス先生は悪くないと思う」

「私も……」

カロンが口火を切り、他の生徒たちが後に続く。

ユリウスは、子どもたちの反応を見て目を丸くしていた。何かを言おうと口を開くも、そこから言葉が紡がれることなく……。ただただ、黙って、彼らの言葉を受け止めていた。

一方で、ミーアは、自分が間違っていたことを悟った。

許すの許さないの……そういうことを言う必要はなかった。ヤナを誘導する必要など、なかったのだ。

この子たちは、きちんとユリウスの気持ちがわかる。だって、彼の抱えた母親を慕う気持ちは、この子たちの中にもあるものだから。

年長の男の子たちは意地を張るかもしれないけれど、キリルは、その気持ちを偽らなかった。お母さんに会う方法があるならば、なんだってやる。もう一度、会えるなら……と。

——うふふ、ヤナに気を使って、お姉ちゃんにも、と付け足すところが、可愛いですわ。

幼いキリルの気遣いに、ちょっぴり母性をくすぐられる、ミーア（25）お姉さんである。

そうして、子どもたちが口々に声をかける中、満を持して口を開いたのは……。

「あたしは……、まだ、ユリウス先生に教わりたい」

クラスの長である、ヤナだった。

その洞察は、非常に鋭かった。ヤナは、仮にユリウスが許されたとしても、彼がこのままセントノエルに留まることは許されないと察していた。

そして、その話が出る前に先手を打ったのだ。

——やっぱり、あの子、とっても鋭いですわ……。

ミーアは思わず瞠目（どうもく）し、そのやり取りを見守ることにする。

「あたしは……あたしたちの気持ちをきちんと理解してくれる、ユリウス先生がいい。きちんとあたしたちの話を聞いてくれる、自分に悪いことがあったらちゃんと謝ってくれる、ユリウス先生がいい……」

それから、彼女はラフィーナのほうに向かって頭を下げた。

「ラフィーナさま、ユリウス先生を、特別初等部の先生から替えないでください」

「うーん、そうね……」

と、そこで、ラフィーナは難しい顔をした。

――あら、妙ですわね。てっきり、すぐに了承の返事をするかと思いましたけど……。

ミーアは首を傾げる。が、考えてみれば、それも当たり前かもしれない。彼は彼で、盗みを働いたのだ。情状酌量の余地はあるとはいえ、このまま、というわけにはいかないはずで……。

しばし考えていたラフィーナだが、その顔がパァッと輝いた。

「あっ、そうだわ。それなら、こういうのはどうかしら？」

悪戯（いたずら）っぽい笑みを浮かべて、ラフィーナが言った。

「このまま元通り、というのもなかなか難しいと思うの。だからね……」

にっこり上機嫌な笑みを浮かべると、ラフィーナは……。

「子どもたちと一緒にお料理会を開くというのはどうかしら？」

恐ろしいことを……言い出した！


「…………はぇ？」

流れ矢を受けて、思わず出たその声が、誰のものであったのかは定かではなかった。

第十二話　戦力分析……負け確定、か？

キースウッドは、剣術に優れた青年として知られている。

その才は天賦（てんぶ）のものであったが、それに驕（おご）ることなく研鑽（けんさん）を続け、剣の天才シオンにも劣らぬ腕前を誇っている。

それだけでなく、やがて王となるシオンのため、戦術論・戦略論をも習得し、通常の従者とは一線を画す能力を誇っている。

戦えと言われれば鬼神のごとき武力を持って、兵を率いよと言われれば、歴戦の名将のごとく。

そう振る舞えるように、自らを磨いてきたのだ。

そんな彼の、優れた戦略眼が告げている。

「こいつぁ、負け戦だぁ」などと……。

敗因はよくわかっている。

戦災孤児であったキースウッドにとって、特別初等部の子どもたちのことは、他人事ではなかった。また、ユリウスの理想も、彼にはとても共感できるものだった。

彼のような人物が世界には必要だし、冷遇されるべきではないと思った。

だから、ヤナがラフィーナにお願いした時点で……不覚にも少しだけ感動してしまったのだ。

……それが、油断を生んだ。

ラフィーナが、なんだか、ソワソワ嬉しそうにしている時点で、察するべきだったのだ。

こいつぁ、やべぇことになりそうだぞ……と。

「負け戦か……って、いやいやいや……負け戦の一言で片付けてはいられないんだって……」

うろうろと廊下を歩きつつ、キースウッドは考えていた。

「戦には、数が必要だ……。死闘を乗り切るためには、戦力となる者が必要なんだ」

彼の軍事的常識が告げている。戦力が……人手が必要である、と。

今でも思い出すたびに、背筋に戦慄（せんりつ）が駆け抜ける。

ミーアの作り出した巨大な馬パンは、未だに、彼の夢に登場することがあるのだ。

あの巨大な生焼けのパンを、もしもシオンが食べていたら、などと想像するだけで……キースウッドの胃がキリキリ痛む。

あれは、本当に恐ろしい戦いだった。

その後、得られた心強い味方、サフィアスも今はこの地にはいない。

「つくづくサフィアス殿がいないことが悔やまれる。今頃、元気にしているだろうか？」

ふと、夜空に目を向ければ、明るい星が瞬いて見えた。キースウッドにはそれが、帝国の地にあるサフィアスのように見えた。

…………重症である！

とりあえず、首を振って頭をスッキリさせる。まずは、情報の整理が必要だ。

「やはり、敵はミーア姫殿下とクロエ嬢……このお二人には徹底した警戒が必要だ」

なにせ、目を離すとなにをしでかすかわからない。ミーアはキノコ、クロエは珍味の隠し味。なにかよからぬことをしないか、監視の必要が常にあった。

「ミーア姫殿下の孫娘だというミーアベルさまは……まぁ、問題はないかな」

無論、戦力としてカウントはできないが、まぁ、ミーアやクロエのように、変なものを混入する可能性は低そうだ、とキースウッドは考える。

「彼女は、特別初等部の子どもと同じ枠でいいだろう。きちんと指示を与えれば、なんとか、働いてくれそうだ。それと、イエロームーン公爵令嬢、あの方は……毒の調合とか上手いそうだから、料理も得意……か？」

しばし考えて後、キースウッドは結論づける。

「そうだな！　料理と調合、そう違いはないな！　うん！」

キースウッドは混乱していた！

純軍事的に考えれば、この手の希望的観測は、極めて危険なものなのだが……。

ともあれ、シュトリナは、見事、ティオーナと同じ枠に分類されたのだった。つまり、使いようによっては使える枠である。

「新加入のラーニャ姫殿下はどう考えるべきか……」

ペルージャン農業国の姫、ラーニャは、あと十日もすれば、収穫感謝祭のため、国に帰らなければならない。彼女が戦力になるならば、その前に料理会を開くべきだ。食と農作物に造詣の深い姫であるが、はたして、料理の腕前はいかばかりか……。

「確認したいところだが……ペルージャンは、大飢饉によって存在感を増している。それに、ミーア姫殿下肝いりの組織も、あの地に置かれるという。当然、ラーニャ姫もそれにかかわるようだし、決して侮るべきではない」

つまり、なにが言いたいかといえば、「ラーニャ姫って、料理できますか？」などと気軽に聞くことはできないのだ。しっかりと気を使う必要がある。

「そして、ラフィーナさま……。あの方の料理の腕は、どうなんだ？」

よく儀式に出てくる時などは、パンを手で割っている。少なくとも、パンを割るぐらいはできるはずだが……。

「うん……まぁ、変なものを入れるとか、そういうことはなさそうだし。いい意味で、こちらの言うとおりに動いてくれそうだ。大丈夫だろう」

そう判断しかけて、不意に……彼の脳裏に嫌な予感が残る。

「いや……、だが、ラフィーナさまは、ミーアさまに妙に甘いところがある。ミーアさまの言うことを素直に聞いて、変なものを混入する恐れはあるか。具体的には、キノコとか……」

となると、微妙に信用がおけなそうだった。

「アベル王子とシオンさまは、言われたことをきちんとやってくれそうだし、そこまで変なことはしないだろう。あとは、ティオーナ嬢……も大丈夫だろう。うん、三人で野菜でも切ってもらうとして。あとは、従者のお嬢さん方か……」

前回のお料理教室の時にも、さんざん苦労したんだよなぁ！　と、キースウッドは頭を抱える。ミーアのメイド、アンヌは、以前より料理ができるようになったとか、ならないとか聞く。ティオーナのメイドのリオラは相変わらずだが、それでも少しは常識がついただろう。オーブンで焼けと言われれば、オーブンで焼いてくれる……はずだ……たぶん……きっと。

「ラーニャ姫のところは、どうだ？　ペルージャンの従者が、もしかすると、超料理上手という可能性はある。期待が持てそうだ。あとは、ベルさまの従者であるリンシャ嬢、彼女は、使えそうか……？」

今回、苦しいのは、生徒会の面々だけではないということだった。特別初等部の子どもたちの面倒も見なければならないのだ。

「料理経験者として現場指揮官として動けそうなのは、俺と、リンシャ嬢、ラーニャ姫の従者……だけか？　だけだというのか？」

腕組みしながら、ぶつぶつ廊下を歩くキースウッド。彼が、もう一人の強力な戦友、モニカの存在に気付くまでには、もう少し時間が必要だった。

第十三話　キースウッド、心強い味方を得る！

「今日は、スープがいいかな」

人気のない夜の調理場に、一人の女性の姿があった。

ラフィーナのメイド、モニカである。

風鴉を離れて、ラフィーナのメイドとなって以来、聖女の夜食を作ることは彼女の大切な仕事となっていた。

ラフィーナの仕事は激務だ。

生徒会長をミーアに譲ったラフィーナであったが、依然として多忙だった。

ヴェールガの聖女の仕事は、儀式を執り行うことだけにあらず。時に学生の前で、神聖典の解き明かしをし、時に他国の重鎮と密談を行う。

先年のサンクランドと騎馬王国との緊張関係の緩和をしたこともその一環だが、大陸の平和と安定を維持するために、彼女の肩には重たい責任が常に圧しかかる。

さらには、蛇のこともある。

その精神的重圧は、想像を絶するものだった。

そんなラフィーナだから、忙しくて食事をとれないことがある。その時に、夜食を用意するのが、モニカの仕事だった。

だが……、無論、何でもよいというわけではない。体によく、それでいて、美味しいものを。そうして、少しでも心と体を癒やしてほしい、というのが彼女の願いなのだ。

手早く野菜を切り、じっくりコトコト煮込むことしばし……いい匂いがしてきたところで……不意に、人の気配を感じる。

「誰っ⁉」

鋭い声、と同時に、モニカは近くにあった野菜用のナイフを手に取っていた。逆手に持ち、いつでも対応できるよう、突如、出現した謎の気配に注意を向ける。

喉が渇いたから水を飲みに来た生徒……などという可能性も考えないではなかったが、気配を半ば消しているのを怪しく感じたのだ。が……。

「申し訳ない。脅かすつもりはなかったんだけどね」

「あなたは……キースウッド殿」

苦笑を浮かべつつ現れたのは、シオン・ソール・サンクランドの無二の忠臣、キースウッドだった。どうやら、彼のほうでも警戒していたらしい。

「このような時間に、食堂に来るとは……なにかありましたか？」

「いや、それはこちらのセリフですよ……モニカ嬢」

っと、キースウッドの目が、火にかけられた鍋に釘付けになる。

「モニカ嬢、それは？」

「……お野菜のスープですが」

「野菜の、スープ……⁉」

ずがーん！　っと衝撃を受けているキースウッドを見て、モニカは首を傾げる。

そんなに驚くようなことだろうか？　と。

「こんなことを言うのは心苦しいのだが……もしよければ、一口そのスープをいただけないでしょうか？」

「……えっ……と？　お腹が減ってるの？」

想定外のことを言われ、思わず素になってしまうモニカである。まぁ、夜中に食堂に来ている時点で、そうかな、とは思っていたが……。

「ああ、いや、そういうことじゃないんですが。なんといえばいいか……」

珍しく、慌てた様子のキースウッドに苦笑いを浮かべ、

「では、ラフィーナさまに、お持ちする前の毒見ということで」

モニカは、鍋からカップに、スープを移す。

ホカホカと湯気を立てるそれを、キースウッドは恐る恐るすすり……、

「す、すごい……！　すごく、まともな味だ！」

「ええと……今、喧嘩(けんか)を売られてる？」

またしても、素が出てしまうモニカである。

「ああ、失礼しました。そういうことではなく、とても美味しかったので、少し驚いてしまったというか……」

っと、ここでキースウッドは、やおら真剣な顔になり……。

「いや、この際だから、素直にお願いするのがいいでしょう。モニカ嬢、折り入ってお話ししたいことがあります。この後、お時間をいただいてもよろしいでしょうか？」

大真面目な顔でそんなことを言うキースウッドに、モニカは神妙な顔で見つめ返し……。

「もしかして、口説こうとしてますか？」

「いえ、そういうことでもなくって……」

などと、大慌てで否定するキースウッド。

まるで、唐突に死地に現れた援軍に縋るような必死さに、モニカは思わず吹き出して。

「冗談ですよ、キースウッド殿。でも、ラフィーナさまの従者の中には、殿方に慣れていない方が大勢います。そのような方たちを誤解させるようなことは、言わないほうが賢明かと」

「なっ、なるほど……。それは確かに」

生真面目な顔で頷くキースウッド。それを微笑ましく思いつつ、モニカはスープに目をやった。

「そうですね。ラフィーナさまにスープを持っていった後でしたら、少し時間が取れますから、しばし、ここで待っていていただけますか？」

モニカの問いかけに、一も二もなく頷く、キースウッドだった。


さて……。

ラフィーナの部屋を辞したモニカは「いったい何事だろう？」などと首を傾げつつ、調理場に戻ってきた。

律儀に待っていたキースウッドは、さながら、救いの女神を見つめてくるような様子で話しだした。

事情を聞いたモニカは、苦笑いを浮かべつつも……。

——ラフィーナさまが発起人ならば、失敗は許されない。それに、成功させてラフィーナさまも楽しむことができるようにしてあげるべきね。

少しだけ、気合を入れる。

「特別初等部の子どもたちが一緒だと人数が多いですね。グループに分けて一グループに一人、しっかりと教えられる人をつけてあげるのがいいんじゃないでしょうか？」

「なるほど……各個撃破、ということですか」

眉間に皺を寄せ、うむむ、っと唸るキースウッドに……。

「……キースウッド殿、言葉選びに気を使う余裕を失ってますよ」

ものすごぅく冷静にツッコミを入れるモニカである。それから、ほんの少し首を傾げて……。

「もしかすると、キースウッド殿は、権謀術数の類は、あまり得意ではないのでは？」

「ははは、いずれはできればと思っているんですが……」

「恥じることではありません。サンクランドの騎士は、正々堂々、正義の刃にて敵を討つことを、一番に考えるべきでしょう。けれど……」

それから、モニカは静かに考え込んだ。

この後、キースウッドは知ることとなる。

風鴉の手練手管。相手の心を巧みに操る、諜報戦の神髄を。

第十四話　ミーア姫、甘い罠の前に完全敗北する

翌日の午後……。就学時間も終わった平和なひととき。

ミーア的に言えば、おやつを食べ終わり、若干、おねむになる、そんな時間……。

「ふぅむむ……」

セントノエル学園女子寮、ミーアの部屋にて。

ベッドの上にごろりんと寝転がる――ことなく、ミーアは唸っていた。

大真面目に机の前に座り、腕組みをして、うむむ……などと、難しい顔で唸っている。

ミーアは真剣に考え込んでいたのだ。ちなみに、なにを考え込んでいたかというと……。

「ラフィーナさまの発案ですし……特別初等部の子どもたちのためにもユリウスさんのためにも、失敗はできませんわ」

例の、仲直りお料理会のことである。

確かに、あの場でユリウスの処遇は、ほとんど決まったと言ってよいだろう。お料理会のことは、直接的には関係ないだろうが……それはそれ……。

もしも、みんなで馬パンを作り、それがしょんぼりな出来だったらどうだろうか？

「仲直り自体が、微妙なことになってしまいそうですわ。それは避けたいですし……」

せっかく、ラフィーナが良い形で事件を閉じようというのだ。ならば、今度のサンドイッチ作りの会は、大成功させなければならない。なにより、ミーア考案の馬パンを作ったにもかかわらず、失敗するというのは、ミーア的にもあまり気持ちのよいことでもないので。

「ここは、前回のようにわたくしがアイデアを出してあげる必要があるんじゃないかしら？」

キースウッド一人の肩には重かろうと、完全なる善意で悪だくみを始めてしまうミーアである。

完全なるありがた迷惑である！

「やはり、形状は立体にして……立派な羽を……。羽……あ、そうですわ。ここは、あのキノコで翼の質感を大事にして……となると、キノコを集めるところから始めて……」

手近にあったノートにサンドイッチの設計図をサラサラーッと書き始めるミーア。そこへ……。

「失礼します。ミーアさま……」

「あら？　クロエ、どうかしましたの？」

ドアを開け、現れたのはクロエだった。

その手に一冊の本を持ち、現れたクロエは、真剣な顔でミーアを見つめた。

「はて、その本は？」

「はい。今度のサンドイッチ作りのために、下調べをしようと思いまして……」

などと答える生真面目なクロエに、ミーアは思わず笑みをこぼす。

「ふふふ、さすがはクロエ。わたくしと同じことを考えておりましたわね」

頼りになる読み友の発言に、満足げに頷いて、それからクロエの持つ本に目を留めるミーア。

「それで、その本は？」

「最近、流行ってるお料理をまとめた本だそうです。モニカさんにいただきました」

「あら？　モニカさんから？」

思わぬ名前に小さく首を傾げるミーアだったが、ぽんっと手を打った。

「なるほど。あの方はもともと、諜報組織の方でしたわね。ラフィーナさまの命を受けて、情報収集をしたと、そういうことかしら」

うむうむ、と納得の頷きをみせるミーアである。

「このお借りした本に、なにかサンドイッチに使えるアイデアがあるかもしれない、と思って読み込んできたんですけど……」

そう言って、クロエは机の上で本を広げる。

「ほう。なにか、いいものがございましたの？」

「そうですね。いろいろと参考になりました。例えば、このフルーツとクリームのサンドイッチというのが……」

それを聞いた瞬間、ミーアはカッと目を見開いた。

「まぁ！　そんなものがございますの？　というか、それはパンなんですの？　ケーキではなく？」

慌てて本を覗き込む。っと、驚いたことに、そこには、クリームを挟んだパンの絵が描かれていた！

それは、四角く切ったパンにフルーツと白いクリームを挟んだものだった。

同じようなもので、薄切り肉（ハム）を挟んだものは食べたことがあるが……パンにここまで甘いものを

挟むという発想はミーアの中にはなかった。

「ああ……でも、そうですわね。よく考えれば、ジャムやハチミツだってつけるわけですし、生クリームやフルーツを挟んでも……、不思議はありませんわ！」

「私も、こんな食べ物があるだなんて全然知らなかったです。商人の娘として恥ずかしいです。これは、著名な料理人が開発したみたいなんですけど、すごく甘くて美味しいみたいですよ。子どもたちも甘いのが好きなんじゃないかって、モニカさんも言ってて……」

「ああ、それは真理ですわね。甘いものが嫌いな子どもなんかいませんわ。きっと、パティも好きなはず……。であれば、このサンドイッチは、いいですわね。うん、実にいいですわ」

ミーアの脳内を、甘い、あまぁいサンドイッチが埋め尽くしていく。

「特に、この紅月イチゴと生クリームのサンドイッチが……」

「生クリームに紅月イチゴ⁉ それでは、サンドイッチではなく、ほとんどショートケーキではありませんの⁉ そんなサンドイッチが許されるというんですの？」

ふるふるっと震える手で、クロエから本を受け取ると、ミーアは一心不乱に読みふける。

「よさそうなものに、モニカさんが印をつけてくれたみたいですね」

「なんと……。さすがは元風鴉……。情報の整理は、お手のものですわね」

などと、朗らかな笑みを浮かべるミーア……であったのだが……。

彼女は気付くことができなかったのだ。

それがすべて、キースウッドFeat.（フューチャー）モニカによる、諜報工作であるなどと……想像すらしなかったのだ。

かくて、キノコ女帝ミーアは、甘い罠に絡めとられた。それは、帝国の叡智が諜報戦に完全敗北した、珍しい例といえるだろう。

第十五話　常識人ベル、挙手する！

決戦の日は、週の始まりの日だった。

中央正教会において、七日間の始まりの日は安息の聖日と呼ばれている。

この日は、聖日の礼拝(ミサ)の日であり、仕事も学校も休みとなる日。日々の職務から解放され、心を平安にする、まさに安息の日……のはずだったのだが。


礼拝を終え、聖堂から出てくる者の中に一人、心に平安のない者がいた。

ほかならぬ苦労人、キースウッドである。

「大丈夫……やるべきことはやってきた。事前に準備は終えたはず……。なんの問題もない、はず……」

ぶつぶつと……自分に言い聞かせるようにつぶやいて、それからキースウッドは思い出す。

今回、協力してくれたモニカが与えてくれた助言のこと。

「いくら準備してても不安になってしまって……」

などと、弱気なことを言うキースウッドに、モニカは、労わるような、困ったような笑みを浮かべて……。

「キースウッド殿……」

ぽむぽむ、っと優しく肩を叩き……、

「……どうにもならなくても、やり遂げなければならない時って、ありますよね？」

「まぁ、ありますけどねっ！」

具体的には、手練れの狼二頭と戦わなければならない時とかね！

てっきり「世の中、いくら準備してもどうにもならない時があるから、気楽に」みたいなアドバイスが来るかと思いきや、それを踏まえたうえで「どうにもならん時もなんとかしなければならない時がある。諦めろ！」と来た。全然、優しくなかった！

これは助言か？　励まされているのか？　などと、首を傾げざるを得なかったキースウッドである。

モニカ・ブエンティア。風鴉で訓練され、レムノ王国で酷い扱いを受け、ラフィーナの下で働く彼女は……、どうやら、想像以上にしたたかに鍛えられてしまったらしかった。

助言をくれた時の、神妙なモニカの顔を思い出し……、

「いや、でも……やっぱりあれは助言ではないよな」

思わず苦笑するキースウッドだった。

さて、午前中に聖日の礼拝を終えたセントノエルの学生たちは、昼食前には自由時間になってしまう。この日は授業もなく、行事もない。

そのまま寮の食堂で昼食をとるもよし。町に繰り出すもよし。各々、週に一度の休日を満喫するために動き出すわけだが……。

特別初等部と生徒会の面々は、生徒会室に集められていた。

集合した後、彼らが向かったのは調理場の裏手だった。そこでは、一足先に来ていたユリウスがクリーム作りに勤しんでいた。

一般的にケーキなどに用いられるクリーム。それは、搾りたての生乳を分離して取り出すものだった。その分離の際に用いられるものが「女王海月（じょおうくらげ）の粉」と呼ばれる分離剤だ。

極めて吸水性の高いその粉は、水分を吸いながら、生乳の下のほうに溜まる。一方で、比重の軽いクリームは上のほうに集まってくる。これを、練振（れんしん）分離法という。

生乳の分離自体は、自然に放置していても起きる現象であるが、この女王海月の粉の発見により、飛躍的にその分離技術は進んだという。

けれど、技術が進んだといっても、労働自体はゼロにはならないわけで……。

水分を吸う、その魔法の粉が綺麗に混ざらなければ、当然、分離は不完全になる。水分が多く残れば、クリームの泡立ちが悪くなり、味もまた落ちる。さらに、水分を吸った瞬間から、女王海月の粉は粘度を持つため、かき混ぜるのも一苦労だ。

そのため、巨大な桶をかき混ぜるユリウスの額には、汗が光っていた。

けれど、ユリウスは手を止めることはなかった。懸命に、両腕で持った大きなヘラを動かし続ける。

それは、彼に与えられた償いの機会だった。子どもたちの今日の思い出を、楽しいものとするために。

「やぁ。みなさん。もう少し時間がかかりそうですが、パンが焼きあがる頃には、クリームをお届けできると思います」

ふぅっと一息吐いて、ユリウスが笑みを浮かべる。

「ユリウス先生、ぼくも手伝います」

キリルがそんなことを言うが、ユリウスはゆっくりと首を振り、

「君たちには、別に仕事があります。ここは私に任せてください」

きっぱりと言うのだった。


そうして、頑張るユリウス先生の姿を子どもたちに見せた後、一行は、調理場へと戻ってきた。

そこで、改めて、今日のお料理会についての話をするのだ。

「今回、みなさんに作っていただこうと思っているのは、クリームと紅月イチゴのサンドイッチです」

厳かな口調で、キースウッドは言った。

それこそが、彼とモニカが立てた作戦。すなわち『誘導』である。

比較的、危険が低そうなメニューにミーアたちを誘導するのだ。

クリームと紅月イチゴのサンドイッチならば、大きな問題は起こらない……はずだ。まさか、そ

こに悲惨なアレンジを加えようなどとは思わない……はずなのだ。

——あのフルーツサンドイッチの記事を、ミーア姫殿下にも読んでいただいている。クロエ嬢も、すでに頭は、フルーツサンドイッチ一色になっているはずだ。

最も危険な二人を誘導すべく、情報戦は始まっていた。

相手が喜んで罠に踏み込むようにすることこそ、上策というもの。意図的に、魅力的な情報を流すことで、二人の意識を誘導してやるのだ。

「そう……。ええ、確かに、とっても美味しそうだけど……」

っと、話を聞いていたラフィーナの顔が不意に曇った。

「でも……馬型のサンドイッチというのは……」

「ラフィーナさま……」

そんなラフィーナに、すかさず、モニカが歩み寄り……。

「キースウッド殿に作り方を教えていただきました。それに、そちらは後ほど、ミーアさまと相談しながら作ればよろしいかと……」

などと、抜かりはない。

「ミーアさんと相談しながら……二人で……うん。そうね、子どもたちと一緒だと、わからない部分もあるかもしれないわ」

お友だちと二人でのお料理会を想像し、ニッコリのラフィーナである。

一方のキースウッドは、後日の憂いに、若干お腹をさすりつつも、今は、目の前のことを片付けようと気持ちを切り替える。

「そういうわけで、今日は準備を整えておきました。作業は分担して進めます。シオン殿下、アベル殿下、ティオーナさまとリオラ嬢、特別初等部の……」

っと、手早くグループ分けしていく。

シオン班は、フルーツの準備。紅月イチゴのヘタを取ったり、切ったり、そうした簡単な作業だ。切ることについては、こだわりがあるらしいティオーナや、刃物の扱いに慣れているシオン。リオラも、まぁ、森で生きてきたわけだから、大丈夫だろう、と判断する。

アベルに関しては、変なことはしないだろうという信頼はあるものの、ミーアと同じ班の場合、ミーアが暴走しそうだった。ゆえに、こちらのグループに入れてある。

子どもに刃物は危険かもしれないが、ヘタを取るだけならば、手でできる。問題ないだろう。考え抜かれた布陣である。

「次に、でき上がってきたクリームを泡立てて、砂糖を混ぜ合わせる作業を、ミーアベル姫殿下、イエロームーン公爵令嬢、それに、特別初等部のカロンくん。あとは、指導員としてリンシャ嬢」

上手く、問題が起こらないようにメンバーを割り振っていく。

シュトリナは、調合に慣れているということだったので、クリーム作りには、最適だろう。おそらく……。きっと。それに、ベルもお友だちの言うことならば、素直に聞くだろう。

あとは、特別初等部の中でも、ちょっぴりやんちゃそうなカロンはこのグループへ。リンシャは、わんぱくな男の子の相手も慣れているということで全面的に信頼しておく。

「そして、最後に、パンを焼くのがラフィーナさま、ミーア姫殿下、ラーニャ姫殿下、クロエ嬢。サポートとしてアンヌ嬢。指導係は、ラーニャ姫殿下の従者の……」

そうして、戦力を割り振っていく。大丈夫、大丈夫、と自分に言い聞かせながら。

「俺とモニカ嬢は全体を見回して、問題がないかどうかチェックします。なにかあったら、すぐに知らせて……ん？」

っと、その時だった。

勢いよく手を挙げる者がいたのだ。それは、ほかならぬ要注意人物、ミーア・ルーナ・ティアムーンだった。

「なんでしょうか？　ミーアさま」

「少しパンを焼く者の人数が多いのではないかしら？　わたくし慣れておりますし、なんでしたら、キースウッドさんを手伝って全体の監督をしても……」

「いえ。大丈夫ですから。ミーアさまには、ぜひ、普通の形のパンを焼く、そのお手伝いをいただければと思っています。分業が大事ですから、分業が……」

パン焼きは、すでに経験済みのミーアである。アンヌやラーニャ姫もいるし、なんとしても、そこにミーアを封印しておきたいキースウッドである。

「むぅ……まぁ、そこまで言うのでしたら……」

などと、なんとか説得に応じてくれたミーアに、ふぅっとため息を吐いて……。それから彼は辺りを見回して。もう一人、手を挙げている人物を見つけた。

「ええと、なんでしょうか？　ベルさま」

名前を呼ばれて、なぜか嬉しそうに頬を赤らめたベルは、はいっ、と気持ちのよい声を上げた後……。おずおずと言いだした。

「あの、甘いものばかりだと、体に悪いんじゃないでしょうか？」

「……はぇ？」

それは極めて意外な方向からの、強烈な正論だった。

第十六話　決戦・伏兵・援軍！

伏兵は……意外なところから現れた。

「甘いものばかりだと、体に悪いんじゃないでしょうか？」

ドヤァな顔で極めて正しいことを口にしたのは、ミーアの孫娘、ミーアベルだった。

「なっ！」

驚愕に、キースウッドが言葉を失った間隙をついて、ベルはペラペラしゃべりだした。

「お昼ご飯を食べずに、デザートだけ食べたらダメだって、言われたことがあります。子どもたちのためにも、きちんと普通のサンドイッチも用意したほうがいいんじゃないでしょうか？」

正論だ！　文句のつけようのない正論だった！

断罪王シオンも真っ青な完全無欠な正論を前に、キースウッドはたじろいだ。

一方、孫娘の正論を耳にしたミーアの……その胸の内に宿る教育者魂に火がついた！　ついちゃった！

「ふむ……確かに、言われてみれば、タチアナさんにそんなようなことを言われましたわね」

記憶力には大変、定評のある帝国の叡智である。腕組みをしつつ、ミーアは考え込んだ。

「ああ、いえ、ミーア姫殿下？　あまり、予定にないことは……」

「いいえ。子どもたちの健康のことを考えると、きちんとした食事をさせてあげるべきですわ。甘いもので口がおごってしまえば、体によい食べ物を食べたくなくなるのが人の情というもの」

経験者の発言は、実に力強く……。

「それに、甘いものばかりでは、飽きてしまうかもしれませんわ……ここは、当初の構想通り、馬パンも並行するのがよいのではないかしら」

っと、ここで、ミーアはぽこんっと手を叩き、

「あ、そうですわ。体にいいということであれば、いっそのこと、キノコを入れてみるとか⁉」

恐ろしいことを言い出した！

「ちょうど、新しい馬パン用に、キノコを混ぜる構想を練っておりましたの。ほら、天馬のように、翼があって……」

などと、おもむろに設計図を広げようとするミーアを、慌てて止めるキースウッド。

「いえいえ、ミーア姫……それはさすがに。ほ、ほら、今から採りに行くのはさすがに……」

「あら、大丈夫ですわ、キースウッドさん」

ミーアはキースウッドを気遣うように、優しい笑みを浮かべる。

「キノコのエキスパートであるわたくしであれば、サクッと行って採ってこられますわ。こう、サクサクッと……」

突然の、毒キノコ女帝の暴走に、キースウッドは慌てふためく。

サクサクッと行って毒キノコを採ってくる気満々のミーアだった！

「いや、ミーア姫殿下にはぜひパン焼きを……ですね」

などと言うキースウッドに、ミーアは、いっそ朗らかにすら見える笑みを浮かべて、

「大丈夫ですわ。パン焼き班には、ペルージャンの方もおりますし。あなたは、知らないかもしれませんけど、ペルージャンの方にかかれば、パン焼きなど造作もないことですわ」

知ってるよ！　むしろ、だからこそ、あなたのところを担当させてるんですよ！　などと言いたいのを懸命に堪えるキースウッドに、追い打ちをかけるように、ミーアは悪戯っぽいウインクを見せる。

「ほら、分業ですわ、分業。何事も手分けして行うことが大事なんですわよ？」

先ほど、自分自身が言った言葉を返されてしまい思わず、歯をギリギリさせてしまうキースウッドである。

「実は、最初からキノコを使ったパンが作れないか、と考えておりましたの。フルーツサンドに浮気しましたけれど、ここは、初志貫徹（しょしかんてつ）。馬パンを立体に進化させた、天馬パンを……」

おお、もう……などと、キースウッドが崩れ落ちかけたところで……援軍は意外なところから現れた！

「失礼いたします。ラフィーナさま」

「あら？　サンテリ……。どうかしたの……？　それは……」

声のほうに視線を向ければ、サンテリを筆頭に、数名の従者が入ってくるところだった。そして、彼らの抱えた籠の中には……。

「おっ……おぉ……」

ミーアが、そんな感嘆のため息を漏らしてしまうほどの量の……キノコ、キノコ、キノコ、キノコが山のように積んであったのだ。

ヴェールガ茸をはじめ、複数の種類のキノコが集まっている。

「こんなこともあろうかと、準備をしてありました。今、森で採れそうな旬のものは取り揃えております。もちろん、毒キノコはありません」

心強いその言葉に、キースウッドは、思わず、グッと感動する。

ふと視線を転じれば、モニカが小さく頷くのが見えた。

どうやら、サンテリに声をかけておいたのも彼女らしい。

キースウッドには油断があった。モニカの鮮やかな誘導の手腕にすっかり感動してしまったキースウッドは、そこで思考停止に陥ってしまっていたのだ。

あるいは、これでなんの心配もない、と思い込みたかったのかもしれない。

けれど、モニカのほうは、さらに不測の事態に備えていたのだ。先にキノコを出してしまったのでは、ミーアは否が応でもキノコパンを主張していたことだろう。だから、ミーアが自分で言い出すまでは、隠していたのだ。

いわば、これは次善の策。クリームイチゴサンドで終わっていれば、それが最善であったが、それが叶わぬとあれば、事前に危険を潰していく。

——これが、風鴉の手腕……。

感心すると同時に、彼の脳裏に、一つの言葉が思い浮かんだ。

かつて、サンクランドの伝説的な名将はこう言ったという。

戦において、現地の者たちの協力は、非常に心強い力となる……。

「これがサンクランド兵法、地の章『現地の協力者の大切さ』ということか……」

思わぬところで、戦術論の教科書の実践を経験するキースウッドである。

彼の戦術家としての手腕は、こうして磨かれていくのだった。

第十七話　キースウッド、奮戦す！

サンテリらの援護を受けたキースウッドたちであったが、大幅に計画の変更を迫られることになった。

クリームイチゴサンドに加え、馬パンwithキノコも作らなければならなくなったのだ。

急遽(きゅうきょ)、グループを再編成。

クリーム作り班の中から、シュトリナとベルを分け、モニカの指導の下、キノコサンド用のホワイトソース作製班を捻出する。

また、パンの形を普通の形から、泣く泣く馬型に変更。フルーツ馬サンドと、キノコ馬サンドの二種類を作ることとする。

馬型にするのはキノコパンのほうだけでいいんじゃ？　と提案するも、ミーアに押し切られたキースウッドである。さらに、

「ふぅむ、羽に使えそうなキノコはありませんわね？　もっと、こう……幅広のひらひらしたキノコがあれば……」

「ミーア姫殿下……。この場にあるキノコでは不足ということですか？　姫殿下の、キノコへの愛は、その程度であるというのですか？」

ミーアが作らんとしている恐ろしい激流に、敢然(かんぜん)と立ち塞(ふさ)がるキースウッド。なんとか、これ以上の状況の悪化を防ぐべく、その場に踏みとどまる。

「この場にあるキノコを最大限活用して、最善の形を作る。それこそが、キノコへの愛ではありませんか⁉」

キノコへの愛ってなんだよ……？　と内心で首を傾げつつ、キースウッドは切々と訴える。

「……むっ？」

その力説に、思わず眉根を寄せるミーア。

「ミーアさん、私のために張り切ってくれるのは、とても嬉しいけれど。今日は子どもたちとユリウスさんの仲直りのための会だから。想いのこもった新しい馬型パンの作り方は、また後日、直接教えてもらいたいわ」

ラフィーナからも、援護が入る。

……援護というか……後日に問題を先送りするだけのような気がしないではなかったが、すべてを飲み込み、キースウッドは大きく頷いてみせた。

「ぜひ、この場にあるものを使って、最善の形を整えていただきたいのです」

そう言ってやると……ミーアは、

「ふむ。そうですわね……。わたくしとしたことが、いささか、高慢になっていたようですわ。小さなキノコに忠実でないものが、より大きなキノコに忠実になれるはずもなし。謙虚さが大事ですわね」

などと、納得の表情を浮かべる。そんなミーアを眺めつつ、ふとキースウッドは思う。

――この人、本当に、帝国の叡智なんだろうか……？

などと！　彼の勘が限りなく、帝国の叡智の真実に近づいてしまった、まさにその瞬間っ！

「おっと……」

「あっ、ごめんなさい」

特別初等部の少女にぶつかりそうになる。少女はぺこり、と頭を下げるも、その顔には、楽しそうな笑みが輝いていた。

そのまま、トコトコ走っていく少女の背中に、

「あまり、走らないように。気をつけて」

と声をかけつつも、キースウッドは改めて思う。

――あの子たちの笑顔は、そもそもは、ミーア姫殿下が作ったものだったか……。

特別初等部の子どもたちと近い境遇にあったキースウッドには、その笑顔はとてもまぶしいものだった。

今の子だけじゃない。各調理台にいる子どもたちは、不器用にイチゴのヘタを取る子も、キノコの石づきを取ってばらす子も、パンをこねるのを手伝う子も、クリームを泡立てる子も、ミーアの新たなる馬パン設計図にワクワク顔の子も……みんな楽しそうな笑顔を浮かべていた。鼻先に小麦粉をつけたり、イチゴの果汁で服にシミを作ってしまったり、失敗もするけれど……そこには、年相応の無邪気さがあった。

弱く、虐げられ、人を信じることすら難しかった彼らに、こんな風に純粋な笑みを浮かべさせる……。それを叡智と言わずして、なんと言うというのか。

――ミーア姫殿下は、料理の際に若干、興奮してポンコツなことを言いだすだけで、基本的には帝国の叡智なのだ。料理の腕前が若干ポンコツだからといって、彼女の功績すべてを疑ってしまうのは、いかにも公平さを欠くことだったな。

キースウッドの反省は、彼の内に芽生えかけた疑念を洗い流すのに、十分なものだった。

さらに……。

「リーナちゃん、このキノコサンドイッチのソースに隠し味とか、必要じゃないでしょうか？」

「んー、料理にはそういうの必要だって、リーナも確かに聞いたことあるわ。それなら、そこの赤い香辛料を入れるのは……」

「これですね？　量はどのぐらい？」

「んー、あんまりちょびっとだとわからないだろうから、きちんと味が出るように多めに入れたほうがいいんじゃないかな？」

などと言う、恐ろしい会話が聞こえてきたので、キースウッドの意識は自然、そちらに向けられた。

慌てて、踵を返そうとしたキースウッドの視線の先、モニカがゆっくりと歩いていくのが見えた。

「シュトリナさま、少しご教示いただきたいのですが……。相手に毒を盛る際、大量に盛って、相手に気付かれる……。そのようなことをするでしょうか？」

きょとん、と首を傾げたシュトリナは、神妙な顔で首を振る。

「いいえ、そんなことはしないけど……」

「そうですよね。毒を隠した状態で相手に飲ませることが肝要だから。ところで〝隠し〟味とは、読んで字のごとく隠した味であると思いますが、量は、それで適切でしょうか？」

そう言われ……シュトリナは、腕組みして考え込み……。

「なるほど……。隠し味は、相手に気付かれてはいけない。大量に調味料を入れることは下策、と？」

その言に、モニカは、コクリ、と無言で頷く。

シュトリナも、納得した様子で笑みを浮かべると、

「ねぇ、ベルちゃん。その赤い粉だけど、そんなにたくさんは入れないほうがいいと思うの。その半分、ううん、四分の一ぐらいでいいかも。あんまり少なすぎて効果がなくっても失敗だと思うけど……」

――四分の一。ああ、うん。まぁ、そのぐらいなら……うん。あり……なのか？　ま、まぁ、イチゴサンドイッチはかなり甘くなる予定だし。それで、帳消しになる……かな？　だっ、大丈夫、なはず……はずっ！

辛いものにいくら砂糖をかけても辛さは和らがない、みたいな話をどこかで聞いたことがあったような気がするが……あえて、忘れたふりをして、キースウッドは調理台を回ってゆく。

かくて、従者たちの不断の努力のもと、料理会は進んでいくのだった。

第十八話　戦いは終わり……そして

「おおー！」

幾度もの苦難を乗り越え、ようやく、歓喜の時は訪れた。

テーブルの上に並んだ料理を見て、一同から歓声が上がる！

お皿の上に並べられたもの、それは、見事な馬の形をしたサンドイッチだった。

もしかして、馬の全身じゃなく、顔だけのほうが挟みやすいんじゃね？　と途中で気付いたキースウッド指導の下、元祖馬パンと馬顔パンの二種類が、そこに並んでいる。

ちなみに、馬顔パンの成形はミーアとアンヌの手に委ねられた。

「なにもすることがないと、人間はロクなことを考えない」という真理に基づき、ミーアが余計なことを考えないように、役割を振ったのだ。

そのせいで、馬顔フルーツパンのほうは「生クリームを表面に塗って、白馬にするのはどうかしら？」などと言う、ミーアのロクでもない発案によって、大変、甘い仕様になっているのだが……いいのだ！　すんごく食べづらいし、手がクリームでベトベトになってしまうのだが……食べられればいいのだ！

そうして作ったパンに、キノコ&ホワイトソースと、イチゴ&クリームを挟み、完成したものが、目の前に並んでいた。

若干、クリームがはみ出していたり、ズレていたり、キノコがチョロチョロ顔を出していたり、表面に分厚くクリームが塗ってあったりして食べにくそうだが、ともかく完成したのだ。

万感の思いをもってサンドイッチを眺めるキースウッド。そのそばに音もなくやってきて、

「ようやく完成しましたわね」

などと……まるで、同労者のような口調で、つぶやくミーアに……。

わたくしがやり遂げてやりましたわ！　みたいな万感の思いのこもっていそうな表情を浮かべるミーアに――若干、イラァッとするキースウッドではあるが……。今は、いい。いいのだ。

無事に、食べられるものができたのであれば、贅沢は言わないのだ。

「ええ……。お疲れさまでした。ミーアさま」

若干、疲れた声で返事をして、下がろうとしたキースウッドだったが……。

「あら？　どこへ行きますの？　キースウッドさん」

「え？」

「これから、作った全員で食べますのよ？　ほら、早く席に着いてくださいまし」

当たり前のような口調でそう言うと、ミーアはみなに指示を出していった。

「あの、本当によろしいのでしょうか？」

不安そうな顔をするペルージャンの従者の女性。そんな彼女に、アンヌが笑みを浮かべて頷く。

「ええ。ミーアさまは、そして、そのお仲間の方々は、そういう方々ですから」

アンヌの言葉の正しさに、キースウッドは内心で頷く。

――そうだな……。この身分を超えた食卓は、間違いなくミーア姫殿下の影響によるものだ。

王族も貴族も従者も、孤児たちも……共に一つのテーブルを囲む。その寛容な空気は、今日の和解の席にピッタリなもののように感じられた。

――さすがは、ミーア姫殿下というところか……。

感心しつつ、キースウッドは席に着いた。

一方でラフィーナもまた感心しつつ、その光景を眺めていた。

当初は、この会の始まりに、なにか言わなければならないと思っていた。

ミーアに任せてもよいが、ここはやはり、この会を発案した自分の出番だろう、と、少しだけ意気込んでもいたのだ。

けれど、そんな気持ちは、子どもたちの様子を見て霧散してしまった。

——ここで、難しい話をするのは興ざめというものね……。

子どもたちの顔には、もはやわだかまりはない。否、それどころではない、というのが正しいのかもしれない。

甘いクリームと果実を挟んだ馬サンドは本当に絶品で。

口の中でとろけるあまぁいクリームも、心地よい酸味を伴ったイチゴも、それを受け止めるどっしりとしたパン生地も……。そして、それを自分たちで作ったという達成感も……。

あまりにも、あまりにも、美味しくて……。

許すだとか許さないだとか、そんなことどうでもいい。口を利く暇などないし、みんなで美味しいものが食べられればそれでいい！　とばかりに頬張る子どもたち……とミーアであった。

「ああ、実に甘い。やはり表面にクリームを塗ったのは正解……。ああ、でも、ダメですわよ？　きちんと体にいいキノコサンドも食べなければ……。こっちも美味しいんですから、ほら、パティ、こっちのサンドイッチも食べるんですわよ？」

などと、偉そうに世話を焼きつつ、忙しくフルーツサンドを食べるミーア。

その微笑ましい光景に、思わず優しい気持ちになってしまって……、それからラフィーナは、そっと自らの手の内にあるフルーツサンドを見た。

一口かじり、それから指についたクリームを、ちょっぴりはしたなく、子どものような仕草で舐める。溢れるような甘味に、思わずため息を吐き……。

「復讐に走るは楽なこと、されど、それは苦味を伴って終結するもの。和解するは難きこと、されど、それは甘味を伴って未来へと繋がるもの。この甘い馬パンは、この場に相応しいものだわ。さすがはミーアさんね……」

満足そうにつぶやきつつも、ラフィーナは想像する。

――これを、馬龍さんとの遠乗りの時に作るとして……形が崩れてしまわないか心配ね。そこのところをもう少し、キースウッドさんに聞かないといけないかしら……？

キースウッドの戦いは続く……のかもしれない。

さて、その日の夜のこと……。

シオンの部屋を抜け出したキースウッドは、学園の中庭に出ていた。

夜空を見上げつつ、軽く杯を傾ける。まぁ、実際のところ、酔ってしまうわけにはいかないので、中身は陽光リンゴのジュースなのだが……。

「やれやれ、大変なことになると思ったが……ふたを開けてみれば、だったな……」

子どもたちの無邪気な顔を思い出し、キースウッドは思わず笑みを浮かべてしまう。

胸の内に宿るものは、なんとも言えない充実感だった。

「……あるいは、すべてはミーア姫殿下の手のひらの上、だったのだろうか？」

そんなことをつぶやいてしまう。

セントノエルでの生活は、子どもたちにとっては夢のような生活だ。されど、降って湧いた幸せというものを、人は簡単には受け入れられない。それに、今まであの子たちが、幾度も裏切られてきたであろうことは想像に難くない。

信じて裏切られるよりは、最初から信じない。自分は幸福になんかなれないと、諦めることで、かろうじて自分の心を守る。そんな境遇の子どもたちをセントノエルに馴染ませるのは大変だ。かく言うキースウッドも、エイブラム王に引き取られると決まった時には、簡単には信じられなかった。心を開いたのは、いつのことだったのだろうか……？　などと、ついつい思ってしまう。

「ミーア姫殿下は、子どもたちの境遇をしっかりと把握しておられて……、それで、このような流れを作り出した……そんなことがあり得るだろうか？」

破滅へと繋がりかねないユリウスの行動も、ミーアの作り出した流れにより、いつの間にやら、彼と子どもたちとの絆を深めるきっかけへと変わってしまっていた。

いったい、この流れのどこまでが、ミーアの計算に基づくものなのか……？　すべてが計算の内とは思えないが、さりとて、すべてが偶然とも思えず……。

考えようとしたキースウッドだったが、小さくため息。首を振る。

「まぁ、なんにせよ、過ぎ去ってみればいい思い出……」

などと、いい感じの結論に至りそうになり……、ハッと我に返る。

「いやいやいや、実際に大変な状況だったわけだが……あれ、あのまま放っておいたら、絶対キノコ狩りに行くパターンだっただろ。っていうか、馬パンも今なら等身大のが作れるんじゃないか？　とかつぶやいてたし、実際、かなり危険だったんじゃ……？」

心を守るべく、記憶の底に封印していた危機的状況を思い出し……、キースウッド、思わず震える。

「ああ、こちらでしたか。キースウッド殿」

その時だった。声をかけられ、視線を向けると……。

「おや、モニカ嬢……」

やってきたのは、本日の功労者、モニカだった。

どうやら、彼女も一息吐こうと思ったのか、その手には、キースウッドと同じく、陶製のカップがあった。

「今日はお世話になりました」

立ち上がり、恭しく頭を下げる。妙齢のご令嬢には礼儀正しく。常の冷静さを取り戻した彼は、座っていたベンチにハンカチを敷いて、そこに誘う。

「あら、ありがとうございます」

モニカは素直に、そこに座ってから、

「今日は、よい仕事をしましたね。子どもたちが幸せそうでよかった。こんなに気持ちがいい諜報活動をしたのは、初めてです」

ニコリと嬉しそうに微笑んだ。それから背もたれによりかかったまま、夜空を見上げる。

「情報により敵の足を止め、力を弱め、仲間割れを誘って排除する……。戦局を有利に進めるべく、情報を操作する。それが風鴉のやり方でした。けれど……ミーアさまのやり方は、敵を排除して止めるのではなく、敵を味方に変え、みなの幸せへと繋げていくもの。今回は、ミーアさまのやり方を真似てみたのですが、上手くいきました。あの方は、素晴らしい方です」

「ええ。しかし、あなたにもとても助けられました。あなたが味方でよかった」

それから、キースウッドは、盃を空に掲げ、

「心強く、可憐なお嬢さま（レディー）に」

気障（きざ）っぽく笑みを浮かべるキースウッドに、モニカは、ふふ、っと笑みを浮かべ、

「あれ？　もしかして、口説こうとしてる？」

いつかと同じ、冗談めかした口調で言った。対して、キースウッドは……、

「そうですね……」

ニヤリと笑ってから……。

「それも悪くないかも、しれませんね」

優雅な動作で膝をつく。

「その内、ダンスにでもお誘いしますよ、お嬢さん」

「……え？」

ポカン、と口を開けるモニカ。不意を突かれた彼女の頬は、次の瞬間、ほのかに色づいて見えた。

冷静になったキースウッドは、からかわれっぱなしではない。

優秀な戦術家というものは、必ずや態勢を立て直し、反撃するものなのだ。


さて……そのような、ちょっぴりロマンチックな光景が展開される一方で。

ベッドの上で眠るミーアは……。

「うぅん……、もう食べられませんわ……」

等身大の天馬型のクリーム&フルーツサンドイッチを食べる夢を楽しむのだった。

翌朝、起きて早々に、夢の中で得た着想を、ノートに書き込むミーアの姿があった。

「等身大の天馬パンをフルーツクリームサンドイッチに……。これは、素晴らしいアイデアですわ!」

キースウッドの戦いに、終わりはないのだった……。

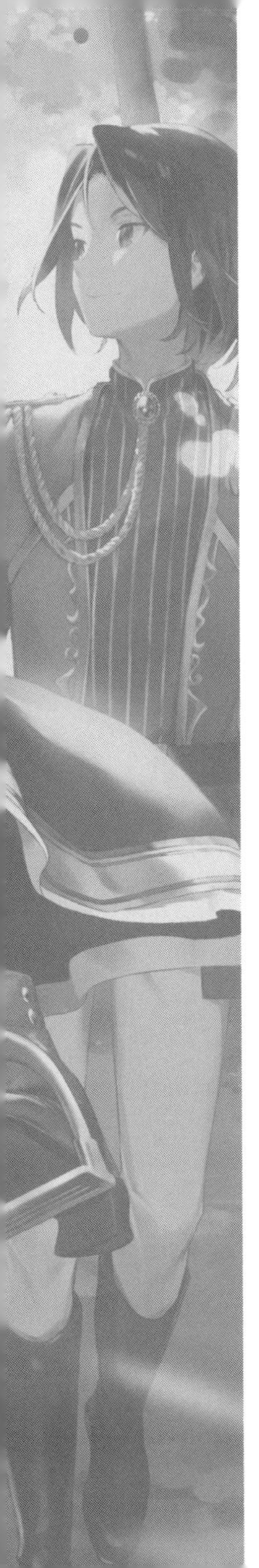

第六部
馬夏の青星夜の満月夢Ⅰ

FULL MOON-DREAM IN THE SUMMER OF HORSE

プロローグ　休暇の終わり～ミーア姫、ついに優位性（チート）を失う……失う？～

さて、特別初等部が開設されて、およそ二月後、夏休みを目前に控えたある日のこと。

ミーアの部屋で、ベルが上機嫌に鼻歌を歌っていた。

目の前のお茶菓子をパクリと食べてから、ベルはニッコニコ顔で言った。

「剣術大会が、あんなにも迫力があるものだとは思いませんでした」

拳をグッと振り上げ、体を弾ませるベル。やんちゃ坊主のような仕草からは、帝国の姫の気品は一切感じられなかった。微塵（みじん）も、感じられなかった！

「ああ、やはり、シオン王子は格好いいです。それに、お祖父さまもなかなか……。うふふ、こんな素晴らしいものが見られるなんて、過去に戻ってこられてよかったです」

今年の剣術大会の決勝は、シオン対アベルの戦いになった。

サンクランドでの復讐戦とばかりに、シオンの剣が冴（さ）え、激闘の末に膝をついたのはアベルのほうだった。

「格好よかったなぁ。シオン王子。あのお見事な剣さばき、最高でしたね」

憧れの天秤王シオンと、祖父アベルとの一騎打ちを見られたベルは、心の底からの満足感に浸っていた。

そんなベルに、ミーアは小さくため息を吐き、

「ところで、ベル。もうすぐ試験ですけれど、お勉強は進んでおりますの？」

「え……？」

ミーアの問いかけに、ベルはかっくーんと首を傾げて……、もう一度。

「えっ……!?」

二度見した！

「いや、そんなこと初めて聞きました！　みたいな顔をされましても……。知ってますわよね？　夏休み前の試験のこと……。以前は、そのせいで、セントノエルに居残りになったわけですし」

「もっ、もちろん知ってますよ？　知ってますけど……あれ？　だって、ボクは、休暇のつもりで過去に行けばいいって言われて……。だから、その前にみっちりお勉強をさせられて……あ、あれ？」

解せぬ……という顔で、しきりに首を傾げるベルに、ミーアは苦笑いを浮かべる。

「みっちりお勉強させられたなら、別に問題ないじゃありませんの？」

「ミーアお姉さま……、そのような口車に、ボクが乗せられるとお思いですか？　そのような、卑怯な誤魔化しを見抜いてこそ、帝国の叡智の孫娘と言えるのではないでしょうか？」

キリリッとした顔で言うベルである。ミーアは、はぁ、っとため息を吐き……。

「いいえ。テストできちんと良い点をとってこそ、帝国の叡智の孫娘を名乗ることができるのですわ！　いいですこと、ベル！」

そこでミーアは静かな視線をベルに向け、胸に手を当てて……息を吸って、吐いてから！

「あなたの休日は、終わりましたわ！」

厳かに告げる！

「今日、たった今！　終わりましたわ！」

悲痛なる宣告を受け、ベルは稲妻に打たれたように、かくんっとその場に崩れ落ちた……。

そのまま泣き崩れるかと思われた、瞬間、ハッと顔を上げる。

「今……聞こえました。エリス母さまのお声が……」

それからベルは、そっと胸を押さえて……。

「ああ……そうでした。ボクは帝国の叡智の血を継ぐ者……ミーアベル・ルーナ・ティアムーン。ここのところすっかり忘れかけていましたが、ボクはこの誇りを胸に、雄々しく戦わなければならないのですね……」

切り替えの早さは祖母譲りのベルである。

そんな感じで、勉強頑張ろう！　などと拳を振り上げるベルだったが……それにツッコミを入れる余裕は、残念ながらミーアにはなかった。

なにしろ、今回のテストはミーアにはなかったの　だから。

そう、ミーアは今年で十六歳。前時間軸においては、すでに、学業などと悠長なことを言っていられなかった時期。セントノエルにはもう、通えていなかった時期なのだ。

すなわち、ミーアはついに、ついに！　前時間軸でのアドバンテージを使い果たしてしまったのだ！

もう、かつてのように、前時間軸で勉強した知識をもとにテストで無双するなどということはできない。クラスメイトにドヤァ顔でお勉強を教えることもできないわけで…………わけで？

…………いや、そうだっただろうか？

本当に、ミーアは前時間軸の勉強を生かして……この時代で楽をしていただろうか？　クラスで一番の成績を楽々とって、テスト結果で無双していただろうか？

否……、答えは断じて否である。

そもそも、ミーアには、勉強におけるアドバンテージなどというものは、存在しない。セントノエルに入学して以来、ミーアには、前世の学術的優位性（チート）などというものは、一切存在していないのだ！

……まぁ、つまり、なにが言いたいのかと言えば、今回もいつもと同程度に、テスト勉強で苦労するよ、ということで……。

ベルをどうこうしている余裕はないのだ。いつものことなのだ。

「ぐぅ……特に今回は悪い点は取れませんわ。初等部の子どもたちにも示しがつきませんし……。しかし……さすがは、高等部ですわ。暗記範囲が多い。ふむ……これは、逆に、暗記パンケーキをたくさん食べるチャンスなのでは……？　というか、そう考えないと、やっていけませんわ。うぅ……」

などと涙目になりつつ、食堂で勉強しようと教科書を抱え上げるミーア……であったのだが。

「……ミーア先生、特別初等部で試験前の特別勉強をするのですが、行ってきてもいい？」

そうパティに聞かれて唐突に閃く！　悪魔の閃きが……。

「ふむ……特別初等部。そういえば、ユリウスさんのお勉強の教え方は、とってもお上手でしたわね」

優しげなユリウスの顔が思い浮かぶ。彼ならば、幼い子どもにするように優しく教えてくれるだろうし、場合によっては、ズルいことも教えてくれるかもしれない。こう、楽に暗記する奥義などを……。

「ふむ……さりげなく、特別初等部の子どもたちと並んでテスト勉強してたら……うっかりわたくしにも教えてくれるかもしれませんわね。ふむ、せっかくですし、ベルも誘って……」

その思い付きは、ミーアにはとても素敵なものに思えたから……。

翌日、ミーアは、上機嫌にお願いに行くのだった。

ちなみに「特別初等部の子どもたちに交じって勉強したい！」というミーアに、当初は驚かされたユリウスであったが、すぐにその意図を察する。

——なるほど。ミーアさまは率先してご自分の姿を、子どもたちに見せようというのか。ご自分であっても試験前には勉強しているのだ、と。

帝国の姫にして、生徒会長であるミーアでさえ、試験の前には苦労しているということを見せれば、子どもたちもサボりづらい。

むしろ、自分たちもしっかり勉強しなければ、という気になるではないか。

——そういうことならば、手を抜くことはせず、厳しく見て差し上げるのが肝要か。

ユリウスは眼鏡の位置をスゥッと直すと、わずかに瞳を鋭くし……。

「わかりました。ミーア姫殿下。それでは、みっちりお勉強を見させていただきます」

「ええ……。お願いします……けど……あら？　なんだか、ユリウスさん、目つきが怖いですわね……。なんか、クソメガネじみた迫力が……妙ですわね……」

などと戸惑いの声を出すミーアを尻目に、試験の準備は進んでいき……。

今回も無事に、試験を乗り切り、ぐったりするミーアとベルなのであった。

こうして、無事に夏休みを迎えることができると思われたのだが……。

そこで新たな問題が起きた。それは……。

第一話　しんなり、しゃっきり、ミーア姫

さて、試験期間という荒波を乗り越え、しんなりしていた海月ミーアは、突如、ラフィーナから呼び出しを受けた。

「はて……なにかございましたかしら？」

途端にしゃっきりするミーアである。

最近はすっかりお友だちになり、穏やかなる獅子になりつつあるラフィーナであるが、油断は禁

物である。

そう、基本的にミーアは信じない。ラフィーナのことを……ではない。そうではなく……。

「わたくしって、時々、気付かずにやらかしてしまうことがありますし、油断は禁物ですわ」

自分自身の行いを信じないのだ！

その小心者の心は、常に注意深く、わたくしってば、知らず知らずのうちに、またなにかやらかしてしまったかしら？　という視点を忘れない。

これこそが、帝国の叡智の真骨頂なのである。

そうして、起き上がったミーアは、アンヌに手伝ってもらい、制服に着替えた後、急ぎ、生徒会室へと向かう。

先ほどまでのしんなりしていたミーアの姿はそこにはない。水で戻した乾燥キノコのごとく、しゃっきりした顔で、ミーアは生徒会室の扉を開いた。

室内には、先に来ていたラフィーナが待っていた。そして、そのそばには、ヤナとキリルの姉弟の姿もあった。

「ご機嫌よう、ラフィーナさま」

「ああ、ミーアさん。ご機嫌よう」

穏やかな笑みを浮かべるラフィーナ。ミーアは素早く観察。どうやら、ラフィーナは怒ってはいなさそうだぞぅ、っと判断。

少しだけ、肩の力を抜いて、ミーアは子どもたちのほうに目を向けた。

「ヤナ、キリルもご機嫌よう。テストはどうだったかしら？」

「はい。上手くできました」

堂々と胸を張るヤナと、

「え、えと……たぶん……」

ちょっぴり自信なさげなキリル。

対照的な姉弟に、思わず微笑ましい気持ちになりつつ、ミーアはラフィーナに目を向けた。

「それで、ラフィーナさま、本日のご用向きはなんですの？」

「そう、そのことなのだけど……もうすぐ夏休みになるでしょう？　特別初等部の子どもたちをどうしようかと思っているの」

言われて、ミーアも合点する。

「ああ、そうですわね。確かに、考えておりませんでしたわ」

セントノエルに通う一般の学生たちのほとんどは、夏休みに母国へと帰還する。収穫感謝祭で演舞を担うラーニャなどはもちろんのこと、それ以外の生徒たちもほとんどが親元に帰ってしまう。

試験でよほど悪い点を取ったとか、そういうことでない限りセントノエルに残ることはないのだが……（ちなみに、テストの結果が悪くて居残りになった者は過去に、そう何人もいなかったらしいが……そのうちの一人がベルである。セントノエル学園の歴史に名を刻んだベルである）。

「まぁ、基本的には一般の生徒たちと同じように、親元、つまりはそれぞれの孤児院に帰って、ここでのことを報告してもらうのがいいかと思っているわ」

子どもたちの口から、特別初等部のことを聞くことができれば、来年以降も子どもたちを送りやすくなるだろう。徐々にその働きが広がっていけば、蛇の温床となりうる場所を潰すことができるようになるわけで……。

「でも、この二人については、そうはいかないでしょう？」

そう言ってから、ラフィーナはヤナとキリルとに目を移した。

「孤児院には、短い間しかいなかったと聞いているから、報告に帰ること自体に意味はないと思うの。そのうえ……」

「そうですわね。ガヌドスにある孤児院というのならば、なおのこと、帰らせるのはよろしくありませんわね」

ヴァイサリアン族に対して、差別的な価値観を持つガヌドス港湾国である。そんなところに帰るよりは、このセントノエル島に残ったほうがいいに違いない。が……。

「ふぅむ……」

ミーア……ここで考える。頭に浮かぶのは、幼き祖母、パトリシアのことである。

――パティは、この二人に対して心を開いてるみたいなんですのよね。

当人は否定しているが、あれは、間違いなくお友だちになっているだろう。そして、見たところ、パトリシアには今まで、友だちらしい友だちがいなかったように感じられる。

――同じく、蛇の教えを受けていたリーナさんも似たような感じでしたし、可能性はありますわ。であれば、この二人は、案外、キーパーソンとなりうるのではないかしら？

パトリシアを蛇から解放するためには、彼女の心を開くことが必要となる。そして、そのためには、この二人にはぜひついてきてもらいたいところである。であれば！

んん、んん、っとミーアは咳払いする。

「どうかしら？　ヤナとキリルのお二人は、わたくしと一緒に帝国に行くというのは……」

「え……？」

ヤナがきょとん、と瞳を瞬かせた。けれど、すぐに、ワタワタと手を振って。

「あ、いえ……。別に、あたしたちは、ここにいられれば十分で……お気遣いいただかなくとも……」

「ふむ……」

ヤナの言っていることは、ミーアにも十分にわかることだった。

セントノエル学園は、地上の楽園だ。

ここにいれば、食事に困ることもないし、住む場所に困ることもない。服だってもらえる。

それに、これから夏がやってくるのだから、湖のほとりなどは、とても過ごしやすいだろう。

……が、ミーア的には、ぜひついてきてほしいので、やや強引に説得することにする。

「ヤナ……わたくしは、あなたに、できれば広い世界を見てもらいたいんですの」

「広い……世界？」

「そうですわ。あなたたちは、ガヌドス港湾国にいた。あそこは、あなたたちにとって、さぞ暮らしづらい場所だったでしょう」

額に彫り込まれた刺青、そのせいで、彼女たちは迫害を受けたのだ。

「でも、それはガヌドス港湾国という狭い世界でのこと。この大陸には、あなたたちを虐げる者ばかりじゃない。優しくしてくれる人だっている。そのことも、このセントノエルで学んだのではないかしら？」

ミーアは、そっとヤナを、そして、キリルを見つめる。視線を受けたキリルは、ソワソワした様子で、小さく頷いた。

「この大陸は、世界はとても広いのですわ。海を越えた地にだって国はある。だから、暮らしづらい場所にしがみつく必要はない。嫌ならば、どこへなりとも逃げてしまっても構わない、と、わたくしは思っておりますの」

これは、完全なるミーアの本音だった。

そう、どこへなりとも逃げてしまっても構わないのだ。馬に乗って遠くへ。断頭台が追いかけてこない場所へ、逃げてしまったって構わないのだ！

そして、そのためには、いろいろな土地のこと、国のことを知らなければならない。

どこに美味しい食べ物があるのか、知っておかなければ、逃げるにしても行き先が決まらないではないか。

ミーアはグッと拳を握りしめ、確信を込めて言う。

「だから、いろいろな国を知っておくとよいですわ。いざとなったら、逃げだすために。あなたたちは、すでに、ガヌドスを知り、ヴェールガを知った。であれば、次はティアムーン。さらには、ペルージャンやサンクランド、レムノ……。大陸にはたくさんの国があるし、その中にはあなたたちが暮らしやすい国だってきっとあるのですわ」

それから、ミーアは、ポンッとヤナの頭に手を置いて、

「それに、パティも……。あなたたちと離れるのは寂しがると思いますし。ついてきてくれると、わたくしも嬉しいのですけど……」

パティのためにもついてきて！　とすこーしばかりの本音を混ぜる。これが相手を説得する時のポイントなのだ。

ヤナは、パチパチと瞳を瞬かせて、それから、わずかばかり迷った様子を見せたが……。

「お姉ちゃん、ぼく、ミーアさまの国に行ってみたい」

キリルの言葉を聞いて、小さく頷いた。

「わかりました。あの……よろしくお願いします」

「うふふ、決まりですわね」

満足げな笑みを浮かべて頷くミーアであった。

第二話　賑（にぎ）やかな旅の予感

「ふむ、ヤナとキリルを連れ帰るのはよいですけど……問題は二人を、どこに泊めるか、ですわね……」

生徒会室から出てきたミーアは、ふぅむっと唸った。

「まぁ、お城でも構わないのですけど……あるいは、またアンヌのご家庭に預かっていただくのもいいかもしれませんわね。ああいう温かいご家庭に触れるのがよろしいかもしれませんわ。パティも、いきなりお父さまに会わせるわけにはいきませんし、準備が必要ですわ」

などと考え事をしつつ、廊下を歩いていた時だった。

「ああ、ミーア、ちょうどよいところで会った」

その声に振り返る。っと、後ろからアベルが歩み寄ってくるのが見えた。

「あら、アベル、どうしましたの？」

瞬間、ミーアの顔に可愛らしい笑みが浮かんだ。特に意識してのものではないのだが……、ここ最近、ミーアは、アベルと話していると自然と微笑みを浮かべている自分に気付いていた。

なんだか、こう、胸の奥がポッポと温かくなって、ついつい笑みがこぼれてしまうのだが……。

——それにしても、アベル。また、少したくましくなったかしら？　背もずいぶん大きくなりましたし、顔つきも凛々しくて……。

「うん？　どうかしたかね？」

ふわり、と柔らかな笑みを浮かべるアベル。一瞬前まで見えた凛々しい顔とのギャップに、ミーアの胸がトクゥンッと高鳴る。

「い、いえ、なんでもありませんわ。それより、なにかございましたの？」

「ああ。実は、お願いがあってきたんだ。ボクも帝国に同行してもいいだろうか？」

その突然の申し出に、ミーアはきょとんと首を傾げる。

「それは別に構いませんけど……急ですわね。どうかなさいましたの？」

っと、その時だった。ミーアの脳が……比類なき恋愛叡智が……答えをはじき出した！

──アベル……まっ、まさか、お父さまに挨拶に行くくんじゃあ？

結婚前に殿方が、相手の親に挨拶に行く……。それは、エリスの書いた恋愛小説には頻繁に出現するイベントである。

王侯貴族の社会において、結婚とは極めて政治的色合いの強いものである。見合いから婚儀に至るまで、担当の者が話を固めていることがほとんどであり「娘さんを自分にください」などというやり取りをする余地などない。

見合いの席で顔を合わせた時点で、娘さんをいただくことは決定済み。親も了承済みなわけで……。

だが、とミーアは気付く。

──アベルは、勇敢な人ですわ。こうと決めたら一歩も引かない根性もありますわ。わたくしを奪い取るために、お父さまに直談判する、などという可能性は十分にあり得ることではありませんの……？

そうと気付いてしまうと、俄然、ミーアの呼吸が荒くなる。

かひゅーほひゅーっといささか落ち着かない呼吸をしつつ、胸元を押さえて深呼吸。それから、ミーアは改めて尋ねる。

「え、ええと、アベル、なんのために帝国に？」

「そうだね……。詳しい話は彼女のほうからしてもらおうか」

そう言って、アベルは視線を転じる。それで、ミーアも気がついた。

一瞬前まで、アベルのことしか目に入っていなかったが……よくよく見ると、アベルの後ろに、一人の少女が立っていたのだ。堂々と腕組みし、仁王立ちするその少女の名は……。

「あら、慧馬（エマ）さん……」

いつの間に……という言葉を、ミーアは慌てて呑み込む。

慧馬の顔が、かつてないほどに険しいものだったからだ。

「え、ええと、どうかなさいましたの？」

「実は、兄が敵に後（おく）れを取ったらしい」

衝撃の言葉に、ミーアは思わず目を見開いた。

「お兄さまって、あの狼使いが……ですの？」

混沌（こんとん）の蛇の最強戦力、狼使い。かのディオン・アライアですら認めるほどの実力者である。にわかには信じがたい事態であるが……。

「川に落とされて負傷した。しばらく動けないらしい」

「そして、突き落とした男が、巧みな舟乗りだった、ということなんだが……」

後を継いだアベルは、ここで、意味深にミーアを見つめてくる。それで、ミーアもピンとくる。

「舟乗り……もしや……バルバラさんをセントノエル島に渡らせた男ですの？」

「わからない。でも、そうかもしれない。そして……例のサンクランドで暗躍した蛇の男を乗せて、帝国のほうに去ったとのことだ」

「まぁ、帝国に……」

「厳密に言えば、川を舟で下っていった先が、帝国の方向だということなのだが……警戒するに越したことはないからね」

「ああ、なるほど。つまり、わたくしのことが心配だから、一緒に来てくださるということですのね」

ミーアは、気が抜けるの半分、安堵半分のため息を吐き……嬉しさに笑みを浮かべた。

「ありがとう。アベル、嬉しいですわ」

「お礼には及ばない。ボクが後悔したくないから、ついていきたいだけなんだ。大切な人が、危険な目に遭っている時になにもしてあげられない……。それは一番、苦しいことだから」

シレッと大切な人、などと言われてしまい、ミーア、ほぁあ、っと声にならない悲鳴を上げる。

――やっ、やっぱり、アベルって天然なところがありますわね。平然と、大切な人だなどと……うっ、嬉しいですけど、照れてしまいますわ。

頬を押さえ、グニグニと体をねじっていると……。

「アベル王子だけではない。我も同行させてもらう。不甲斐ない兄に代わり、我が、蛇の追跡の任に当たることになったのでな」

やれやれ、っと首を振る慧馬。

「そういうわけだから、よろしく頼む」

「あら、それはまた……大所帯になりそうですわね。まぁ、なんにせよ、アベルと慧馬さんが同行するのは嬉しいですわ。うふふ、楽しい旅になりそうですわね」

かくて、帝国行きのメンバーが決まる。

ミーアたち帝国勢に加え、アベル、慧馬、それにヤナとキリルも。

賑やかな旅の予感に、ミーアはウキウキと笑みを浮かべるのだった。

第三話　どっちが正しいのかな?

パカラ、ポコラ。

ティアムーン帝国へと続く、穏やかな道。

パカラ、ポコラ。

ゆっくりと響く、平和な足音。

パカラ、ポコラ。

ほのかな風、柔らかな日差しを受けて、馬上のミーアは瞳を細めた。

「うふふ、最高の乗馬日和ですわね」

そうつぶやくミーアの目の前にはパティが乗っていた。その隣には同じく二人乗りの馬が並んで歩いていた。乗っているのはヤナとキリル。徒歩で手綱を引くのはアベルだった。

それは、ちょっとした乗馬体験会だった。

帝国とヴェールガとを繋ぐ道は比較的、安全な道として知られている。それこそ、子どもが馬に乗って行き来できるぐらいには、穏やかな道だ。

ということで、せっかくだから、子どもたちに乗馬体験をさせてあげようということになったのだ。

それは、実に、なんとも平和な光景だった。

見上げる空は青々と晴れ渡り、雲一つない。

輝く太陽の日差しは、どこか柔らかで優しくて……。でも、だからこそ、今年の小麦の収穫を不安にさせた。

「やはり、今年も不作なのでしょうね……」

不意に、ミーアが顔を曇らせる。

少なくとも、ラーニャから聞いた話では、今年も去年とそう変わらない収穫になりそうだとのことだった。

「備蓄の取り崩しはすでに始まっておりますし……、フォークロード商会の海外買い付けと並行すれば、国内はなんとか乗り切れそうですけれど……。備蓄を使い切ってしまった他国からの援助要請が届けば、到底、足りないでしょうね……これは、セロくんたちの成果に期待するしかありませんわね……」

などと、考え事をしている時だった。ふと、ミーアは気付いた。

パティが、ヤナとキリルのほうにジッと視線を送っていることに……。

「どうかなさいましたの？　パティ」

話しかけると、パティはハッとした顔をして、それから、ゆるゆると首を振った。

「いいえ。なんでも、ありません。それより、ミーアお姉さま、これは、なんの意味があるのでしょうか？」

「これとは、馬に乗ることですの？」

「はい……」

コクリ、と頷きつつ、パティがジッと見つめてくる。

「意味……。ふぅむ、そうですわね」

ミーア、しばし黙考し、それらしい答えを考える。

――楽しく運動するため、というのはダメでしょうし……ここは変に捻らずに教えてあげるのがいいかもしれませんわね。

ミーアの目的は、パティを蛇の教育から解放すること。そのために、今は自分のことを蛇の教育係だと思っておいてもらったほうが都合がいい。

蛇から脱却させるためにまっとうな教育を施したいが、話を聞いてもらうためには蛇として振る舞っておいたほうがいい。

そこには、矛盾があり、いつかそれは解消されるべきものではあるのだが、今回はそこまでも悩まなくても大丈夫そうだった。

なぜなら、蛇にとって大切なことと、ミーアにとっての大切なことに、重なる部分があったからだ。

ミーアは静かに笑みを浮かべつつ、

「……疾く逃げるためですわ。蛇には逃げ足も大事でしょう？」

逃げることの大切さ、それは、蛇とミーアに共通することだった。

逃げるのは、大事なことだ。いついかなる時でも逃げる手段を用意し、必要とあらば躊躇うことなく逃げる。そうしてしまってかまわない、と強調しておきたいミーアである。

なにしろ、パティになにかあったら、ミーアの存在に関わるのだ。できれば、危うきに近づかないでもらいたいし、必要があれば、迷わず逃げてもらいたいミーアである。

「でも……」

っと、パティがなにか言おうとした時だった。

「その子、初めて乗ったにしては、様になっているな」

その声に、視線を向けると、ちょうど、アベルが馬を寄せてきたところだった。

「そうですわね。うふふ、こうしていると、はじめて、あなたと一緒に乗った時のことを思い出しますわ」

それから、ミーアは、彼の引く馬に乗るヤナとキリルの姉弟に目をやった。

二人は、楽しそうに笑みを浮かべている。

——アベルが気遣ってあげているから、すごく楽しめてるみたいですわね。やっぱり、アベルは優しい方ですわ。ああ、なんだか、こうしていると将来、アベルと夫婦となった時のことを、ついつい思い浮かべてしまいますわね。うふふ、うふふふ。

自分が子どもを一人乗せ、アベルが二人の子どもを乗せた馬を引く。そうして、アベルと、子どもたちとみんなで笑いあう……。そんな幸せな未来を想像してしまう。

今日も絶好調な恋愛妄想脳姫（スーパースイーツプリンセス）ミーアなのである。

「ん？　どうかしたかね？」

不思議そうな顔で見つめてくるアベル。その優しげな目に、思わずポーッとしてしまいそうになって、

「お、おほほ、いいえ、何でもありませんわ」

誤魔化しの笑みを浮かべつつ、ミーアは視線を逸らした。

「そっ、それにしても、素晴らしい乗り心地ですわ。さすがは大陸最高峰の月兎馬（つきとば）、蛍雷（けいらい）ですわね」

目の前の馬の首筋を撫でる。素晴らしい毛艶にため息をこぼしながら、

「お礼を言いますわ。慧馬さん」

そうして、ミーアは前方に視線を移す。っと、そこには東風（とうふう）に乗った慧馬の姿があった。

ミーアの言葉に、耳をぴくりんっ！　と動かした慧馬は、すすすーっと馬を後退させ、ミーアの横に並ぶと……。

「ふっふっふ、そうであろう？　我が愛馬、蛍雷はなかなかのものだろう？」

ドヤァ顔で、胸を張る慧馬。

そうなのだ、ミーアは今、火族の誇る名馬、蛍雷に乗っているのだ。

軽やかな足取り。乗り手の気分を盛り上げるような、心地よいリズム。

何頭もの馬に乗り、馬を知り尽くしているウマイスター、ミーアはうむうむ、と頷く。

「素晴らしいですわ。慧馬さんが自慢するだけのことはありますわね」

良き馬には、決して称賛を惜しまないミーアである。

なにせ、馬は最後の最後に頼るべきもの。とっておきの切り札である。

どれだけ気をつけていても、人は失敗し、容易に断頭台に送られるもの。ミーアは常に、自らの行いに対する疑念を忘れない。どれだけ注意していても、失敗する時は失敗するものなのだ。

であれば、ミーアとしては、常に馬という命綱を維持しておきたいのだ。そんな命綱である馬に対して、ミーアはいつだって敬意を忘れない。

「感謝いたしますわ、慧馬さん。こうして、愛馬に乗ることを許していただいて」

「なに、ミーア姫は我が友だ。友には、自慢の愛馬に乗ってもらいたいと思うもの……。お礼を言われる筋合いでは……む？」

と、その時だ。慧馬が顔を上げた。

すがめた目が見つめるのは前方。道を走ってくる一匹の狼の姿だった。

「どうした、羽透？」

やってきた戦狼、羽透は、慧馬のほうを見上げてくぅん、っと鼻を鳴らす。

「……なにか、来たようだね」

アベルの言葉に、ミーアも視線を前方へと向ける。っと、こちらに向かってくる一団があった。

二十騎前後の騎馬でやってくる一団、先頭の騎士が持つ旗の文様……それは、

「あれは……帝国の旗ですわね」

首を傾げるミーアの目の前で、前方の集団は道を開ける。騎士たちは馬を降り、膝をつき、臣下の礼をとった。

その間を、にこやかに手を振りつつ、悠々と進んでいくミーア。

そうなのだ、ミーアはこう見えても、帝国の皇女なのだ。こう見えても……。

この騎士たちが忠誠を誓うべき人物こそ、ミーアなのだ。

ゆえに、それはミーアにとっては当たり前の光景で……でも。

「え……？」

ミーアの前方に座るパティにとってはそうではない。ヤナやキリルも、まるで自分たちにかしずくような兵士たちに戸惑っている様子だったが、パティの驚きは、その比ではなかっただろう。

なにしろ、彼女は、ミーアのことを本物の帝国皇女だとは思っていないのだから。

――ああ、これは、失敗だったかもしれませんわね。さて、なんと説明したものか……。あら？

そんなことを思っている時だった。ふと見覚えのある青年騎士の姿が目に入ってきた。

いかにも金のかかっていそうな金属の鎧、兜を外した頭には白金色の髪が豪奢に輝く。その顔に、ミーアは幼き日の記憶を刺激される。

――懐かしい顔ですわね。いつ以来かしら……？　あれは、お母さまのお墓に行って以来ですから……。

騎士は顔を上げ、ミーアのほうに視線を送ってきた。親しげに瞳を細めてミーアの顔を見て、それからいささか情熱的な視線を、ミーアの少し下のほうに向ける。ミーアよりも、下のほうに……。

「むっ……」

小さなつぶやきとともに、足を速めるアベル。騎士の視線から遮るように、ミーアとの間に入り、その騎士を静かに睨みつける。

「ああ、アベル。別に平気ですわ。だって、彼はわたくしの母の……」

「ふむ、あの男……蛍雷に興味があるようだな。ずいぶんと、熱烈な視線を送ってきていたようだが……」

小さなつぶやきとともに、馬を後退させる慧馬。騎士の視線から遮るように、蛍雷との間に入り、その騎士を静かに睨みつける。

「…………？」

そんなアベルと慧馬を見て、それから、なにか聞きたげな顔でミーアを見上げてくるパティであった。

第四話　右腕に託してⅠ

帝国騎士の一団とすれ違い、ほどなくして一行は帝都ルナティアに到着した。

本来、帝国の姫の帰還は、国を挙げての一大行事……ではあるものの、さすがに、セントノエルに通うようになってからは、できるだけ簡素に済ますようにしている。

なにしろ、お金がかかるわけで……。毎年、夏と冬、二度の帰還のたびに、盛大なパレードなどやっていては、国庫が簡単に払底する。特に冬などは誕生祭の時期とも近いため、大きな負担となる。

ミーアからしてみれば、お出迎えを豪勢にしてもらった結果、断頭台が近づいてくるわけで……。

言ってしまえば、ギロちんの行列に出迎えられているような気分だったのだ。

ということで、帝都に入る少し前、簡素な馬車に乗り換えて、こっそり、バレないように、帰ってきたミーアである。

かつて、商人の一行に扮してレムノ王国への潜入すらやってのけたミーアである。帝都に、こっそり帰ってくることなど、わけないのだ。

「ここが……帝都？」

馬車の中、あたりをキョロキョロと見回すパティに、ミーアは、ニッコリ笑みを浮かべる。

「ええ。そうですわ。パティはまだ帝都に来たことはなかったのかしら？」

「はい。ずっとクラウジウス領にいましたから……」

「そうなんですのね。では、軽くわたくしが案内して差し上げますわ。この夏の間には、いろいろと回る機会もあるでしょうし……あ、こちらの賑わっている地域が新月地区ですわね」

ルードヴィッヒの施策により、今の新月地区は帝都の他の場所に負けないぐらいの活況を見せている。いや、むしろそこは、新たな成長地域として、他の地域以上の熱量を持った場所になりつつあった。

今も、商人の乗った馬車だろうか、数台の馬車が入っていくのが見えた。

町行く人の顔も明るく、生気に溢れている。

そして、そこは、ミーアの支持基盤の一つでもあった。

「新月地区……？」

きょとん、と首を傾げるパティ。それを見て、ミーアはハタと気付く。

――あ、そうですわ。パティの時代には、もしや、新月地区ってなかったのでは？

ミーアは帝都の歴史を知らない。新月地区ができた由来も、そこが貧民街となった経緯も。

この町が、どのような歴史を辿り、どのように形成されてきたのか、まるで知らなかったのだ。

――くぅ、ぬかりましたわ。なるほど、こういう時のために、歴史を学ぶことが必要なんですのね。

改めて勉強の大切さを実感するミーアである。もっとも、〝こういう時〟というのは、あまりあることではないと思うのだが……まぁ、歴史を学ぶことは大切なので、結果オーライといったところか。

そうして、なにか誤魔化す言葉を……と思っていた時だった。

「すごいね、パティお姉ちゃん。ここが帝都なんだね」

嬉しそうに、キリルがパティに話しかけた。

パティは……ほんのわずかばかり、その顔に笑みを浮かべる。

「うん。私もはじめて来た」

それから、パティはヤナのほうに目を向けて……。

「ガヌドス港湾国も、こんな感じだったの？」

「いや、ガヌドス港湾国は、もっとずっと小さかった。すごい、帝都って、こんなに大きいんだ」

ヤナは呆気にとられたように外の光景を眺めていたが……。

「ミーアさまの言った通りだ。世界は広いんだ」

ポツリと、小さな声でつぶやいた。

一方で、パティの疑惑の目を逸らせたことで、ホッと安堵するミーアである。

――やはり、ヤナたちを連れてきて正解でしたわね……。

そんなこんなで、町を進むことしばし。

「あっ、見えてきましたわよ？」

やがて、一行の前に、一軒の家が見えてくる。

その家の前には、壮年の夫婦と、子どもたち、アンヌの家族が並んで待っていた。

先に降りて、両親に話をするアンヌ。続いてミーアが降り、一通り挨拶を済ませたところで、今度は、子どもたちのほうに振り返った。

「あなたたちには、しばらくここに泊まってもらいますわ。ここは、わたくしの信頼するアンヌのご実家ですの」

すでに、アンヌとの打ち合わせは済んでいた。

セントノエルを出る前のことである。

「アンヌ、あなたには、とりあえずいったん、ご実家のほうに行っていただきたいですわ」

「お気遣いいただきありがとうございます。ミーアさま、でも……」

と、言葉を続けようとするアンヌを片手で制し、

「誤解させてしまったのなら、申し訳ないのですけど、これはあなたのために言っていることではありませんの。むしろ、お願いですわ」

「お願い……？」

「そうですわ。あなたの実家でパティの面倒を少しの間、見ておいていただきたいんですの」

パチパチと目を瞬かせるアンヌに、ミーアは静かに頷いた。

「ここだけの話ですけど、パティは極めて重要な子なんですの。正体のほうは、まだ確信が持てないので詳しくは言えないのですけど……もしかしたら、ベルに近い存在なのかも、と思っておりますわ」

「ベルさまに……ということは、パティさまも、ミーアさまのご関係の……？」

「そうかもしれない。だからこそ、わたくしは、蛇から解放したいと強く思っておりますの。でも、パティに話を聞いてもらうためには、蛇として振る舞うほうが都合がいい。この辺りの事情がわかっている者に、パティのそばにいていただきたいんですの」

それはミーアの本音だった。

パティのことはまだ、わからないことが多い。けれど、先日見た悪夢がパティに由来するものであれば……そして、あの悪夢が、ただの夢でないとするなら……。

――か、考えるだけでも、恐ろしいことですわ。リーナさんや、イエロームーン公が敵に回るなど、まさに悪夢が現実に、ですわ。

一切夢に見ないということは、未だにその歴史を辿る可能性が残っているか、もしくは、まったく存在しない歴史か、ということだ。

例えば、ミーアが天馬に乗って空を駆ける、などという夢は、記憶の欠片として出現することはない。あり得ないことだからだ。

つまり、記憶の欠片として夢で見た世界というのは〝あり得る可能性が高いけど、潰えた世界〟ということになる。潰えたこと自体は喜ばしいが、問題は〝あり得る可能性が高い〟というほう。あり得る可能性が高いということは、それに類似した可能性はまだ残っているかもしれないからだ。クッキーで毒殺される可能性が消えても、キノコ鍋で毒殺される可能性が残っているかもしれないのだ。

――あの、イエロームーン家が敵に回る可能性……。確かに、パティはイエロームーン公爵と面識がある、みたいな話を聞いた記憶がありますし。恐ろしいですわ。パティの扱いは慎重にすべきですわね。

腕組みしつつ、ミーアは続ける。

「もちろん、お父さまに話して、すぐに白月宮殿に移れるようにしますけれど……。それまでの間、あなたのお家で面倒を見ていただきたいんですの」

ミーアの言葉に、アンヌは、静かに頷いた。

「わかりました。このアンヌ、命に代えましても、必ず……」

「……ああ、いえ、そこまでしなくっても平気ですわよ？　もう少し気楽でも……」

鼻息荒く言うアンヌを、若干慌てて止めるミーアであった。

そうして、打ち合わせ通りにパティとヤナ、キリルの三人をアンヌの家に預ける。

パティは文句を言うかと思っていたが、意外にもすんなりとそれを受け入れた。

――ベルはともかく、パティは平民の家に泊まることに抵抗があるかと思いましたけど……。

首を傾げつつ、ミーアは白月宮殿へと向かう。

――さぁて、お父さまをどうやって言いくるめたものかしら……？

などと、頭を悩ませながら……。

第五話　ミーアパパのうろ覚え

「ただいま戻りましたわ。お父さま」

ところ変わって、白月宮殿、謁見の間。

アンヌの家を出たミーア一行は、そのまま白月宮殿へと向かった。

同行者は、アベルとミーアベル、シュトリナ、慧馬。それに従者としてリンシャもついてきている。

そうして、一同は、皇帝マティアスの前に出ることになった。

マティアスは、ミーアの挨拶を受けて、うむ……と威厳たっぷりに頷いた後、

「よくぞ戻った。マイスイートミーア！」

そんなことを言った！　口から娘愛が溢れ出していた！

「ちょっ、お父さま……」

慌てるミーアの抗議を華麗にスルーし、マティアスは視線を転じる。その先にいたのは……ベルだった！

「さて、ベル嬢も久しぶりだな。息災であったか？」

皇帝公認のミーアの妹分、ベルは、嬉しそうに頷いて。

「お言葉、痛み入ります。陛下」

なにやら、しかつめらしい顔を作り、ものすごーく賢そうなことを言った。

それを聞き、マティアスは、ふふふ、っと笑い、

「そうかしこまることもあるまい。ミーアはそなたのことを妹として扱っていると聞く。ならば、私にとっても娘のようなもの。気軽に、パパと呼んでも……」

「お父さま……。内外にいろいろな誤解を招くようなことは慎んでいただきたいですわ」

などとお小言を言いつつも、ミーアは決意する。

――もしも、ベルがわたくしの孫娘、つまり、お父さまにとってはひ孫になるのかしら……？

ともかく、それに気付かれたら、大変なことになりますわ！　絶対にベッタベタに可愛がるに違い

ありませんわ。あら？　でも、その場合、わたくしへのベタベタが少し減って、むしろ、助かるのでは……？

などと、ミーアが思案に暮れている間にも、話は進んでいく。

次にマティアスが目を向けたのは、アベルのほうだった。

「そして、よくぞ、参られた。レムノ王国の王子よ。歓迎しよう」

そう言って、マティアスは……ギロリとアベルに視線を送る。それは「まだ、お前なんぞに娘はやらんぞ……」という強い主張のこもった視線で……。それを受けたアベルは、そっと頭を下げ、静かに言うのだった。

「ありがたきお言葉にございます。陛下」

さて、挨拶が終わった後、アベルは、白月宮殿に残ることになった。ベルとなぜかシュトリナも、宮殿内の部屋で過ごすことになった。イエロームーン公爵家は、帝都に別邸を持っているが、もちろん、そこに帰るような真似はしない。

夏休みをお友だちとエンジョイする気満々のシュトリナなのである。

それはさておき、その夜のこと。

ミーアは久しぶりに、父との食事をとることになった。

久方ぶりの料理長のディナーに舌鼓を打った後、ミーアはパティのことを話すことにする。

「ところで、お父さま、パトリシアお祖母さまのことなんですけど……」

「うん?」

パティのことを相談する前に、先に聞いておきたいことがあった。それは、ほかならぬ、祖母、パトリシアのこと。

「お祖母さまって、いったい、どんな方だったんですの?」

「珍しいな。ミーアが母上のことを聞きたがるとは……。呪(のろ)われたクラウジウス家の出身だが、いいのかな?」

「うぐ……」

ミーア、思わず、呻く。

そう、幼い頃のミーアは、そのせいで、祖母の話をほとんど聞かなかったのだ。

「ふふふ、まぁ、母上は、呪われた、などという言葉が全く似合わぬほど、私には優しい人だった。幼い頃の私は、ずいぶんと甘やかされて育ったと、今にして思うよ」

思わぬことを聞かされて、ミーアは瞳をパチパチさせる。

――パティ……。息子に甘いって……。

思わず、パティの無表情を思い出し、小さく首を傾げる。

――あまり、イメージに合わないような……。

「それにしても、ふふ。久しぶりに、思い出してしまった。甘やかされて育てられた私は、ずいぶんと、母上に反発したものだったよ。あの当時、私は母が決めた結婚相手――つまり、お前の母アデラのことだ、ですら気に入らんでな。まだ会ってもいないのに、絶対にこの相手とは結婚しないと言っていたものだが……」

「まぁ、お父さまが？　信じられませんわね」

母にベタ惚れの父の姿しか知らないミーアは、ついつい驚いてしまう。

「母が決めたという一事が我慢できなんでな。それまでも、外での女遊びを厳しく戒められていてな。それもあって、ずいぶんと反発したものだが……。あの時は、母にしては珍しくずいぶん慌てていたな……。いや、我関せずといった様子だっただろうか？　いつも冷たい母だったが……いや、あれは夢か？」

ふとここで、父は首を傾げた。

「だが、そもそも、アデラを探してきたのは、私だったか……？　いや……」

どこか混乱した様子の父を見て、ミーアは、ふと気付く。

――これは、もしかすると、お父さまの記憶が揺らいでいるということですの？　つまり、この世界にいるパティ次第で、お父さまの状況もまた変化すると……。そして、それは、まだ確定していない……？

下手なことをして父と母が出会わなくなったりすれば、自分自身の存在も消えてしまうのかも……などと、ちょっぴりこわぁい想像をしてしまうミーアである。

一方、眉間に皺を寄せていたマティアスだったが、ふと苦笑いをし、

「いかんな。どうも、年のせいか記憶が曖昧だ。ともあれ、私は連れられてやってきたアデラを見て、一目惚(ひとめぼ)れしてしまったというわけだ」

照れくさそうに頬をかきながら、マティアスは言った。

「あの時は、心の底から母に感謝した」

「アデライード母さまを、見つけてきてくれたことに、ですの？」

「それもあるが、女遊びを厳しく戒めてくれたことにも、だ。おかげで、私は最愛の人を唯一の人とすることができた。私にとって、アデラ以上の者もいなければ、アデラ以下の者もいない。彼女がただ一人、私の愛を注ぐべき女性、我が愛を独占した女性なのだ」

それから、マティアスは優しげな笑みを浮かべる。

「唯一の例外は我が娘ミーア、お前だが……。お前とアデラが溺れていたら、私は迷いながらもアデラを助けるであろう」

堂々とそう宣告する男、皇帝マティアス・ルーナ・ティアムーン。妻への愛に溢れるこの男は、大変、純情一途な性格をしていた。

そんな彼が、けれど、そこで顔をしかめる。

「だが……同時に複雑な気持ちもあったのだ。ずっと反発していたが、結局は、母の言うことがすべて正しかった。そう思うと、気恥ずかしいというか、素直になれなんでな。どこかぎくしゃくしたまま、謝ることもできず、母は逝ってしまった。それが今では、少しだけ心残りなのだ」

そんな父の後悔を聞きながらも、ミーアは思わず考えてしまう。

——記憶が曖昧……。これは要するに、パティの存在によって、過去自体が揺らいでいる、ということなのではないかしら？

さらに、疑問はもう一つあった。

――パティは、蛇から解放されたのかしら？

少なくとも、父が言っていた、息子に甘いというのは、蛇の印象からは縁遠い気がするが……。

「ふむ、ちなみに、お祖父さまという方は、どんな方でしたの？」

「父か……。父上は、そうだな……。どちらかといえば陰気な性格だったが……。それでも母上のことを心から愛し、大事にしていたようだ」

それから、父は何かを思い出したのか、ふふ、っと小さく笑みを浮かべ、

「実はな、ここだけの話、父から聞いたことがある。若い時の父は、この世を儚（はかな）み、いつ死んでもおかしくなかったそうだが……。母に会い、心を救われたのだそうだ」

「いつ死んでも……」

「ははは。我が父ながら、相当であろう？　だが、まぁ、私が一途なのも、その血によるものかもしれんな」

そうして豪快に笑う父を横目に、ミーアは、じっと考える。

先代皇帝の姿は紛れもなく、初代皇帝が望んだ、ティアムーン帝国皇帝の姿だ。

――つまり、初代皇帝から続いてきた呪いを断ち切った者が、お祖母さま……パティだった、ということになりますわね。

初代皇帝の思惑を考えるのならば、ティアムーン帝国の皇帝は、世界を憎み、滅ぼすような性格が好ましい。まさにその性格だった先代皇帝の心を、パティは救い、子どもにもその絶望を継承さ

せなかったのだ。

――ということは、わたくしのこれからの行動次第では、パティを蛇から解放することができる、と考えるべきかしら……。ふむ……。

難しい顔をして唸るミーアであった。

第六話　芽吹き

「しかし、ミーア、急にどうしたというのだ？　母上のことを聞きたがるなど、珍しいな」

不思議そうな顔をする父に、ミーア、少々、慌てつつ、

「ああ、ええっと……。そう！　実は、お父さまに紹介したい子がおりますの」

唐突にやってきたチャンスを掴むため、動き出す。

さて、どうやってパティの話を出したものか、と悩んでいたミーアだから、この機会を逃したりはしない。波が来れば乗っていくのがミーアのスタイルなのだ。

摂取した養分を頼りに脳みそをぎゅんぎゅん言わせながら、ミーアは考えをまとめていく。

「ベルと同じで、わたくしと少し似た顔の子なのですけど」

まず、父にとってのアピールポイントから話を始める。

「ほう！　それはいいな。また、お前の妹姫が増えるということか」

冗談めかして笑う父に合わせて微笑みつつ、

「ええ。ですけど、その子の名前が、パトリシアっていうんですの」

「パトリシア……。母上と同じ名か」

「そうですわ。わたくしに似ていて、名前がパトリシアでしょう？　もしかすると、お父さまが、お祖母さまの面影を思い出してしまうかもしれない、と思いまして」

ミーア、ここで、軽く印象操作を狙っていく。

万が一、父が、パティの正体に気付きそうになった時、納得できそうな理由を事前に提示しておくのだ。

「ははは。私はそう単純ではないぞ？」

どうやら、マティアスは、ミーアが冗談を言っていると思ったようだったが、それでもかまわないのだ。もしも、パティに母の面影を見つけてしまった時に、そういえば、あんなこと言ってたなぁ、と思い出してもらうだけで意味がある。

人は、疑問に対して、ちょうどよい解答が用意されていると納得して、それ以上は考えないものなのだ。

——ふむ、これで、パティを白月宮殿に連れてくることができるようになりましたわ。一安心ですわね。

心地よい満足の内に、その日の晩餐会(ばんさんかい)は終わりを迎えた。

さて、旅の疲れもあってか、ぐっすりたっぷり眠った翌日のこと……。

ミーアの部屋を一人の男が訪ねてきた。

「ご無事のご帰還、心よりお喜び申し上げます、ミーア姫殿下」

膝をつき、頭を垂れる青年文官……。

その眼鏡に……否、それをかける当人に、ミーアが絶対の信頼を置く男。ルードヴィッヒ・ヒューイットである。

「ああ、ルードヴィッヒ。ずいぶんと久しぶりな気がいたしますわ」

優しく微笑みかけるも、すぐにミーアは首を傾げた。

「それにしましても、ずいぶんとかしこまった態度をとりますわね。なにかございましたの？」

常になく硬い態度をとるルードヴィッヒに、ミーアはクスクスと笑い声をあげる。

「実は……ミーア学園のアーシャ姫殿下より連絡が入りました」

「はて、アーシャ姫殿下から……？」

なにかしら？　などと首を傾げるミーアに、ルードヴィッヒは顔を上げ、ゴクリ、と喉を鳴らしてから、

「セロ・ルドルフォンさまと共同で、寒さに強い小麦を、見つけたと……」

その報せを聞いた時、さすがのルードヴィッヒも思わず、近くの椅子に座り込んだ。一緒にいたバルタザルもまた、腰を抜かしていたほどだった。

それほど、その情報は驚くべきものだったのだ。しかも……。

「それも……発見場所は、ギルデン辺土伯領で、だったとのことです」

それを知った時、ルードヴィッヒの脳裏をいろいろな光景が駆け巡っていた。

夏、港湾国から戻る途中のこと。唐突に、ギルデン辺土伯領に寄りたいと言い出したミーアの顔。

あの時の行動が、まさか、このような形で結実するとは、さすがのルードヴィッヒでもわからなかった。

セントノエルにいたミーアは知る由もなかったが……ここしばらく、ルードヴィッヒらは忙しく働いていた。帝国内に混乱を生まぬため、繊細な調整をしつつ、備蓄を流していく作業。フォークロード商会やペルージャンとの折衝をしつつ、時折、来る他国からの救援要請にも応じて……。

「本当に大丈夫なのか？　ルードヴィッヒ……」

目の前には、じわじわと量を減らしていく食糧備蓄。聡明を以て知られるルードヴィッヒの仲間たちの中からも、ミーアの方針が正しいのか、懸念する声も出始めていた。

ルードヴィッヒ自身は、ミーアの考えの正しさを信じていた。食糧を巡って、他国と戦争にでもなれば、それこそ被害は甚大なものとなる。畑が焼かれでもしたら元も子もない。

だから、救援要請に応えて、備蓄を放出することは正しいはずで……でも、不安がないと言えば嘘になる。

そんなタイミングでの新たなる要素。寒さに強い小麦の発見である。

もちろん、未だ発見に至っただけだ。それだけで、すべての状況を打開するほどではない。ないが……、

『寒さに強い小麦が作られた』という情報自体の価値は、計り知れない。

寒さに強い小麦が手に入る……そう考えるならば、人々は安堵する。

来年もまた、不作が続くのではないか？　飢饉が起こるのではないか？　そのような不安を払(ふっ)拭(しょく)するだけの力を、その情報は持っていた。

「しかも、ギルデン辺土伯領を上げて、その小麦の栽培に力を入れたため、種籾(たねもみ)はそれなりの量を用意できたとか……」

セロとアーシャは、徹底的にギルデン辺土伯領の小麦畑を調べた。辺土伯の協力も得て、寒さに強い種類の小麦を探し、種籾を作り、それを既存の小麦に替えて、すべて蒔(ま)いた。

とりあえず、増やせるだけ増やそうという行動。それは、翌年以降も寒さが続くから、既存の小麦では育たないという確信に基づいた行動。

ミーアの未来予測を完全に信頼しての行動だった。

ギルデン辺土伯、セロ・ルドルフォン、アーシャ・タフリーフ・ペルージャン。

自らの主が目をつけ、集めてきた人材が、力を遺憾なく発揮して、絶対的危機を乗り越える……すべてが繋がっていく光景に、ルードヴィッヒは思わず慄(おのの)く。

そんな偉業を成し遂げつつも、涼しい顔で首を傾げているミーアを見れば、なおさらだった。

「ふふふ、セロ君たちは、期待通りに力を発揮しているようですわね」

ニッコニコと微笑んでから、ミーアは言った。

「ところで、ルードヴィッヒ。あなたに相談したいことがございましたの。できれば、ゆっくりとお話がしたいのですけど……」

そうして、ミーアは意味深な笑みを浮かべるのだった。

第七話　右腕に託してⅡ～パティの秘密～

さて、時間は少し遡る。

ミーアと別れた後、アンヌの家では、ちょっとした事件が起きていた。


「こちらへどうぞ」

眼鏡の少女、エリスの案内に素直に従い、パティたちは家の中へと入った。

そこは、貴族の屋敷――それこそクラウジウス家の屋敷とは比べ物にならないほどに小さくって……比べ物にならないほどに温かくて、居心地のいい家だった。

――別に、普通だ……。大したこと、ない。

パティは心の中で、自分に言い聞かせるようにつぶやく。

――普通の家。平民の、つまらない家だ。

小さくため息を吐き、揺れそうになる心を、パティは抑えつける。

パトリシア・クラウジウス。彼女は生まれながらにして貴族ではなかった。

平民の少女として……母と弟と日々を過ごしていた彼女が、貴族の家名たる「クラウジウス」の名を得たのは七歳の時のこと……。母が亡くなって間もなくのことだった。

自分の身に、帝国の門閥貴族、クラウジウス侯爵の血が流れているということ、その跡取りとして、弟ともども引き取られることになること……。

その決定に、あらがう術は、幼い彼女にはなかった。

まして、弟が病に倒れ、それを治す術をクラウジウス家が持っているとなれば、なおのこと、ほかに選択肢などなく……。

かくて、パトリシアはクラウジウス家の娘となった。

その境遇はユリウスと似ていたが、パトリシアを取り巻く環境は、それより遥かに過酷だった。

彼女に求められたこと……それは、蛇の手練手管を身につけて、婚儀を結んだ相手を、絶望に追い込むことだった。

初代皇帝が求めた理想的な皇帝像。この世を憎み、滅ぼさんと、大陸全土に呪いを振りまく存在……。帝室が、その姿を忘れた時、思い出させるのが、クラウジウス家に与えられた使命。絶対の存在理由だった。

皇妃として皇帝を絶望させ、この世界を呪わせる。そのために生涯を用いることが、パトリシアに求められたことだった。

だから、貴族令嬢としてのマナーとともに、蛇の考え方を徹底的に教え込まれた。

それは……人としての、まともな生き方ではない。

拒絶して当然のもの。逃げだして当然のものだった。

けれど、パトリシアは逃げなかった。

この世に残されたただ一人の肉親である弟の……、母から「守ってあげて」と……、そうお願いされた弟の……命を助けるには、それしかなかったから。

平然と人を騙す術を学び、人を、生き物を殺す術を学び……表情一つ変えず、それをこなすことを求められたパトリシアは、その内、笑わなくなった。

怒らず、泣かず……ただ蛇の教えに忠実に生きるようになった。

すべては弟、ハンネスを助けるため。

蛇だけが知るという秘法をもって、ハンネスの、不治の病を癒やすため。

その心が気付かぬように……自分が辛い思いをしていると気付かぬように、懸命に心を凍りつかせて……。

――大丈夫、このぐらいで揺れない。ハンネスのため、だから……。

そっと服の襟元を掴みつつ、家の奥へ。

通されたのは食卓だった。

「さぁ、お腹が空いたでしょう？　こんなものしかないけど、たっぷり食べてね」

そうして、出てきた料理に……、パティは目を見開いた。

それは、帝国で古くから親しまれている伝統的な料理で……。

大好きなお母さんが、いつも作ってくれた、懐かしい……幸せな料理で……。

だから、

「かあさん……」

パティは失敗する。そのつぶやきを、呑み込むことに……。


──ああ、お母さんの料理、久しぶりだな。

アンヌは、ニッコリ笑みを浮かべながら、そのお料理を見た。

それは、すりつぶした芋を潰して丸めた芋団子を、削り干し肉のスープに浮かべた、モローセと呼ばれる料理だ。じっくり煮込んだ干し肉の旨味と、さっくりほろほろの芋団子が素敵な帝国の伝統料理。

アンヌの母親の得意料理でもある。

──これ、しっかりスープを吸った干し肉がとっても美味しいんだよね……。

この料理なら、子どもたちも気に入ってくれるのではないか、と思い、ヤナたちのほうに目を向ける……っと、キリルが嬉しそうに、芋団子を頬張っているのが見えた。その隣でヤナが、少し緊張しながら、スプーンを持っている。

そんな幼い子どもたちを、アンヌの弟妹たちがかいがいしく面倒を見てあげている。

ヤンチャだったジョンが、お兄さんぶって、キリルに「こうすると美味しくなるんだよ」なんて教えてあげていたり、しっかり者のエミリアがヤナに話しかけてあげたりしている。

――みんな子どもだったのに、大きくなったんだなぁ……。

なんて思いつつ、隣に目を移したアンヌは……思わずギョッとしてしまう。

ヤナとキリルも、それに気付いて動きを止めていた。

パティが……、いつでも決して表情を動かさなかったパティが……泣いていたから。

大きく見開いた瞳から、ポロポロ、ポロポロと、大粒の涙が止めどなく、幼い頬を伝い落ちる。

「え？　あ、え？　パティさま……？　どうしたんですか？　ま、まずかったとか、嫌いなものでも……」

っと、大慌てで、ハンカチで頬を拭うも、パティは小さく首を振って……。

「……会いたい。かあさんに……。会いたい……」

途切れ途切れの声で紡がれる願い。されど、それを叶えることはアンヌにはできなくって……。

でも！

「失礼します……」

小さな声で、そう断ってから、アンヌはパティを抱きしめた。

きっと、ミーアがここにいたならば、こうするに違いないと信じて……。

ミーアの腕ならば、このように動くと確信して……。

パティは抵抗することなく、されるがままになっていたが……すぐに、アンヌの服をギュッと握りしめる。その口から、押し殺したような泣き声がこぼれ落ちた。

ふと見ると、母が、静かに頷いていた。

それで、正解とばかりに背中を押してくれる母に、口の動きだけでお礼を言って、アンヌは静かに、パティの背中をさするのだった。

第八話　混じる、不純物……

「相談したいこと……ですか。それはもしや、先日、お手紙でお知らせいただいた摩訶不思議な出来事について、でしょうか？」

そう言ってルードヴィッヒは、静かに眼鏡の位置を直した。

ミーアはすでにベルのことを、ルードヴィッヒに知らせていた。

ベルによれば、未来のルードヴィッヒはベルの正体を知っているとのことだった。ならば、教えることには何の躊躇もないミーアである。

むしろ今は、パティという不確定要素が存在する。ルードヴィッヒに相談しないというオプションは、ミーアには存在しない。

ベルによれば、未来にいた誰も……パティのことは言っていなかったという。

それが「未来からやってきたベルは、パティのことを知らなかった」という状況を作るため……すなわち〝彼らが辿る歴史と同じ状況を作るため〟なのか、あるいは、本当に「未来にやってきたパティ」という存在が、彼らの辿る時間軸には存在しなかったからなのか……。

その辺りのことが定かでない以上、ルードヴィッヒに相談するのが最善の策……。

などと小難しいことを考えた末の結論……なわけもなく。そう、そんなこと、微塵も考えずに

……！

――情報を秘して、わたくし一人が苦労をするなどという理不尽があっていいはずもありません

し。未来ではベルの時間移動を結構な数の方が知ってるとも聞きますし。教えて悪い理由はありま

せんわね。うん、わたくしの知恵袋を使わない手はありませんわ。

などという結論に至ったミーアなのであった。

さて、そんなミーアではあるのだが……、さすがにパトリシアのことは、まだ知らせていなかった。

なにしろ、パトリシアの存在はミーアにとって、究極のウイークポイントである。

もしも、蛇に誘拐でもされたら、ミーアの存在自体が消えてしまうかもしれないわけで……。せ

っかくこれまで頑張ってきたことが、水泡に帰しかねない。それは、なんとしても避けたいところ

である。

――パティについては、ベル以上に情報の扱いを慎重にしなければなりませんわ。

腕組みしつつ、ミーアは考えをまとめていく。

「ベルのことはもちろんございますけれど、それだけではありませんの。正直に言ってしまうと、

事態が複雑すぎて、わたくしとしてもどう考えればいいのか、迷っているところですわ。だから、

あなたにも考えを聞きたいんですの」

「ミーアさまでも……ですか？」

ゴクリ、と喉を鳴らすルードヴィッヒ。眼鏡の奥、その瞳に困惑の色が広がる。

「ええ。わたくしでも……。そして、場合によっては、未来のあなたですらも、予測できない事態が起きているんですの」

ミーアは、それから静かに腕組みした。

ベルに聞いた限りにおいて、未来のルードヴィッヒもまた、パティのことを口にしてはいなかったという。わざと秘していたと考えられなくもないが……。

――それならば別に構いませんわ。それは、ルードヴィッヒが『秘するべき』と考えたうえでしたのであれば、それは、ルードヴィッヒの計算の内にあることですもの。

問題は、パティがイレギュラーな存在であった時なのだ。

ルードヴィッヒの計算外の出来事が起きていた時、それに備えていなかった、などというのは最悪な展開だ。

「あれは、断頭台かな？」というものが見えた時……断頭台だと思って備えて、断頭台ではなかった場合は笑って済ませることができるだろう。けれど、断頭台ではないと思って油断して、実際には断頭台だった場合には、笑うに笑えない。

なにかよくわからない怪しげなものを見たら、とりあえず断頭台だと思っとけ！　というのは、よく知られたミーア格言の一つだ。

常に最悪に備えて振る舞うことこそが、小心者の戦略（チキンハートストラテジー）なのだ。

「だからこそ、あなたの知恵をお借りしたいと思っておりますの。わたくしが知る最高の知者であるあなたの知恵を、ぜひわたくしのために使っていただきたいんですの。頼りにしておりますわよ、ルードヴィッヒ」

そうして微笑むミーアに、ルードヴィッヒは、何事か考えていたようだったが……。

「申し訳ありません。ミーア姫殿下。そういうことでしたら、その件に関しては、日を改めてお聞きするということでも構わないでしょうか？」

静かに、硬い表情で言った。

「え？　ああ、まぁ、あなたがそう言うのであれば……」

意外なルードヴィッヒの反応に、はて、どうしたのだろう？　と首を傾げるミーアであるが……。

二日後、再びやってきたルードヴィッヒに、思わず納得の笑みを浮かべてしまう。その後ろにいる男の姿を見て、なるほど、と思う。

参上したルードヴィッヒは、穏やかな顔で言った。

「ミーアさまのお話が極めて難解なご様子でしたから……。助力を請うこととしました。ベルさまの時代とは違い、今は大陸最高の頭脳の力を借りることができますから」

そうして、ルードヴィッヒは自らの後ろに立つ男に目を向けた。

ベルの時間移動について、ある一定の仮説を立てた、宰相ルードヴィッヒ。その知恵をもしのぐかもしれぬ人物……。

それこそが、ルードヴィッヒの師である賢者……。

「お久しぶりですわね。ガルヴさん」

ミーアの笑みに、聖ミーア学園の長、ガルヴことガルヴァヌス・アルミノスは、静かに頭を垂れるのだった。

かくて、ミーアのもとに、この時代最高の頭脳が集う。

帝国の叡智の知恵袋ルードヴィッヒと賢者ガルヴ。そして、帝国の叡智ミーア・ルーナ・ティアムーン…………ミーア・ルーナ・ティアムーンっ!?

……微妙な不純物の混じった最高の頭脳集団が今、時間移動の謎に挑もうとしていた！

第九話　因と果と……

「ご機嫌麗しゅう、ミーア姫殿下」

やってきたガルヴは、ミーアの前で深々と頭を垂れた。

「なにやら、興味深いお話を聞けるとか……」

「ええ。そうですわね。興味深いかどうかはわかりませんけれど……おとぎ話の中でも聞いたことがないものではあると思いますわね。あ、今、ベルを呼びますわ」

辺りを見回し、ミーアは、自らの右腕がそばにいないことに気付く。

「ふむ、そろそろ、アンヌもご実家でゆっくりした頃でしょうし、パティともども呼ぶことにいたしましょうか。それと、ヤナとキリルも一緒に呼んで……」

などと思いつつ、側仕えの者に声をかける。ミーアの意を受けた年配のメイドは、すぐに、シュトリナと遊んでいるベルのところに向かった。

遊んでいる！　ベルのところに向かった。

……テストから解放されて、すっかり休暇モードのベルである。皇女の休日再び！　なのである。

「失礼します。ミーアお姉さま」

しばらくして入ってきたベルを見て、ルードヴィッヒは小さく呻いた。

「これは……ミーアさまのお言葉を疑っていたわけではありませんが……」

ベルに歩み寄り、ジッと見つめてから、ルードヴィッヒは言った。

「失礼を承知でお願い申し上げます。ベルさま、首を確認させていただいても……？」

「え？　あ、はい。どうぞ」

そう言うと、ベルは髪をかき上げ、首を軽く傾けた。華奢な首筋、そのきめ細やかな肌には矢傷はおろか、かすり傷一つなく……。

「なるほど。確かに、傷一つありませんね。ありがとうございます」

近くでジッと観察したルードヴィッヒは、一歩後退。

深々と頭を下げた後、難しい顔で腕組みする。

「あの時のあれは、確かに致命傷でした。そして、ベルさまは光となって消えた。やはり、これは、なんらかの奇跡的な力が働いたようにしか思えないか……」

などと眉間に皺を寄せるルードヴィッヒ。その肩を、ぽむん、っとガルヴが叩いた。

「ふっふっふ、ルードヴィッヒよ。まだ若いな。こうしてよくよく御顔を拝見すれば、その面差しだけで、はっきりとわかるではないか」

それから、ガルヴは、穏やかな笑みを浮かべて、ベルを見つめて……。

「間違いなく、この方は、ミーア姫殿下の血筋のお方じゃ」

断言する！

そう、その賢者の目は真実を決して見過ごすことはない。

どのような状況にあっても、必ずや真実を見つけ出す。

賢者ガルヴの慧眼は、ダテではないのだ！

……いや、そうだっただろうか？　以前、森で……いや、まぁ、それはともかく……。

「して、いったい、どのような状況なのか、詳しくお聞きしたいのですが……」

ガルヴの言葉を受け、確認するような視線を向けてくるベル。そんな孫娘にミーアは一つ頷いた。

正直なところ、ミーアも時間移動の理屈を理解できているわけではなかったので、ぽーいっと丸投げしたいと思っていたところだったのだ。

さて、ミーアの華麗なる委託を受けたベルは、こほん、っと咳ばらいをしてから、腕組みをし、若干胸を張って語りだした。

「そもそも、時間移動とは……」

その口調に、ミーアは、ハッとする。ベルの顔に、立派な眼鏡を幻視して……。

――ふむ、これは……。ルードヴィッヒの話を……そのまま話しておりますわね。口調までそっくりに真似しておりますわ。なるほど、ベル、やりますわね！

かつての自分の姿をベルに見て、思わず、微笑んでしまうミーアである。

――わたくしにも匹敵する記憶力はさすがと言うべきかしら……。ふぅむ、なのに、どうして、お勉強ができないのか……。

暗記式テスト攻略法の大家、ミーアは首を傾げるばかりだった。

さて、ベルの話を一通り聞いたガルヴは、ふぅむ、っと唸り声を上げた。

「なるほどのぅ……。それが未来のルードヴィッヒの考察ということか……」

腕組みして、髭を撫でながら、

「なかなか、よく考えられているではないか」

「ありがとうございます……というのも、いささか妙な感じですね」

対するルードヴィッヒは苦笑していた。

「それに、今、それを聞いてしまうのも、どうなのか……」

ベルの時間にいるルードヴィッヒも、未来から来たベルに時間移動理論を聞かされていたのだろうか？　だとすると、はたして、それを最初に提唱したのは誰であったのか……。

などと、興味は尽きないところであれど……。

「しかし、残念ながら、私の考え方にパトリシアさまのことは入っていないようですが……」

苦笑いを浮かべるルードヴィッヒ。けれど、ガルヴは、小さく首を振った。

「そうでもあるまい。我が弟子よ。お前の理論で、パトリシアさまの移動も説明がついてしまうではないか」

ガルヴはそう言うと、自らの紅茶に砂糖を入れた。生じた波紋を見ながら、彼は静かに続ける。

「ミーアさまが、水面に投げ込まれた石ならば、生じた波はどちらへ向かうか。ミーアさまが、歴史という弦を爪弾く指としたら、弦の震えは、その指の触れるところのみか……」

自問自答するようにつぶやいて、ガルヴは静かに首を振った。

「いや、そうではあるまいよ。波紋は石を中心にして円状に進む。もしも歴史という流れが、始まりと終わりの二点を結ぶ線であるというするなら、その影響は両側へと進んでいく。ミーアさまの行動は過去にすらも影響を及ぼすほど大きなものであったということじゃな」

まるで、この世の真理を語るかのようなその言葉に、ミーアは、瞠目（どうもく）しつつ……森の賢者ガルヴを……否、森のおじいちゃんガルヴを見つめる。

こっ、このおじいちゃん、大丈夫か⁉　などと、心配になりつつ、ジィッと観察する。

どうやら、同じような疑問をルードヴィッヒも抱いたらしい。深刻そうな顔で、彼は口を開いた。

「すでに決した出来事である過去にすら影響を及ぼすことがあると？　しかし、そのようなことが本当に起こるのでしょうか？」

それは、遠回しに「師匠、正気ですか⁉」という懸念を表明するものに、ミーアには聞こえた。

のだが……。

「普通はないじゃろうな。だが、ミーアさまが、時間の流れを逸脱した特別な存在であるというのであれば、そういうこともあるのかもしれぬ……」

そう言って、ガルヴは言った。

「過去に影響を及ぼせぬというのは、あくまでも、因果の流れの中にいる者のみに適用される決まり事のはず。であれば、一度、時間の流れから逸脱すれば、その影響力は、波紋のごとく過去と未来へと及んでも不思議はないのではないか？　言うなれば、波紋の原因となったミーアさまを因とし、過去と未来に『果』を生じさせることになったのじゃな」

時間の流れからの逸脱……。

再び現れた単語、その言葉に心当たりがありすぎるミーアはなにも言えなくなってしまう。なにしろ、ミーアは断頭台にかけられた経験を持っている。その時の日記帳をも持っていたのだ。

——わたくしが、時間の流れから逸脱した、というのには十分すぎる要素ですわ。

「あるいは、そうじゃな。こういう言い方をすることもできるやもしれぬ。ミーアさまの、逸脱した偉業を歴史の流れの中に受け止めるためには、過去が変わる必要があった、と」

その言葉に、ルードヴィッヒはハッと顔を上げた。

「つまり……ミーアさまという偉大な方が存在するために、過去に、その下準備が必要である、と？」

問いかけに、重々しく頷いて、ガルヴは言った。

「なにごとも、因果というものがある。種を蒔かない場所には草木は実らない。やせこけた土地に、よき作物は実らない」

「ミーアさまという極上の花が咲き誇るためには、土地を耕し、種を蒔く者が必要であると？」

「しかり。ミーアさまという、極めて巨大な『果』があるゆえに、それに見合った『因』の要素が必要であった。それが、パトリシアさまであった……。そう考えるのが自然ではないか？」

そんな馬鹿な……などと笑おうとしたミーアだったが、その笑みが凍りつく。

なぜなら、すでに、ミーアはその痕跡（こんせき）に触れていたからだ。

――イエロームーン公爵ローレンツさんは、言ってましたわ。お祖母さまの言葉に支えられたと……。

それは、ミーアが断頭台の運命から逃れようと行動していた時には、見られない現象だった。ただ断頭台の運命から逃れるだけならば、未来への影響力しかなかった。けれど、その範囲が広がっていった時、『果』が大きくなりすぎたがゆえに、因の側にも影響を及ぼした。

――そう考えるなら『因』であるパティを『果』であるわたくしのもとに送り込んで、直接、影響を与えるって、確かに一番手っ取り早いのでしょうけど……。

ふと、そこでミーアは一つの重大なことに気付いた。

――あら……でも、これって、もしかして……わたくしがきちんとパティを育てないと、大変なことになる、ということでは……。

瞬間、ぞわわっと、ミーアの背中に寒気が走った。

以前、パティをラフィーナに任せちゃったらいいんじゃない？　と思った時に見た夢を、思い出したからだ。

イエロームーン家に謀殺される夢……。あれがもし、因であるパティの育成を失敗したことによって生じたものであるとするなら……。

――わっ、わたくしは、パティがそれなりの『因』となれるよう、ある状態まで教育しなければいけない、ということなのでは……？

それは、余計なことをしなければ大丈夫などという消極的な態度とは、まったく逆の状況だった。

かくてミーアは「今」を守るため、積極的にパティに教育を施さなければならなくなってしまったのだった……。

第十話　ベル……油断する！

唐突に匂い立った危険の香りに、ミーアはゴクリ、と喉を鳴らす。

ミーアの直感が厳かに告げていた。これは極めて危険な状況であると。

一方で、ベルもまた、ゴクリゴクリ、と喉を鳴らしていた。

こちらは、説明を終えて「ふぅ、一仕事終えたぞう」などと、紅茶をゴクリの、お茶菓子をゴクリである。

今日のお茶菓子は、ガルヴに合わせて、ちょっぴり甘さ控えめの、渋めのチョイスとなっていたが……ベルは、まったく気にしない。

普段から、シュトリナやミーア、アンヌにルードヴィッヒなど、年長者を相手にお茶を嗜むことが多いため、しぶーいお菓子の楽しみ方をも知っているベルである。

そうして、ベルがお茶とお茶菓子に舌鼓を打ち……ああ、リーナちゃんや、ミーアお祖母さま、お元気かな……？　このお茶菓子、美味しいな！　などと完全に油断していたところで……。

「しかし……そうなってくると、別の疑問も生まれますね」

ルードヴィッヒの声が響く。

「別の疑問……？　というと？」

深刻そうな顔をするミーアを横目に、優雅（＝のんき）にお茶の香りを楽しんでいたベルだったから……。

「無論、ベルさまのことです」

「はぇっ……？」

突如として飛んできた流れ矢に見事に刺し貫かれた。かふっと息を吐きつつ、ベルは慌てた様子で……。

「え？　え……えっと？　ボク……ですか？　えっと、なんのことでしょうか？」

パチパチと瞳を瞬かせて戸惑う彼女にルードヴィッヒは静かに頷き……。

「もし仮に、パトリシアさまの時間移動に『理由』があるのなら……ベルさまもまた、なにか理由があって飛ばされてきたのではないか、ということです」

もしも、ミーアが歴史という湖面に投げ込まれた石のようなものであり、ベルがここにやってきたのは、その余波を受けてのものであったなら……。ベルがこの時代に来たことに、意味はない。
されど、もしも、パティのように……。ミーアという『果』が『因』であるパティを引き寄せたというのなら、ミーアという『因』が何らかの理由で、ベルという『果』を引き寄せた可能性もあって……。

「パトリシアさまだけ、因果を理由に時間移動したというのも理屈に合わぬ話。とすれば、パトリシアさま同様にベルさまにもなにか、成し遂げるべきことがあると考えるのが道理というもの……」

「え？　いえ、ボクは、その……えっと、み、ミーアお祖母さまの政治手腕を学ぶためとか……なんとか……」

ルードヴィッヒは、自らの顎をさすりながら、小さく唸る。

「確かにミーアさまの手腕を間近で見ることは、統治者にとって得難い経験となるでしょうが……」

「そうじゃな。確かにミーアさまのお姿を、すぐ間近で見られるのは、将来の統治者として極めて重要。そのために過去に来たというのであれば、一定の説得力がありそうじゃが……」

などと、ガルヴまでもが言い出した！

「いや、さすがに、その程度のことで時間移動なんかされたら、たまりませんわ」

誰もツッコミを入れず、ただ一人、ミーアのみがツッコミを入れるという異常事態である！　が……。

「まぁ、そういうこと、でしょうな。あるいは、ベルさまの言う通りなのかもしれませんが……もしも違った場合には取り返しがつかなくなる。ならば、やはり、ベルさまがやってきた特別な理由があると考えておくべきでしょうな」

そんなガルヴの言葉を聞いて、う、ううう、っと呻くベル。

本格的に休日が終わってしまいそうなことにショックを受けた様子。がっくりと落ちた肩に、ミーアは、ぽむんっと手を置いた。

「ベル……。人間、諦めが重要ですわよ」

「うう……やっぱり、終わってしまったのですね……ボクのお休み……」

そうして、ベルは切なげなため息を吐いた。のだけど……。

「わかりました。ボクもなにか、すべきことがあるんじゃないかって、考えてみます。それで、手っ取り早く片付ければ……」

切り替えの早さは、ミーア譲りなベルであった。

「まぁ、いずれにせよ、我々の考えが合っているという保証もございませんが……」

「いえ、ガルヴさんとルードヴィッヒ、お二人の考え以上のものはないと、わたくしも思いますわ」

ミーアは、そう断言する。

「おそらく、このことは、なにが正解か答えを出すのが困難なことのはず。であれば、わたくしは選ばなければならない。なにを信じるのか、どの考えに従って行動していくのか……。わたくしは、信頼する忠臣と、我が帝国が誇る最高の頭脳が導き出した考えを採用いたしますわ」

自分を信じるか？　それともルードヴィッヒを信じるか？　と問われれば、迷うことなくルードヴィッヒを選ぶミーアである。

まして、今回は彼の師であるガルヴの助力もあったのだ。信じない理由はどこにもない。

——となると、パティの存在は極めて重要ですわ。

ミーアは大きく頷いてから、ルードヴィッヒに目を向けた。

「ルードヴィッヒ、申し訳ありませんけれど、秘密裏にクラウジウス家の情報を集めていただきたいですわ」

「クラウジウス……パトリシアさまのご実家ですね」

「ええ。パティが蛇に傾倒する理由を、なんとしても知る必要がありますわ。それに、やはり、パティを早急にここに連れてくる必要がございますわね」

ミーアの行動は迅速を極めた。

即座に、アンヌの家へと使いの者を走らせつつ、パティの受け入れ準備を始める。

「ふむ……パティ一人だと目立ってしまいますし、ここはヤナとキリルと、三人一組ぐらいの扱いがベスト。ともかく、目立たないようにしなければ……」

本当であれば、ヤナたちは、アンヌの家のほうが落ち着くのだろうけれど、この際は仕方ない。

「料理長のスイーツ三昧で埋め合わせするとして……。あとは、なんといっても、パティのこれからのこと、ですわね……。ふぅむ……」

それからミーアは、腕組みして考える。

——こうなっては仕方ありませんわ。わたくしが直々にパティの教育を手がけなければ……。

鼻息荒く、パティを待ち構えるミーアであった。

第十一話　ミーア、悪役の令嬢っぽい笑みを浮かべる

「ふぅ、よかったですわ」

やってきた馬車を見て、ミーアは、複雑な気持ちになった。

無事に着いてくれたのはよかったが……はたして、これからパティのことをどうすべきか……。

――教育するのであれば、とりあえず、パティの正体が知られることは避けるべきですわね。そのうえで、しっかりと蛇から引き離すようにしなければならないわけで……。なかなかに難しいですわ。

内心で頭を抱えつつも、優しい笑みを浮かべて、ミーアは子どもたちを出迎えた。

「さ、よく来ましたわね。どうぞ、中に入ってくださいまし」

宮殿を見て、思わずポカーンッと口を開けるヤナとキリル。それに対して、パティは、若干、うつむき加減で……なんだか、いつもよりさらに元気がないように見えた。

――あら、パティ、どうかしたのかしら……？

首を傾げつつ、城の中へ。向かうのは、謁見の間だった。

白月宮殿に滞在させるとなると、どうしても、父の承諾を得る必要がある。

――まぁ、お父さまは意外と鈍いところがあるから、パティの正体には気付かないと思いますけ

れど……。一応は注意が必要ですわね。

などと、考え事をしていた時だった。

「失礼いたします。ミーアさま、実は……」

ふと見ると、歩み寄ってきた忠臣アンヌが、小声で話しかけてきた。

「ああ、アンヌ。お疲れさま。子どもたちが世話になりましたわね」

「精一杯、務めさせていただきました」

アンヌは、そっと笑みを浮かべ、それから……。

「ミーアさま……パティさまについて、お話ししておきたいことがあります」

そうして、アンヌが話してくれた情報に、ミーアは思わず瞠目した。

「泣いた……？　あの、パティが……、ですの？」

「はい。その……理由はわからないのですが、でも……」

と、アンヌが表情を曇らせて……。

「パティさまは、やっぱり、蛇になるのがお辛いのだと思います。だから、できるだけ早く、私たちが蛇ではないと教えて差しあげたいのですが……」

アンヌの顔には、早くパティに、蛇として振る舞う必要がないと伝えたいと……、そう書いてあった。

「ふむ……。そう、ですわね……」

対して、ミーアは、思わず考え込んでしまう。

アンヌの話を聞く限り、自分たちが蛇の一員ではない、と言ってしまってもよいような気がするが……。

――いえ、それはやはり危険ですわね。もしも、やめるにやめられない事情がパティにあるとするなら、わたくしたちの話を一切聞いてくれなくなるかもしれませんし……。例えば、家族が人質に取られているだとか、蛇ならば躊躇なくやるでしょうし。あの、ハンネスという名前も気になりますわ。いずれにせよ、迷いどころですわね。

と、その時だった。

「……申し訳ありません。ミーア先生。あの家で取り乱しました」

静かに歩み寄ってきたパティが、ミーアの前で深々と頭を下げた。

「頭を上げなさい、パティ……」

突然のことに動揺しつつも、ミーアは、ふぅっと一つ深呼吸。考えをまとめながら口を開く。

「いいですこと？　パティ。心を揺らすことは、悪いことではありませんわ。わたくしには、あなたが、なにを気にしているのか、わかりませんわ」

「どういうこと……でしょうか？」

直後、パティが鋭い視線を返してきた。ミーアの心の内を窺うように、ジィッと見つめてくる。

「蛇は……心を揺らしてはならない。私は、そう教えられてきた。それを試すために、あのような家に送り込んだのではないのですか？」

パティの言葉に、ぐぬ、っと唸るミーアである。

――なるほど。なかなかにロクでもないことを言いますわね。さすがは蛇ですわ。

確かに、あらゆる秩序を破壊しようなどと、トンデモないことを企む連中だ。いちいち、感情に囚われていては、やっていられないのかもしれないが……。

ミーアは、しばし黙考。言い訳を組み立てていく。

ちなみに、今日のミーアはダテではない。

父にパティの正体がバレそうになった時、きちんと誤魔化せるよう、料理長の野菜スイーツを食べて、強化済みなのだ！

「そうですわね。確かに、心を揺らさず、いつでも冷静に行動できるならば……間違いも起こらないでしょう。けれど実際には、そう上手くはいかないものですわ。ゆえに、大切なのは、それを知ることですわ」

「……知る？　なにを、ですか？」

「言うまでもなく、人とは心が揺れるものである、ということですわ」

いつでも万全の状態でいられるわけではない。心を揺らさずに行動できれば、それはベストなのだろうが、いつもいつでも冷静でいられるはずがないのだ。

ならば大事なのは、それを知り、万全でない状態であっても動きが取れるよう、準備をすることなのだ。

そう、ミーアはよく知っている。

本来であれば、波などは起こらないほうがよい。ぷかぷか、平和な海をのんびり浮かぶことこそが、ミーアの理想。ミーアは静かな海の海月になりたいのだ。

されど、海とは波が来るもの。時に嵐となり、大波に襲われる場所なのだ。

であれば、どうするか？

波が起こらぬよう努力するのか？　嵐が来ないように祈るか？

答えは否である。そんな無駄に疲れることを、ミーアはしないのである。そうではなくって……。

——波が起こることを前提として、それに備える。波が起こるのならば、上手く波に乗ってしまえばいいだけのこと。その準備を整えておけばいいのですわ。

偉そうに腕組みしながら、ミーアは自らの経験を語る！

「心が揺れるのは、仕方のないこと。ならば、それを前提として備えればいい。たとえ心が揺れたとしても〝なにをすべきか見失わないようにすること〟こそが肝要ですわ。どれほど感情が高ぶっても、あなたがしたいことを見失わないようにすればいいのですわ」

そう言いつつ、ミーアは自らが組み立てた理屈に満足する。なぜなら……。

「ああ、それと、一応言っておきますけれど、あなたが〝今すべきこと〟は、秩序を破壊し、混沌（こんとん）を作ることではありませんわよ。いずれは蛇として、そうしたことを目標に据える時が来るかもしれませんけれど、今のあなたがすべきことは〝学ぶこと〟ですわ。わたくしから、いろいろなことを学ぶ。それを第一として考えなさい」

そうなのだ……〝感情に左右されずにすべきこと〟、その〝すべきこと〟を入れ替えてしまえば、よき方向に導くことも容易となるのだ。一見すれば、蛇の教えのように見えて、非常に簡単に、まっとうな教えに切り替えられるのである。

――ふふふ、我ながら、実に冴えておりますわ。あとは……。

ミーアは、仕上げとばかりに、パティを見つめる。

「だから、あなたは、ここにいる間は、気軽に、子どものように振る舞っても構いませんわよ」

「え……？　え、ど、どう、して……？」

戸惑うように、瞳を瞬かせるパティに、

「無論、決まっておりますわ」

ミーアは、クロエの物語に登場する悪役のセリフを思い浮かべて言う。

「あなたがあまり無理をして壊れると、蛇にとっては損失ですの。だから、難しいことは考えずに、気軽にしているといいですわ。無理は禁物。すべては、蛇のためですわ。うふふ」

そうして、全力で悪そうな笑みを浮かべてやる。

イメージするのは、これまたクロエの物語に登場する、悪役の貴族令嬢のような笑み。

そんな、ミーアのちょっぴりぎこちない、悪そうな笑みを見て、パティは、ごくり、と喉を鳴らすのだった！

こうして、ミーアは盗み取る。蛇の腹の奥深くに呑み込まれた、パティの心を……。

「おお、ミーア。ここにいたのか……。おや、その子、は……？」

その時だった。

不意に、背後から声が聞こえた。それは……。

第十二話　お姉ちゃんの次に好きです！

「ミーア、その子は……」

――くっ、なぜ、ここにお父さまが……？

ミーアは、聞こえてきた声に一瞬固まる。

ぎくしゃくと振り返った先に立っていたのは、ミーアの父、皇帝マティアスだった。

――これは、下手に隠し立てするのは得策ではないですわね。そもそも最初から紹介するつもりではあったわけですし……当初の予定通り、さりげなく……。名馬を隠すならば騎馬王国。子どもを隠すならば、子どもたちの中ですわ！

そうして、ミーアは一転、柔らかな笑みを浮かべた。

「あら、お父さまご機嫌よう。ちょうどよかったですわ。この子が、お話ししていたパトリシアですわ」

できるだけ早口にならないように言ってから、ミーアはパティの肩に手を置いて。

「それと、こちらの女の子がヤナ。その弟のキリルですわ」

すかさず、残り二人の子どもたちを紹介する。

「三人ともセントノエル学園で始まった特別初等部の生徒たちですの。わたくしも時折、教鞭(きょうべん)をと

 っておりますわ」

「ほほう、なるほど。ミーアの教えを受けた子どもたち、か……」

皇帝マティアスは、興味深そうに子どもたちに視線を注いだ。

それを受け、キリルがビクンッと肩を震わせた。小さな手が、キュッと姉のスカートを掴む。一方で、ヤナのほうも、緊張に頬を強張らせていた。

貧民街で大人とも渡り合ってきた彼女であるが、さすがに相手が一国の統治者となると、勝手が違うのだろう。

セントノエルでは、まだ実感が湧かなかったのかもしれないが、こうして、壮麗巨大な白月宮殿の中にあっては、嫌でも、その絶対的な権力を理解せざるを得なかったのだ。

目の前の男の力の凄まじさ……そして、その男を父と慕うミーアの権力というものを。

そんな中、ミーアは、父の視線から子どもたちを守るように、一歩前に出て。

「もう、お父さま。そんな怖い目で睨んだら、子どもたちが怖がってしまいますわ」

腕組みしつつ、呆れた顔で言う。

ミーアとしては、父よりもラフィーナなどのほうがよっぽど恐ろしいように思えるのだが……。

最近は、すっかり優しくなったとはいえ、獅子は獅子。父とはものが違うように思えて仕方ないのだが……。

――まぁ、怖いものは人それぞれですしね……。

「むぅ、別に怖がらせているつもりはないのだがな……」

マティアスは、唇を尖らせてもごもご言ってから、ふと、パティに目を移し……。

「しかし……そうか。そなたが、パトリシアというのか……」

ジッとその顔を見つめてから、ふふっと笑みを浮かべた。

「なるほど。さすがはミーアだ。確かに私は、名前に印象を引かれているようだ。油断していると、母上に似ている、などと言い出してしまいそうだな」

マティアスは、そこで膝をつき、パティと目線の高さを合わせた。それから、そっと手を伸ばし、パティの頬に触れ……。

「しかし、この髪……それに、この感情の底が見えぬ美しい瞳……。こうしてじっくり見ると、母上の面影があるように見えてくるな。奇妙な気分だ」

「そ、それは、お父さまが単純だというよい証左ですわ。わたくしの言ったとおりではありませんの！」

ミーアは少々慌てつつ言った。

——ううむ、意外と鋭いですわね……。お父さま……。普通、自分の母親が幼少の姿で現れても気付かないと思いますけれど……。

父の洞察力（どうさつりょく）に感心半分のミーアであったが……残りの半分で……。

——しかし、お父さま……。年端もいかぬパティに母の面影を見てしまうだなんて、本人だから仕方ないとはいえ、こう……ちょっぴり……アレですわね。

なんとも複雑な気持ちになってしまうミーアなのであった。

「……そうか。そうだな……我ながら、実に単純なことであった」

苦笑いを浮かべつつ、マティアスは立ち上がる。それから、改めてヤナとキリルに目をやった。

「ふむ……そちらが姉のヤナで、弟のキリルであったか……」

その声を受け、ピンッと背筋を伸ばす二人。マティアスは姉のヤナの前……を素通りし、キリルの前に立った。

「時に、キリル……。そなた、我が娘ミーアのことを、どう思うか？」

「……え？」

キリルは、びっくりした顔で瞳を瞬かせてから、

「え、えっと……とっても、お優しくて、お美しい方だと思います」

模範解答を口にした！

――ふむ……。ヤナもわりと頭がいい子かと思いましたけど、キリルも幼いながらに、なかなか……。お父さまの喜びそうなことをスルスルと言うとは、実に空気が読める子ですわ。

そんなミーアの評価を裏付けるように、

「ほう！　なかなか、見る目があるな！」

マティアスは上機嫌に笑っていた！　それから、急に真面目な顔になり、

「では……そなたは、ミーアのことが好きか？」

ジィッとキリルの顔を見つめる。キリルは、かすかに首を傾げてから、

「はい。ミーアさまのこと、大好きです。お姉ちゃんの次に好きです！」

「ほう……」

マティアスは腕組みをし、険しい顔でキリルを見つめてから……。

「なるほど、な……。姉の、次にミーアのことが好き……と。ふふふ、偉い！　実に偉い子だ！」

にっこーっと笑みを浮かべた。

「我が娘ミーアを好くとは、実に見どころがある。しかも、姉の次、というのが気に入った。誰よりもミーアのことが好きだ、などと言い出したら、警戒してしまうところだったぞ！　……なぁ、アベル王子？」

ジロリ、と視線を向けた先。いつの間にやら、ミーアと合流しようとして、近づいてきていたアベルは……。

「あ、ははは……」

思わずといった様子で、苦笑いを浮かべるのだった。

第十三話　労働、労働、ケーキ……ケーキ、ケーキ、野菜ケーキ！

さて、無事に子どもたちを白月宮殿に迎え入れたミーアは、自室で一息吐いていた。

「とりあえず、パティのことは、クラウジウス家の調べがつくまで、なんとも言えませんわね」

どうも、マティアスに聞いた限りでは、クラウジウス家の断絶は、謎に包まれた出来事であったらしい。

「形としては、跡取りに恵まれなかった、ということになるが……。いろいろと事情が錯綜しておってな」

マティアスは、そう眉間に皺を寄せた。

「始まりは、侯爵が滞在していた別荘の焼失事件だったのだ。クラウジウス侯爵領内にあった館が燃え落ちてな。はじめは、野盗の襲撃か、他の貴族との抗争か、暗殺か……などといろいろな噂が飛び交ったが、調べていくと、侯爵家が莫大な借金を抱えていたことが判明したのだ」

肩をすくめつつ、マティアスは続ける。

「目ぼしい美術品などもすべて処分されていたが、さて、それは借金の返済に充てられたのか、それとも……」

「当主が借金から逃れるために、目ぼしい財産を持ち出して失踪したか、ですわね……なるほど。それは、外聞がよろしくはないですわね」

こう見えて、ミーアは帝国の姫なので、貴族心理に関してはそれなり以上に鼻が利くのである。

「クラウジウス家は、栄えある帝国侯爵家。そしてそれ以上に、我が母の実家でもある。事件が起きた頃は、すでに母上は亡くなられていたが……、捨て置くこともできまい。幸い、クラウジウス侯爵には跡取りもなく、闇から闇へと葬り去ってしまっても誰も困らない。ということで、青月省に命じて火消しに走ったというわけだ」

「なるほど。それでも断片的に漏れ聞こえる情報から、人々が妄想を膨らませて、呪われた家などという話になったのですわね」

聞いた時には呆れたミーアであったが、疑念は拭えなかった。

――暗殺という疑いは、莫大な借金と美術品の処分で簡単に捨て去られておりますけれど……実際のところはどうなのかしら？

つい最近、同じような工作をしたミーアには、その状況は実に怪しく見えた。

そう、人は〝もっともらしい理由がわかると、それ以上は疑ってかからないもの〟なのだ。

――これはやはり、もっと突っ込んで調べてもらう必要がありますわね。

そうは思うものの、調査はなかなかに大変そうだった。

まず、使える手勢があまり多くはない。

先代皇妃パトリシアの時間転移……という情報はトップシークレットだ。もちろん、時間転移のことは伏せるものの、それでも「なぜクラウジウス家のことを調べるのか？」などと疑問を持たれては大変だ。

迂闊に、木枠の穴に首を突っ込んでみたら、実は断頭台でした！　などというサプライズイベントは避けたいところだ。

ちょっとした街角で待ち構えているのが断頭台というもの。ゆえに、調査には、信頼のおける人間のみを当てる必要があった。

さらに、文字の記録があまり信用できないことも問題だった。

――あの血まみれの日記帳のように、文字が書き換わる可能性がありますわ。

通常であれば、文献に当たればいいところを、確実を期するためには、人々の記憶に頼らざるを得ないわけで……。これもなかなかに大変な作業になるだろう。

そして、それよりなにより、なんといっても、クラウジウス家は蛇の息がかかった家である。調査には慎重の上に慎重を期する必要があるのだ。

「とりあえず、ルードヴィッヒは、ジルベールさんに調査してもらうと言ってましたけれど……。少し心配ですわ。まぁ、ルードヴィッヒが大丈夫と言っていたから、大丈夫なのでしょうけれど……」

いずれにせよ、そちらに関しては当面ミーアにできることはない。なにしろ、帝国の叡智は、あまり、調べ物の役には立たない類いの叡智なのだ。

では、なんの役に立つ類いの叡智なのかというと、いささか答えに窮してしまうところなのだが……ともかく、少なくとも調べ物の役には絶対に立たないことは、疑いようのない事実であった。

ということで、ミーアは当面、別の問題を片付けようとしていた。

「とりあえず、パティの教育。それに、もろもろの報告にも目を通しておく必要がございますかしら……」

ルードヴィッヒから届けられた書類を手に取って、さらさらっと目を通していく。

細かいことは、すべてルードヴィッヒに一任しているものの、それでも、きちんと状況を把握している……ふりだけは、しておかなければならない。

「お前のことを見ているぞ！」というポーズは、人の心を引き締めるものなのだ。

人は、誰かが見ていなければサボるもの。ミーアは経験上よく知っている。

人は、基本的にサボるもの――サボるものなのだ！

だからこそ、きちんと見ているよ、とアピールするのは大切なことなのだ。そして、そのうえで……。

「ご褒美にケーキがあると知っていればこそ、頑張れる側面がございますわ。テスト前などは特にそう。だから、適度にケーキを与える。これが秘訣ですわ」

気を張り詰め続けてもいけないのだ。適度にご褒美と休憩を与えるのが大事だ。

頑張るためにはケーキが必要なのだ。労働、労働、ケーキ、このぐらいの配分が大事なのである。

「ふむ、しかし、ケーキばかりでは怒られてしまいますわね。ケーキばかり続けないで、きちんと野菜ケーキも混ぜなければ。ケーキ、ケーキ、野菜ケーキ……。適度に、野菜ケーキを交ぜる、この配分が大事ですわ」

労働とケーキの致命的な置換現象が起きていたが、それに気付くミーアではない。

とにもかくにも、そんなことを考えつつ、ミーアは書類に目を通し、滞りなく組織が動いていることを、ざっくりと……ふわっと把握する。

「各地の治安は若干悪化、と……。しかし、今のところ輸送部隊が襲われるようなことはないみたいですわね。皇女専属近衛隊(プリンセスガード)とレッドムーン家の私兵の混成部隊とで、きちんと護衛ができているようですわ」

前の時間軸では、各地の略奪隊に、それはもう痛い目に遭わされたミーアである。

その辺りのことは早いうちから、ルヴィとバノスとに言い含めてあったのだが、見事に、護衛隊が機能しているらしい。

「うふふ、やっぱり、ルヴィさんを仲間に引き入れたのは正解でしたわね」

そう満足の笑みを浮かべている、まさに、その時だった。

「失礼いたします。ミーアさま、あの、ルヴィさまがいらっしゃっておりますが……」

アンヌの声に、ミーアはそっと顔を上げる。

「あら……ルヴィさんが……？」

すぐに、頭を真面目モードに切り替える。

皇女専属近衛隊（プリンセスガード）の副隊長を務めるルヴィ・エトワ・レッドムーンは、目下のところ、最重要人物だ。いや、まぁ、四大公爵家の子弟というのは、誰も最重要な人間ではあるのだが……。その中でも、現状、ルヴィの重要度は群を抜いている。

そんなルヴィが訪ねてきたとあれば、姿勢を正すのは当たり前のこと。

「働きを労ってあげる必要もございますわね。ええ。もちろん、会いますわ。入っていただいて」

けれど、やってきたルヴィを見て、ミーアは唖然（あぜん）としてしまう。

「う……ぐぅ……み、ミーアさまぁ」

常の凛とした様子とは打って変わり、涙でグズグズの顔をするルヴィ。そのあまりの変化に、ミーアは言葉を失った。

「……まぁ、どうされましたの？　あなたらしくもない」

尋ねつつも、新たなトラブルの到来を予感するミーアであった。

第十四話　涙目ルヴィの恋愛相談

とりあえず、ルヴィを椅子に座らせて、アンヌにお茶とお菓子の用意をお願いする。

心得た！　とばかりに頷き、飛んでいくアンヌ。その背を見送ってから、ミーアは改めてルヴィの顔を見た。

真っ赤になった鼻をグズグズと鳴らす少女。いつもの冷静で飄々（ひょうひょう）とした姿が見る影もない。

ルヴィがこんな反応をするような状況がはたしてどんなものなのか……想像した瞬間、ミーアの背筋が冷たくなる。

「まっ、まさか、バノスさんに、何事かございましたの？」

皇女専属近衛隊（プリンセスガード）の長、バノスは、ルヴィの想い人だ。熟練の兵で、剣の腕については、ディオンには及ばないまでも十分に一流。そのうえ、その人柄の良さはミーアも評価するところである。

ディオンとは違ったタイプの得難い人材……。そんな優しき巨漢に何事か起きたのか⁉　と、不安になるミーアだったが……。ルヴィの口から出たのは、思わぬ言葉だった。

「う、うう……実は、私に、えっ、縁談の話が、来て……」

「あら……縁談……」

ミーアは、思わず、まぁ、と声を上げた。

――なるほど、確かに、ルヴィさんは、お年頃。エメラルダさんにも来るぐらいですから、来てもおかしくはありませんわね。サフィアスさんも、許嫁がおりますし。

あの二人に縁談の話が来るぐらいなのだ。あの二人！　でもなんとかなるのだから、当然、ルヴィにだって来るに違いないと頷くミーアである。が……。

「そんなの、適当に難癖をつけてお断りしてしまえばいいのですわ。あなたらしくもない」

なにを悩んでいるのやら……と、ミーアは、小さく首を傾げる。

「今は、わたくしに与えられた使命が大事とか、黒月省内で出世したいから、当面、結婚する気はないとか、なんとか適当に……」

即興ですら、すらすらと言い訳が思い浮かぶ。お断りすることなど容易(たやす)いこと、と考えるミーアであったのだが……ルヴィは、ゆるゆると首を振った。

「そっ、それは、やりました。でも……ダメだった。私の出世にも役に立つし、それに……ミーアさまから与えられた使命を全うするためにも、役に立つ相手だからって、言われて……うぅ……」

それから、ウルウルと潤んだ瞳でミーアを見つめて、ルヴィは言った。

「縁談の相手は、ヒルデブラントという名の騎士で……コティヤール侯爵家の次男だからって……」

その名を聞いて、ミーアは思わず目をむいた。

「ヒルデブラント！　なんと……！　あのヒルデブラントですの？」

ヒルデブラント・コティヤール。その男は、ミーアの母、アデライードの実家であるコティヤール侯爵家の次男。すなわち、ミーアの従兄弟である。

そして……。

「ああ、なるほど。それで、あんなところにいましたのね……。なぜ、帝都の近くにいるのかと思っておりましたけれど……」

そう……帰還の途中に、ミーアに熱烈な視線を投げかけてきた男こそが、ヒルデブラントだったのだ。

「ふむ、そういうことですのね。でしたら、確かに事態は複雑ですわね」

大貴族のご令嬢にとって、結婚と政略は切っても切り離せないものだ。

昨年の秋、エメラルダにもたらされたエシャールとの縁談がそうであったように、ルヴィの縁談にも、しっかりと政略が絡んでいる。

では、はたして、この縁談が意味するものはなにか？　そして、レッドムーン公爵家はどのような思惑を持って、この縁談を企図したのか？

――この狙いは……ずばり、わたくしとの関係強化ですわね。

帝室自体との、ではなく、ミーア個人とのというところが、実に悩ましいところだった。

コティヤール侯爵家は別に皇帝の血を引く家というわけではない。現皇帝マティアスの亡き妻の実家であるというだけであり、血の繋がりからいえば、ミーアとしか関係がないのだ。

貴族の家同士の繋がりを、血の繋がりのみで語ることはできないし、皇帝の亡き妻の実家と縁を結ぶことに意味が全くないとはいえないが……少なくとも、名門たるレッドムーン公爵家が欲するコネかどうかは微妙なところだ。

そもそも血筋でいえば、レッドムーン公爵家のほうが皇帝に近いわけで……にもかかわらず、コティヤール侯爵家と姻戚関係になることの意味はなにか？

言わずもがな、ミーア個人との関係を強化することだ。

それはすなわち、ミーアの権勢を認め、ミーアが帝位を継ぐことを支持するという表明ですらあるのかもしれない。ルヴィの父、マンサーナ・エトワ・レッドムーン公爵は、ミーアの陣営に与することを、正式に表明しようというのだ。

「なるほど……。ルヴィさんのお父さまとは、確かに良い関係を築けておりましたけれど……この縁談は、わたくしへの好意を表すものなのでしょうね。しかし、我が従兄弟が縁談の相手とは、なかなかに面倒な状況ですわね……」

敵対行動であれば、突っぱねればいい。けれど、善意での行動で、なおかつ大きなメリットがあるとなると事は簡単ではない。

まさか「ルヴィはバノスのことが好きだから！」などと言って断るわけにもいかない。

平民の、一兵士に恋をするなど、名門レッドムーン家のご令嬢には許されないことであって……。

それを理由に、メリットのある縁談を拒絶することなどできないはずで……。

だからなのだろう。ルヴィが、ここまで追い詰められているのは。

普段、飄々としている彼女が、こんな風に情けない顔を晒すほどに追い詰められて……追い詰められて？

っと、ミーアの脳裏に、乗馬大会の時の記憶が甦る。

今と同じ感じで、泣いていたルヴィの顔を思い出し……。

——ああ、そうでしたわね。この人、案外、恋愛が絡むと乙女になってしまうのでしたわ。

であれば、この反応も不思議ではないのかもしれないが……。ともあれ、放置は危険だ。

——恋に恋する者の邪魔をするのは、無警戒に荒嵐（こうらん）に近づくよりも危険なことですもの。それに……。

「う、うう、ミーアさま……」

実になんとも情けない顔で見つめてくるルヴィ。それを見ていると、なんとかしてあげたくなるミーアである。

——確かに、レッドムーン公の好意はありがたいですけれど、それでルヴィさんの機嫌を損なっては意味がありませんわ。よし！

ということで、とりあえずルヴィの味方をすることに、ミーアは方針を定める。

それにミーアとて乙女だ。ルヴィの気持ちは十分にわかっている。

「大丈夫ですわ。ルヴィさん。そんなに泣かないでも、なんとかしますから」

と、そこで、タイミングよくアンヌが戻ってきた。

紅茶の良き香りに混じってやってきた、野菜ケーキの香りをミーアは見逃さない。

「とりあえず、お茶でも飲んで落ち着きましょう。それにケーキ！　料理長が腕によりをかけて作ってくれたみたいですわよ？」

とりあえず、美味しいものでも食べて、頭をスッキリさせなければ……などと思うミーアなのであった。

第十五話　恋の仲介天使ミーア、出撃す！

さて、紅茶とお菓子で、ちょっぴり元気を取り戻したルヴィ（やはり、甘いものは偉大ですわ！などと感心するミーアである）を送り出したミーアであったのだが……。

扉が閉まった瞬間、ほふーぅ、と長い長いため息を吐いた。

「これは、なかなかに、難解な問題ですわ」

今回の縁談話、ただ潰せばいいという類のものではない。

レッドムーン公マンサーナは、ミーアに味方するために、この縁談を進めたのだ。それをないがしろにしては、レッドムーン家との仲がこじれてしまう。

着地点を見出だすのは容易なことではない。けれど、それ以上に問題なのは……。

「そもそも……バノスさん自身の気持ちもございますし……」

これである。

今回のことは、自身の従兄弟も関係しているから、介入することもやぶさかではないミーアである。されど、それはあくまでも問題の先延ばしに過ぎない。

「いずれにせよ、レッドムーン公爵家の令嬢として、ルヴィさんは、どなたかと結婚しなければならないわけで……」

その時に、ルヴィはどうするつもりなのか？

身分違いを理由に、バノスとの婚姻を反対された、などということであれば、ミーアとしても助力は惜しまないだろう。けれど、問題は、バノスの気持ちだった。

「ルヴィさんの片思いだったら、あまりごり押しするのもよくありませんわね。ふーむ……」

大貴族の平民に対する横暴を応援することは、ミーアにはできない。せっかく最近、猫っぽくなってきた獅子ラフィーナを、再び目覚めさせることになってしまうかもしれない。

「それに、バノスさんの士気が下がるのも問題ですわ」

皇女専属近衛隊（プリンセスガード）の隊長として精力的に働いてもらっているところである。その士気を削ぐようなことはしたくない。であれば……。

「できれば、両想いになってもらいたいところ……。そうなれば、わたくしとしても、協力を惜しんだりは致しませんけれど……ぐぅ、だ、ダメですわ！　バノスさんが、ルヴィさんに惚（ほ）れるビジョンがまるで浮かびませんわ！」

ミーア、思わず頭を抱える。

「しかし、まぁ、とりあえず、今回の縁談話ですわね。なんとかしてあげないと……」

どうしようかなぁ……などと、頭をモクモクさせ始めようとした、まさにその時だった。

「失礼いたします。ミーアさま……。あの、バノス隊長がお見えになりました」

部屋に入ってきたアンヌの口から、意外な名前が飛び出した。

「あら……珍しいですわね。バノスさんが来るだなんて……」

ふぅむっと一つ鼻を鳴らし、ミーアは考える。

――ルヴィさんが訪ねてきたタイミングで、バノスさんもやってくるとは……。これは、偶然のことなのかしら？　それとも……。

刹那の黙考。その後……まぁ、考えても仕方ないか！　と結論を得る。

「とりあえず、食糧輸送団の護衛のことも労いたいですし、いいですわ。お通しして」

そうして、部屋に迎え入れることになったのだが……。


「失礼いたします」

入ってきて早々に、バノスは膝をつき、

「ご無事のご帰還に、心より喜びを申し上げます」

実に、なんとも、かしこまったことを言った。

「あら、あなたもルードヴィッヒのようなことを言いますのね。バノス隊長」

ミーアは、くすくすと笑い声をあげて、

「堅苦しい挨拶は不要に願いたいですわ。そんなにかしこまっていては、肩が凝ってしまいますわよ？　それでは、いざという時に動けない。それは、わたくしの護衛にあるまじきことではありませんこと？」

「やれやれ、変わりませんな。姫殿下」

顔を上げた時、その顔には、なんとも言えない苦笑いが浮かんでいた。

「こちらとしては、ここ数か月、姫殿下の予言が当たりに当たって、慄くばかりなんですがね」

「あら、別に、だからといって、なにも怯える必要はありませんわ。あなたたちは、わたくしの言葉を信じ、そのための備えを進めてきていた。そして、だからこそ、スムーズに動けている。わたくし、あなたたちの働きを評価しておりますのよ？　皇女専属近衛隊（プリンセスガード）は、よくやってくれておりますわね」

上機嫌に笑ってから、ミーアは首を傾げた。

「それで、今日来たのは、そのことですの？」

「ああ。いえ、そうじゃないんですが……」

それから、バノスはガシガシと頭をかいた。

「実は、副隊長の……ルヴィお嬢さまのことなんですが……」

「あら？　ルヴィさんが、どうかなさいましたの？　よく働いてくれていると思っておりましたけれど」

そう言うと、一転、バノスは頬を緩めた。

「よくやってくれてますぜ。貴族の嬢ちゃんかと思いきや、どうしてどうして。根性出してくれてます。ただ……どうも最近、元気がないのが気になりましてね……」

――まぁ！　これは……っ！

バノスの言葉に、ミーア、思わず瞠目する。

「副隊長として、彼女に力を発揮してもらわないと、この先、少々困っちまいそうでしてね……」

などと言うものの、ミーアの恋愛審美眼は、彼の表情をつぶさに観察していた！

――これは……ただ、同じ仕事をしている者を心配しているようにも見えますけれど……。いや……でも……可能性が、ないわけではないのかしら？

それは糸のように、か細い可能性。けれど、ミーアはそこに光を見た気がした。

――というか、嫌いな人には、そういうこと……思わないですわよね？ であれば、もしや……

なにより、ミーアは見てみたかった。身分の違い、年齢の違いを超えたご令嬢と一兵士の純愛物語を！

小さな可能性であれ、そこに道があるならば、進むしかないではないか？

可能性がないこともないということかしら？

恋愛小説愛好家たるミーアの、恋愛脳が唸りを上げる！

――だとすると、ここは、一肌脱がずにはいられませんわね。

俄然、ミーアは鼻息を荒くする。

「ええ。そういうことでしたら、わたくしが何とかいたしますわ」

「後のことは任せろ！」とばかりに、胸をドンと叩いて請け負うと、ミーアは早速動き出す。

「まず、必要なのは、ヒルデブラントをなんとかすることですわね！」

恋の仲介天使ミーアは、そうして静かに動きだすのであった。

第十六話　変わる人々と、変わらなければいけないミーアと

「おそらく、ヒルデブラントは、領内に帰還したか……。いえ、帝都にある別邸のほうにいるはずですわね」

レッドムーン公爵家に挨拶に来て、そのまま帰還などということはしないはずだ。次男坊とはいえ、貴族家の人間は多忙だ。まぁ、ミーアを見てると、そうは思えないかもしれないが……多忙なものなのだ。うん。

もしかしたら、皇帝への拝謁もあるかもしれないし、叔母……すなわち皇妃アデライードの墓参りもするかもしれない。そのためには、少なくとも十日かそこらは、滞在しているはず。

「であれば、動くのは早いに越したことはありませんわ」

思い立ってからのミーアの行動は早かった。

アンヌに着替えを手伝ってもらった後、ササッと護衛の手配をするため、皇女専属近衛隊（プリンセスガード）の詰め所へと出向く。

本来、ルードヴィッヒか、あるいは隊長のバノス、副隊長のルヴィ辺りを呼び出してするべきところだが……。今は時間が惜しい。

幸い、皇女専属近衛隊（プリンセスガード）の詰め所は、宮殿のほど近くにある。問題はないだろう。

途中でアベルとも合流。護衛を買って出てくれた彼と、ウキウキ弾みながら町を歩いて……。

「ほら、アベル。あそこのお店は帝都で一番の……はっ！」

危うく目的を忘れそうになって反省。

足早に詰め所へと向かう。

辿り着いた詰め所は、活気で溢れていた。

現在の皇女専属近衛隊（プリンセスガード）には、主に三つの勢力が存在していた。

もともと近衛隊に所属していた兵士とディオン・アライアの隊に所属していた兵士。

そして、もう一つの勢力が、レッドムーン公マンサーナが手配した、ルヴィの側仕えの女性兵士たちである。その数は二十名。精鋭揃いだとのことだったが……。

「これは、ミーア姫殿下。ご機嫌麗しゅう」

その女性兵士が、話しかけてきた。凛とした空気をまとった、きびきびした女性である。

「ご機嫌よう。ええと、あなたは、レッドムーン公爵家の方かしら？」

「はい。レッドムーン公爵家より派遣されましたセリスと申します。本日は……ああ、もしかして、騎馬王国のご友人の方をお捜しなのでは？」

「はて……？　騎馬王国の友人？」

なぜ、そんな話に？　などと首を傾げるミーアを、その女性兵士は、厩舎（きゅうしゃ）に案内した。そこにいたのは……。

「あら、慧馬さん、こんなところにいましたのね」

呼ばれて振り返った慧馬は、嬉しそうな顔で近づいてきた。

「おお、ミーア姫。どこかに出かけるのか？」

ちなみに、今日の慧馬は、騎馬王国の民族衣装ではなく、帝国製のドレスを身に着けている。馬に乗る勇ましい姿しか知らなかったが、こうして見ると、どこかの貴族のご令嬢のように見える。

「ん？　どうかしたのか？」

「いえ。その服、とっても似合ってますわ」

「ああ。これか……」

慧馬は、スカートを軽く摘まんで、ふわふわ揺らした。

「ん、んんっ！」

ふと見ると、目のやり場に困ったのか、アベルがそっぽを向いて咳(せき)ばらいをしていた。

「慧馬さん、レディがそういうことをするものではございませんわ」

「ああ、すまない。しかし、ふふ、似合うと言ってもらってすまないが、こういう服は、小驪(シャオレイ)のほうが好きだと思う。せっかくだから、あいつも、その内、呼んでやってくれ」

あの日……馬合わせの日に、慧馬と小驪は友誼(ゆうぎ)を結んだらしい。

馬好き同士、通じるものがあったのだろう。

「しかし……良き馬がそろっているな。さすがは、ミーア姫の護衛部隊だな」

慧馬は、厩舎の馬たちを眺めながら言った。

「あら？　騎馬王国の月兎馬を知るあなたから見ても、そう見えますの？」

首を傾げるミーアに、慧馬は苦笑いを浮かべる。

「そうだな。以前までならば、馬鹿にしていたかもしれない。我も小驪と同じで騎馬王国の民の常識に従っていた……。駿馬こそが良き馬と決めつけていただろう。だが、あの日の馬合わせを見て、目が覚めた。あれは、良き馬合わせだった。我も血が騒いだ」

ギュッと拳を握りしめ、

「あの最後の坂を上るところは、今でも、目に浮かぶ。東風も、ここにいる馬たちも良き馬だ」

それから、慧馬は小さく笑みを浮かべた。

「小驪も我も、他の族長たちも、ミーア姫と出会って変えられた……。兄上も、あるいは……」

「ああ、そう言えば、聞いておりませんでしたけど、お兄さまは、今、どうしているんですの？」

怪我をしたということは聞いていたが、詳しいことは聞いていなかったミーアである。

火馬駆は、蛇導士を追跡する優秀な追手だ。あまり怪我が大きくなければいいのだが……。

「怪我が癒えるまでは、今までのような働きはできないだろう。まったく、我が兄ながら情けない限りだ」

ぷりぷりと怒る慧馬だったが、やがて、肩をすくめてみせた。

「まぁ、しかし、むしろ、兄上にはちょうどいいのではないかと思っている」

「ふむ……まぁ、そうですわね。たまには休むことも必要でしょうし……」

と言うミーアに、慧馬は首を振った。

「いや、そういう意味ではないのだ。兄上は、蛇導士を追うことはもちろんだが……それより先にすべきことがあるからな」

「はて……先にすべきこと？」

「ああ。蛇の巫女姫……ヴァレンティナと話をすることだ」

「ああ、そうか、姉さまと……」

黙って聞いていたアベルは、慧馬の言葉に驚きを見せるも、すぐに納得の頷きを返した。

「なるほど……そうかもしれないな……」

「聖女ラフィーナも賛同してくれたらしい」

「あら、そうなんですのね。ラフィーナさまが……。ですけど、それは危険ではありませんこと？妹の慧馬さんに言うのもなんですけれど、狼使い、馬駆さんはかなりの剛の者ですし、巫女姫と会わせたりしたら、なにをするか……」

「我もそう思わなくもなかったのだが……聖女ラフィーナに言われたよ。ディオン・アライアがいるのは、なにも帝国だけではない、と……」

ブルルッと肩を震わせて、慧馬は首を振った。

「恐ろしいことだ……。あのような男がいろいろな場所にいるとは……」

ブルルッと肩を震わせて、ミーアも答えた。

「ええ、もっともですわ。実に恐ろしいお話ですわ……けれど」

っと、ミーアは心の平静を保つようにして、言葉を加える。

「まぁ、でも、それは言葉の綾というものではないかしら。ディオン隊長のような方が、そこら中にいたら、大変ですもの」

うんうん、っと二人で頷きあい、それから、慧馬は続ける。

「まぁ、なんにしても、これは良い機会だ。巫女姫と話すことができるというのであれば、それに越したことはない。そろそろ、兄上も向き合うべきなのだ。向き合って、そして……兄上もまた変わらなければならないと、我は思う。逃げることは許されない」

「そう……。まぁ、そうですわね」

慧馬が変わったように、小驪が変わったように……あるいは、ヴァレンティナも、馬駆も、変わることができるのだろうか？

願わくは、それが良い方向であればいいと、祈らずにはいられないミーアであった。

「ところで慧馬さんは、こんなところでどうかなさいましたの？」

「ああ。そうなんだ、実は、ここに蛍雷を預けているのだが、少し運動不足になりそうなのでな。羽透と遠駆けに行こうと思っていたのだ。もしよければ、ミーア姫もどうだ？　アベル王子も一緒ならばちょうどよい。また軽く競走でもしてみるというのは……」

「そうしたいのはやまやまなのですけど、実はこれから出かけるところがございますの」

そうして事情を説明すると……。

「そうか。よし、そういうことならば無論、我も同行するぞ」

慧馬は、明るい笑みを浮かべた。

「どうだ？　ミーア姫。あまり、体を鈍らせるのもよくない。馬に乗っていくというのは」

「ふむ……そうですわね」

ミーアはペロリ、と口の周りを舐めた。舌先に感じたのは、先ほど食べた野菜ケーキの甘味……。

――甘いものを食べたわけですし、運動もしておいたほうがいいですわね。

自らも変わらなければならないところがあるのではないか？

悔い改めるべき点があるのではないか？

……などと、湧き上がる切実な想いに押されるようにして、ミーアは静かに頷いた。

第十七話　ミーア姫、訪問する

厩舎を離れたところで、

「これは、ミーアさま、ようこそおいでくださいました」

少し焦った様子でルヴィが出てきた。どうやら、門衛をしていたセリスという女性に呼ばれたらしい。

ルヴィは、ちょぴーっとバツが悪そうな顔で、ミーアに耳打ちする。

「先ほどは失礼しました。どうも私は……自分の恋の話になると、取り乱してしまって……。ミーアさまのように、いつでも落ち着いていられたらいいのですが……」

　しゅんと肩を落とすルヴィに、ミーアは優しい笑みを浮かべた。

「別に気にする必要はありませんわ。わたくしのように、いつでも泰然自若（たいぜんじじゃく）としているためには、修羅場をくぐる必要がございますわ」

　修羅場をくぐっていることは、否定のしようもない事実ではあるのだが……泰然自若に関しては若干の疑問の余地がないではないミーアである。

「ところで、皇女専属近衛隊（プリンセスガード）になにか御用ですか？」

「ええ。ここ最近の働きを労いに。それに、働きぶりを少々見学させていただこうと思っておりますわ」

　ミーアは、それから悪戯っぽい笑みを浮かべて……。

「あとは、ついでにヒルデブラントに会いに行くので、その護衛の手配を、と思いまして」

「え……？　ひ、ヒルデブラント殿に、ですか……？」

　ギョッと顔を引きつらせるルヴィに、ミーアは静かに頷いた。

「ええ。話を聞くつもりですわ。あなたの悩みを解決するためには、いろいろと考えなければならないようですし」

　そんなこんなで、建物に入ったところで、ミーアは目を丸くする。

「ミーア姫殿下、ようこそおいでくださいました」

「ミーア姫殿下に敬礼！」

建物内にいた近衛兵たちが、みな整列し、姿勢を正して廊下の両側に並んでいたからだ。

「あら、仕事の手を止めさせてしまって、申し訳ないですわね」

穏やかな、優しい笑みを浮かべるミーア。彼らは忠勤の士。ルードヴィッヒの報告書を流し読みした限りでは、本当によく働いてくれている。

笑顔どころか、特別給金を与えてもいいのではないか？　ぐらいに考えているミーアである。

そのまま、ミーアは近くの部屋に立ち寄った。せっかくだから、見学しようというのだ。

突然のミーアの訪問に、兵士たちは慌てた様子で、道を開ける。

部屋の中央、大きな机。その上に置かれた玩具の駒のようなものを見て、ミーアは首を傾げる。

「これは、なにをしておりますの？」

「はっ！　これは、兵の連携の確認をしております。この駒が馬車。そして、こちらの小さな駒が我々で……」

聞かれた兵士がしゃんと背筋を伸ばして答える。

「なるほど……。馬車の台数や兵の人数により、動き方が異なるのですわね」

ちなみに、この戦術シミュレーションは、ルードヴィッヒの兄弟弟子によって提案されたものである。頭脳派集団であるガルヴの弟子たちにより、皇女専属近衛隊(プリンセスガード)の練度は、かなり底上げされていた。

「こちらの板はなにかしら？」

「これは、隊をいくつかに分けて、ローテーションを組んでおります。この一番上の金の枠がついているのが、栄えあるミーア姫殿下の護衛担当でして……」

「なるほど。そんなことまで……。これはなかなかに大変ですわね」

「幸い、ルードヴィッヒ殿の手配で、文官が派遣されてきています。そちらの方にすべて担っていただいておりますので……」

などと、やり取りをしながら、興味深げに詰め所の中を見て回って後、ミーアは廊下の端まで歩いたところで、振り返った。

「いつもご苦労さま。みなさんの働きに、わたくし、敬意を払いますわ。今は大変な時ですけれど……頼りにさせていただきますわね」

それから、静かに頭を下げると、ミーア一行はルヴィの執務室に入っていった。

接客用の椅子に座ってから、ミーアは少しだけ唸る。

──ふぅむ……。しかし……少し硬い表情をしている者が多いですわね。なんだか、生真面目な方が多い気がしますわ。労働量はただでさえ増えておりますし、適度に休みを取ってもらえるといいのですけど……。あるいは、憂さ晴らしができるような何か……やはり、ここは、甘いものが必要かしら……？

そんなことを思いつつ、ミーアは、腕組みするのだった。

さて……ルヴィの部屋に消えたミーアを見送ったところで、兵たちは思わず、といった様子で肩の力を抜いた。

「緊張したな……」

「ああ。緊張というか……感動した」

近衛兵たちは、口々に、そんなことを言う。

ミーアを訪問したバノスと同様、彼らもまた、ミーアの叡智っぷりを肌で感じている者たちだった。

一般の民は知らない。今、この国の裏でなにが起きているのかを。

あるいは、直接的に危機に接した者たちの中には、気付いている者がいるかもしれないが、多くの帝国の民は知らないのだ。

この帝国が、大陸が、大きな危機に接していたことを。

そして、その危機を回避した者こそが、ほかならぬ、自分たちの皇女殿下であるということを。

けれど、ここにいる兵たちは、それが、どれほどのことであったのかを、すべて知っているわけで……。

「なんでも、ミーア姫殿下がこの危機を予測したのは、齢十二の時。新月地区を訪れた折であったとか……。いやまぁ、さすがに、これは嘘なんじゃないかと思うんだが……」

ある者がこう言えば、

「権威付けのための嘘だろうと関係ないさ。ミーア姫殿下の命令で食糧が蓄えられ、遠き異国から輸入し、そして、民の間で不足した時には惜しげもなくそれを分け与えているのだ。その事実が変わることはない」

「ああ、まさに、その通りだ」

最後には、こう頷きあうのだった。

彼らの親類縁者の中にも、ミーアの備蓄に救われた者は、決して少なくない。

ミーアの意向で、その功績が表に出ることはないが……それでも、彼らの心に芽生えているのは、なんとも言えない誇らしさだった。

「ミーア姫殿下の名を汚さぬよう、我らは振る舞わなければならぬ」

自らが、皇女専属近衛隊(プリンセスガード)であるという、燦然(さんぜん)と輝く誇りを胸に抱きながら、今日も彼らは仕事に励むのだった。

第十八話　ミーア姫……踏んでしまう！

皇女専属近衛隊(プリンセスガード)の一隊に護衛されたミーア一行は、コティヤール侯爵家の別邸に向かった。

ちなみに全員、馬に乗って、である。

随伴者は、当初の予定通り慧馬とアベルである。

「そういえば、来るのは初めてですわね」

帝都の一角。貴族の館が立ち並ぶ地域に建つコティヤールの館を見て、ミーアは思わずつぶやいた。

基本的に、ミーアとコティヤール侯爵家との関係性は悪くはない。

コティヤール領は、織物の盛んな地。服飾業も発達しているため、幼き日のミーアはよく遊びに行き、いろいろと買い込んでいたのだ。可愛い姪っ子——というよりは、わがままな皇女という雰囲気が勝るミーアではあったが、伯父である侯爵もよく面倒を見てくれて、たびたび、素敵なドレスをプレゼントしてくれた。

いささかお高い手触りの良い布で、ぬいぐるみを作ってもらったりしたのは、良い思い出だ。

しかし、親しい親戚づきあいをしていたか、と言われると、実はそんなことはない。

ミーアにとっては、あくまでもコティヤールの織物が目的なのであって、特に仲の良い親戚がいたわけでもないわけで。必然的に、帝都の別邸に来るようなことはなかったのだ。

そんなわけで、ミーアがコティヤールの別邸に来たのは今日が初めてということになるのだが……。

門衛とやり取りをした皇女専属近衛隊（プリンセスガード）の兵が小走りに戻ってきて……。

「申し上げます。まもなく、ヒルデブラント・コティヤール殿がお迎えに参上されるとのこと。門をくぐったところで、少々、お待ちいただきたいとのことです」

ふと、見ると門衛は、馬に乗ってやってきたミーアに驚愕（きょうがく）している様子だった。

——ふふふ、どうやら、馬に乗るわたくしの、堂々たる佇まいに驚いているようですわね。

皇女ミーアは馬を嗜む。その話はかなり有名なことではあったが、実際に目にすると驚く者も多い。特に、姫君のお遊びと侮っている者たちは、ミーアの本格的な乗馬姿に度肝を抜かれるらしい。

なにしろ、ミーアにとって乗馬はお遊びなどではない。命綱の一本であり、しかも、その太さはかなり太い。

故にこそ、ミーアは馬を愛し、敬意を払うことを欠かさないのだ。

それはさておき、門衛の見とれるような視線を、ちょっぴり心地よく感じつつ……。心持ちドヤアッとした笑みを浮かべながら、ミーアは言った。

「そういうことでしたら、しばし、門の内側で待たせていただきましょうか」

そう言うと、ミーアは、馬を前進させた。それに合わせて、ミーアを守るように、二騎の騎馬が前に出る。右にアベル、左に慧馬を従えての堂々たる入門である。

「しかし、ずいぶんと立派な前庭ですわね」

門をくぐりぬけたところで一行は馬から降りた。

目の前には広い広い前庭が広がっていた。見渡す限りの美しい緑。手入れのされた木々と芝、そして、ところどころに何に使うのか、木製の柵のようなものが並べられている。

「あれは、騎馬を止めるための仕掛けだろうか？」

「そうですわね。なにかしら……」

ミーアが柵に近づこうと、歩きだそうとした……まさにその時だった！　ミーアの背筋に、戦慄(せんりつ)が走った！

踏み出した足……。生じた音と、いやぁな感触……。ミーアには覚えがあった。

あれは、わりと昔……。確か、セントノエルの浜辺に向かおうとした時に……。

恐る恐る、っと足を上げると……靴の底には……泥のような……その……ちょっぴり気になるナニカがついていた！

「なっ……こっ、これは、まさか……」

ふるふる、と震えるミーアだったが、近づいてきた慧馬が事もなげに……。

「ああ、馬糞だな」

聞きたくない言葉を言った！

そう……それは、乗馬部でさんざんに見慣れた、馬糞だったのだ！

「ぐ、ぐぬぬ、よりにもよって、なぜ、庭にこのようなものが……」

「別に、気にする必要はないぞ。ミーア姫。馬は聖なる生き物。だから、それは、別に汚くはない。畑に植えれば、植物を強くする、むしろ、恵みの産物といえるだろう！」

快活な笑みを浮かべる慧馬だったが、ミーアはそんな気にはならなかった。

馬を愛し、敬意を払うミーアであるが、だからといって、馬糞までは愛せないのである。

——うう、なぜ、このようなことに……。

当然のように、テンションだって下がる。

しかも、今日履いていた靴は、ミーアにとって特別なものだった。ルヴィと乗馬対決をした時にも、狼使いから逃げ切った時にも、常にミーアとともにあった靴。

最近、サイズがちょっぴり合わなくなってきたし、少し傷も増えてきたけど、なんか、ちょっと変えるのは気が進まないな、なぁんて思っていた、愛着のある一品なのだ。

——うう、わたくしの、思い出の品が……。

「ミーア、もしよければ、新しい靴をプレゼントしようと思うんだが……」

などというアベルの気遣わしげな声も、ミーアの落ち込んだテンションを回復するのには至らず……至らず？

「まぁ！　アベルからプレゼントなんて、嬉しいですわ！」

ぱぁ、っと笑顔を輝かせ、ミーアは歓声を上げた！

よくよく考えれば、愛着とか、特にありませんでしたわ！　とばかりに、上機嫌に鼻歌を歌うミーア。

──ふむ。これは確かに、恵みの産物。むしろ、馬糞を踏んでラッキーだったかもしれませんわ！　やはり、馬はわたくしの味方ですわ。

なぁんてことまで思ってしまう恋愛脳モードなミーアであった。

さらにさらに！

──ふむ、これはもしや、天の配剤かもしれませんわ。天がわたくしに、馬を使うと良いことがあると、教えているに違いないですわ！

こぉんなことまで考えてしまう上機嫌っぷりである。単純恋愛乙女なミーアなのであった。

「しかし、庭に落ちているということは、この庭で、馬を走らせているということか……」

アベルは腕組みしながら、庭を見回す。

「そうだろうな。我の見たところ、あの木の柵は、馬に飛び越えさせるための仕掛けのように見える。万が一、足が引っかかっても怪我をしないように、簡単に倒れるようになっているだろう？」

慧馬の指摘に、アベルは、ぽんっと手を叩いた。

「なるほど。確かに、あれでは騎兵は防げない。馬の訓練用のものだとすれば納得できるな」

と、その時だった。

「はいよー、シルバーアロー！」

などという威勢の良い声とともに、一頭の馬が駆けてくるのが見えた。馬は、こちらに真っ直ぐ向かってくることはせず、途中の木の柵をぴょん、ぴょん、っとジャンプで飛び越え、駆け回る。

まるで見せつけるように馬を乗りこなし、やってきた男……。それは、まさに、ミーアが会おうとしてきた人物で……。

「やあ、ミーア姫。ご機嫌麗しゅう」

颯爽と馬から降りたヒルデブラントは、ミーアの前で華麗な一礼を見せるのだった。

第十九話　対面、好青年

ヒルデブラント・コティヤール。

その青年に対してミーアは、特に良い感情も悪い感情も抱いていなかった。

前の時間軸、コティヤール家が帝室を裏切ることはなかった。

では、ヒルデブラントが最後まで帝室の味方をして、共に戦い共に死んだ忠義の人かというと、そんなこともない。

彼は、大飢饉に際して勃発した自領の内乱で、あっさりと命を落としてしまうからだ。反乱を鎮めるのは貴族の役目。その戦いで命を落としたと聞いた時は、もちろんショックを受けたミーアであるのだが……。けれど、その後に続くさらなる衝撃の連続に、従兄弟の常識的な死の記憶は、簡単に薄れていってしまい……。

また、ヒルデブラント自身とも、子どもの頃に何度か顔を合わせたことがあるかなぁ？　というぐらいの付き合いだったわけで……青年になった彼が、どんな人間になっているのかは、まったく知らなかった。

──ともかく、情報が必要ですわ。その過程で縁談を妨害するためのヒントが見つかれば上々ですわ。

なにしろ、政略的には旨味しかない以上、そちらの方面から破談に持ち込むことは難しい。レッドムーン公マンサーナは、現在のところミーアを支持し、好意的な反応を示してはくれているが、それは、ミーアがなにをしても支持するということではない。

礼を失すれば機嫌を損なうことだってあるだろうし、ミーアの行動いかんによっては、敵対勢力につくことだって考えられる。

多大なメリットのある事柄を、なんの理由もなく妨害したとあっては、無能を疑われるかもしれない。

それを思えば、政略的なことにケチをつけるのは難しそうだった。むしろ、ヒルデブラントに……こう、なにか性格上の問題があるとか、不足があるとか……ケチをつけるポイントを探し出すほうが、まだマシなようにも感じるが……。

――ううむ……それはそれで難しいですわね。ヒルデブラントの恨みを買うことはできれば避けたいところ……。

今回、難しいのは、関係者が全員味方であるという点だった。

敵なればこそ、思いっきり蹴り飛ばせもするわけで。ヒルデブラントは身内、ルヴィは盟友、マンサーナは支援者、このような状況では迂闊にキックもできない。

各方面に気配りをしなければならず、実に頭が痛いところであるが……。

――しかし、ルヴィさんのためにも、頑張りますわよ。

今日のミーアは気合が入っていた。障害が多いほうが、恋は盛り上がるものなのだ。

燃え上がる恋愛魂を、荒い鼻息とともに吐き出してから、ミーアは、応接室の椅子に腰かけた。

……ちなみに、ミーアは靴を履き替えている。

帝国の叡智の右腕アンヌは、常に準備を怠らない。帝国皇女の専属メイドたるもの、いついかなる時にも、主の身なりを整えられるよう、心掛けているのだ。

部屋に通されたのはミーアとアンヌ、それに慧馬とアベルだった。

ミーアたち三人が席に着いたところで、改めて、ヒルデブラントが言った。

「さて。改めまして、コティヤール家へようこそ。歓迎いたします。ミーア姫殿下」

「ご機嫌よう、ヒルデブラント殿。ずいぶんとお久しぶり……と言うのも妙な感じがしますわね。先日、すれ違っておりますし」

などと微笑みつつ、ミーアは、アベルと慧馬を紹介する。

「おお、レムノ王国の王子殿下でしたか。これは、失礼を……」

深々と頭を下げるヒルデブラント。それから、一転、親しげな笑みを浮かべて、

「時に、レムノ王国といえば、武門の国。やはり、アベル殿下もかなり、剣を使われるのですか？」

「ええ。それなりには……」

初対面の印象に引きずられているのか、硬い表情で返したアベルであったが、それを一切気にした様子もなく、ヒルデブラントは朗らかな笑みを浮かべた。

「それは興味深い。私も帝国軍に属する身。もし機会があれば、レムノの剣を見てみたく思いますが……」

「ええ……それはもちろん……」

まるで敵意のない笑みに、毒気を抜かれたような顔で頷くアベルである。

ヒルデブラントは続けて慧馬に目を向けた。

「ところで、そちらの慧馬嬢は、お名前の響きから、騎馬王国の方とお見受けしますが……」

「いかにも。我は、騎馬王国、火の一族の族長代理。火慧馬だ。このたびは、我が友ミーア姫の護衛として、はせ参じた」

「ほほう、やはりそうでしたか。であれば、もしや、先日、ミーア姫殿下がお乗りになられていた馬というのは……」

「ああ。我の愛馬だ。名を蛍雷という」

慧馬の答えを聞いて、ヒルデブラントは、嬉しそうな笑みを浮かべた。

「やっぱりそうでしたか。いやぁ、実に素晴らしい馬でした。騎馬王国にはあのような馬がたくさんいるんでしょうか？」

「そうだな。各部族ごとに、一族を代表する馬を持っているものだからな。まぁ、我が蛍雷は月兎馬の中の月兎馬。並びうるものがそこまで多くいるとも思わないが……」

心なしか、慧馬はちょっぴり得意げに胸を張った。

「実は、私も乗馬に力を入れているのです。騎士たるもの、馬との絆を育むのは必須のことですし。庭でも乗馬の訓練ができるようにしているのですよ。ぜひ、手ほどきを願いたいものです」

そんなことを言いつつ、ヒルデブラントは爽(さわ)やかな笑みを浮かべる。

それを見てミーア、思わず唸る。

——なっ、なんだか、隙がない好青年ぶりですわね。最悪、ヒルデブラントの人柄に問題を見つけてやれば、などと思っておりましたけれど……。なかなか難しそうですわ。

かつてない強敵を前に、恋愛脳天使ミーアの戦いは続く。

第二十話　自分ファーストの帰還と馬糞の天啓

ヒルデブラント・コティヤールについて、ミーアが記憶していることは、ほとんどない。

けれど、たった一つだけ、ミーアの脳裏に残っている記憶があった。

それは、そう……。まだ、ミーアが幼い頃のことだった。

コティヤール侯爵家を訪問したミーアは、たまたまヒルデブラントと顔を合わせた。

その日、遊びに来たミーアをおもてなしするために、伯父であるコティヤール侯が用意したものは、大変、美味な特製のケーキだった。その際、ヒルデブラントも同席して、一緒に食べることになったわけだが……。

ふっわふわの、真っ白なケーキを口にした瞬間……五つ年上の、コティヤール少年は、叫んだのだ。

「なんだ⁉　このケーキ美味しすぎるっ！」

そして、言い放ったのだ！

「決めたっ！　僕、大人になったらケーキになるっ！」

と。

……それを聞いたミーアは思ったものだった。

「あ、こいつ、ちょっぴりお馬鹿……というか、チョロいやつですわ」

などと。

まぁ、だからといって、人物的に好きだ嫌いだ、ということもないのだが。ただ漠然と御しやすい奴、という認識を持ったミーアである。

だからこそ、ミーアは困惑していた。

この目の前の好青年を、どうしたものか……と。

――こいつ……実になんともいいやつですわ。

快活な笑みを浮かべるヒルデブラントに、ミーアの笑みが引きつった。

その当時の裏表のない単純さはそのままに、貴族の常識とわきまえをも身につけた……結果としてでき上がったものは、非の打ちどころのない好青年である。

――これは、困りましたわね……。ヒルデブラント……すっかりよい人になっておりますわ。これ、もしかして……ルヴィさんにとって、ものすごーくよい縁談なのではないかしら？

政略的にもパートナーとしても、文句のつけようのない相手。

そうだ、あのレッドムーン公ほどの男が、大切な娘のパートナーに選ぶような人物なのだ。ミーア程度が、ちょっとつつけば出てくるような問題があるはずもなく……。

「それはそれとして、ミーア姫殿下にも改めてお礼を申し上げたく思っていたのです。このたびは、良き縁談をありがとうございます」

うむむ、っと考え込むミーアの前で、ヒルデブラントは頭を下げた。

「このたび、コティヤール侯爵家とレッドムーン公爵家との間に、縁を結んでくださったのは、ミーア姫殿下だとお聞きしました」

「ああ……いえ、わたくしはなにもしておりませんけれど……でも、大丈夫なんですの？」

「はて？　大丈夫とは？」

「知れたことですわ。ルヴィさんは、上昇志向の方。黒月省の上を目指すと言っておられましたけど……、あなたはそれでよろしいんですの？」

基本的に、ティアムーン帝国の貴族の貴婦人というものは、軍務に関わろうなどと、物騒なことは言わないものだ。そのことに、不満はないのか？　と問いかけるミーアであるが……。

「ははは。豪儀なご婦人ですよね。だが、それでこそレッドムーン公爵令嬢ではありませんか？」

なんでもないことのように笑って、ヒルデブラントは言った。

「先ほど、乗馬に力を入れていると申しましたが、私は、馬に乗る女性を美しく感じます。黒月省の上を目指すというルヴィ嬢の勇ましさにも、特に不快は感じませんし、できうる限りの応援をするつもりです。それに、マンサーナ殿は、名馬を求める私に、夕兎を譲るとまで言ってくださった。娘をよろしく頼む、と……そのお気持ちに応えたくもありますので」

そうして、実に模範的な回答を返してくるヒルデブラント。

――かっ、完璧ですわ。この縁談……なにも止める理由がございませんわ！

政略的にも、ヒルデブラントの人柄的にも心情的にも、どーこにも文句のつけようがない。

――ヒルデブラントも乗り気みたいですし……。これでは、どうにもできませんわ。

ミーアは目の前に、高い高い壁を見る。見上げるほどに高い、その壁を乗り越えることは、とても困難で……否、乗り越えるべき理由すら薄くて。

思わず膝を屈してしまいそうになるミーアである。

――ルヴィさんが恋心を諦めさえすれば、すべて上手くいってしまいそうですわね……。

改めて思う。いっそルヴィがバノスに告白してフラれてしまえば、万事上手くいくのだ。

失意のルヴィを励ますヒルデブラント。その構図は、実にしっくりくるし……。

いや、そもそもの話、貴族令嬢が平民の、それも年上の男に恋慕するなど、それ自体がただのわがままなのだ……。ルヴィの恋心は、貴族の常識とはかけ離れたこと。諦めて当然のことで……でも、だけど。

——ふむ、それではやっぱり、面白くないですわね……。

そこまで考えたうえで、ミーアは改めて、原点へと回帰する。

ミーアの原点、すなわち……自分ファーストへと。

結局のところ、ミーアは見たくないのだ。ルヴィが、貴族の常識などというつまらないもののために恋を諦めるところを。

ミーアが見たいのは、万難を排した情熱的な恋愛劇なのだ。

——それでこそ、心燃え上がる恋愛劇。それに、やっぱり、わたくしはハッピーエンドが好きですわ。加えて言うなら、わたくしのせいで恋を諦めた者が身内にいるという状況は、心安らかではいられないでしょうし……。

自分ファースト的にも、小心者の心臓的にも、ミーアはルヴィの味方をする必要があるのだ。

——だいたい、情熱的なルヴィさんに常識的なヒルデブラントでは……。

ミーアは、ふと思う。

「……はたして、相応しいといえるのかしら?」

貴族として極めて常識的で、非の打ちどころのないヒルデブラント。

一方、貴族としての常識をかなぐり捨てても恋心を貫きたいルヴィ。

この二人が結婚することが相応しいこととは思えなかった。二人の価値観が違いすぎるからだ。情熱の不均等は、不幸を招き……そして。

――わたくしを利するために組まれた縁談が不幸に終わる。もしそんなことになれば、わたくしのせいで、二人が不幸になった、と思われるのではありませんの？

それは、実になんとも嫌な事態である。できるだけ、誰からも恨みを買わず、ダラダラとベッドの上で過ごしたいミーアである。

みんなが自分を好いてくれて、時折、お菓子を持って遊びに来るのがミーアの理想。

できれば、誰とも敵対したくはないのだが……、さて、どうしたものか？　とミーアは首を傾げる。

状況は、淀んだ水たまりのようなもの。今のミーアにはどうにもできそうもなくって……。

そんなミーアが縋るもの……それは、先ほど得た天啓。

――馬……。そうですわ。先ほど思いついた馬を利用して……。

そう、馬を使えという閃き。すなわち、馬糞の天啓である！

「それは……どういう意味でしょうか？」

不意の声。顔を上げると、ヒルデブラントがこちらを見つめていた。

完全無欠な好青年然としていたヒルデブラントの瞳に浮かぶ感情。それは、微かな怒り。

「私では……かの月兎馬に相応しくないと……？」

「馬……」

思わぬところに登場したキーワード。身を委ねるように、ミーアは頷き……。

「ええ、まぁ……」

次の瞬間、淀んでいた水に、小さな流れが生まれるのを感じた。

第二十一話　ケーキを野菜ケーキにすり替えよ！

「私が、月兎馬に相応しくないと……？」

確認するように、再びの問いかけ。

分厚く着込んだ貴族の常識、その合間からチラリと覗いた顔を、ミーアは見逃さない。

――ああ、これこれ。この顔、懐かしいですわ。なるほど、確かに、ヒルデブラントはこんなやつでしたわね。

ケーキに感動し、ケーキ職人になる……ではなく、ケーキそのものになろうとする……。一途かつ単純明快な男。それこそが、ヒルデブラント・コティヤールという人であった。

そんな彼が今、情熱を傾けるもの……それこそが「馬」だという。

――この情報、なにかに使えそうですわね。

そんな確信に基づいて、ミーアは再び頷いた。

頷きつつ……考え始める。

恋愛脳（スイーツ）が唸りを上げる！

――ヒルデブラントの想いの向かう先は夕兎。良き馬……馬……。馬っ⁉

ミーアはカッと目を見開いた。

――そうですわ。ケーキの食べすぎを防ぐには、ケーキの代わりの野菜ケーキを用意すること……。想いの方向をケーキから、野菜ケーキへと逸らすことですわ！

甘味（スイーツ）脳が唸りを上げる‼

――ヒルデブラントの想いが『夕兎』、すなわちケーキに向かっているというのなら、その方向をずらして野菜ケーキ……すなわち、代替品へと移せばいい。馬の場合には、それができるのではないかしら？


実のところ、代替品を用意するということは、一度検討したことではあったのだ。

それは、つい先ほど。アンヌに手伝ってもらい、靴を履き替えた時のこと。


「時に、アンヌ……。一つ聞きたいのですけれど、もしも、あなたが誰かの縁談を破談させるとしたら、どんな手を使いますの？」

「破談ですか。うーん……」

アンヌは小さく首を傾げてから……。

「あまりミーアさまに相応しいやり方ではないと思うのですが、殿方に、魅力的な女性をけしかける……とかでしょうか？」

「ああ……ありましたわね。そんなお話が……」

それは先日、アンヌときゃあきゃあ言いながら読んだ恋愛小説のエピソードである。悪役の少女が意中のイケメン王子を手に入れるべく立てた作戦。イケメン王子と恋仲の主人公に、王子の代替となる男をあてがって、仲を引き裂こうという試みだ。

ちなみに、それを仕掛けた悪役のご令嬢は、最終話で断頭台にかけられたりする。

その顛末を読んだ時に、思わずゾォッとしたミーアである。が……。

――この作戦は、破滅を招きますわ。とても使えませんわね……。

そう確信した。縁談を破綻させるために、誰か適当な女性にヒルデブラントを誘惑させ、望んでもいない縁談へと追いやったら、どんなことになるのか？

一人の女性の人生を犠牲にする作戦など、ラフィーナやシオンが許すはずもなし。まるで、断頭台の刃が落ちる音が、高らかに響いてきそうな話ではないか！

馬糞は踏んでも、断頭台トラップは決して踏みたくないミーアである……いや、馬糞も踏みたくないが。

けれど、アンヌは首を振る。

「あのお話はすごく後味が悪い結末でしたけど……例えば、ヒルデブラントさまに恋している女性を探し出すことができれば……どうでしょうか？」

「ふむ、なるほど。その女性が魅力的な人物で、ヒルデブラントを誘惑してもらえば……ヒルデブラントの側から、ルヴィさんとの縁談を断るということがあるかもしれませんわね」

女性がヒルデブラントに好意を抱いているのであれば、話は別だ。そうなれば、みんな幸せ。ラフィーナもニッコリ、断頭台退散、であろう。

「けれど、それも、ヒルデブラントのことを好きな女性というのがいないことには話になりませんわね。上手く見つかればいいのですけど……」

などと、すぐには使えないかなぁ、と思っていたミーアなのだが……事が馬への情熱となれば話は別だ。

代替品の用意をすることは、恐らく可能なのではないだろうか？

無論、夕兎の代わりの月兎馬を用意しよう、というわけではない。

そのように馬を扱うことは、騎馬王国の民にも、友である慧馬、小驪にも失礼。せっかく、いざという時に逃亡に協力してくれそうな彼らの機嫌を損なうのはよろしくない。

といって、慧馬や小驪を結婚相手の候補として紹介するのも、彼女たちを犠牲にする考え方だ。

それも違う。そうではなく……。

――利用すべきは、ヒルデブラントの……乗馬への情熱ですわ！

それから、ミーアは静かに顔を上げた。

「ええ……そうですわね。ヒルデブラント。あなたの乗馬の腕前が月兎馬に相応しいものかどうか……大変、疑わしいところですわ」

やや煽(あお)り気味に言う。けれど、ヒルデブラントの顔に、怒りの色が浮かびそうになったところで、ミーアは小さく微笑んでみせた。

まるで、その怒りをいなすように……。

ヒルデブラントは、別に、敵ではないし、これは別に敵との戦いではない。

だからこそ、ミーアは悪戯っぽい笑みを浮かべて、言う。

「なにしろ、月兎馬、夕兎は、どこに出しても恥ずかしくない名馬ですわ。あなた、実際にあの馬を見たことがございますの？　わたくしは、速駆けを競い合ったことがございますわよ？」

「なんと、そうなのですか？」

「ええ。セントノエルの乗馬大会でね。あれは、見事な馬ですわ。いかにレッドムーン家といえども、あれ以上の馬はいないでしょう。だからこそ、娘の縁談の相手に、ということにしたのでしょうけれど、あの馬に釣り合うとなると、なかなか大変なことですわよ？」

頬に手を当てて、ミーアは、はぁっとため息を吐いた。わざとらしく、演技めいた仕草で。

「きっと、マンサーナ殿も心配しているのではないかしら？　馬をプレゼントしたはいいけれど、はたして、しっかりと乗りこなしてくれるだろうか、とね。それに、わかっておりますわよね？この縁談、あなたはわたくしの身内の者として扱われるわけですけれど……。あなたの失態は、わたくしの失態になりますのよ？」

「それは確かにその通りですが……。では、どうしろというのですか？」

怪訝そうな顔をするヒルデブラントに、ミーアは微笑みを浮かべた。

「簡単なこと。あなたの乗馬の腕前をマンサーナ殿に見せて差し上げればよろしいのですわ。夕兎を借りて、競走という形で、ね」

それで、ようやく、ヒルデブラントの顔に理解の色が広がる。

そう、彼はこう思ったのだ。

ミーアが言っているのは、半ば冗談。その提案の主旨は、つまり、縁談を祝うための余興の提案なのだ、と。

「なるほど。それは楽しそうだ。しかし、夕兎に太刀打ちできる馬がいなければ、意味がないのでは？」

その言に、ミーアはニンマリする。

そう、お題目に過ぎないとはいえ、夕兎に相応しい実力を持っていることを、競馬で証明するためには、良き対戦相手が必要となるわけで……。ゆえに……。

「そうですわね。では……慧馬さんにお願いするというのはどうかしら？」

突然、話を振られた慧馬は、きょとん、と首を傾げる。

「我がか？」

「ええ。慧馬さんと蛍雷……。あなたたち以外に夕兎に対抗できる者はおりませんわ」

そう言って、ミーアは静かに慧馬の肩に手を置いた。

「いや、しかし、それならば別にミーア姫が乗っても……」

などと言う慧馬だが……それでは不味(まず)いのだ。

――まぁ、実際のところ、ヒルデブラントよりもわたくしのほうが、上手く馬を乗りこなせるとは思いますけれど……。

ちょっぴり高慢なことを考えつつも、それではダメなのだ、と首を振る。

ヒルデブラントを蹴散らすのは、騎馬王国の者でなければならない。騎馬王国の民の、圧倒的な乗馬技術を……ヒルデブラントに見せつけなければ、意味がないのだ！　ゆえに、

「慧馬さん、運動不足だと言っていたではありませんの？　それに……いつまでも、帝国に負け続けていてよろしいのかしら？」

ミーアは、あえて、挑発的なことを言った。

「なに……？」

眉をひそめる慧馬に、畳みかけるように、ミーアは言った。

「わたくしは、復讐戦の機会を与えておりますのよ？　騎馬王国の令嬢たる小驪さんは、帝国の姫であるわたくしに負けた。そして、あなたは今、そのわたくしの従兄弟のヒルデブラントと勝負する機会を得ておりますのよ？　これは、小驪さんの友である慧馬さんが、帝国貴族に一矢報いる好機ではありませんの？」

「……むっ」

そう言われ、慧馬は押し黙る。けれど、すぐに、獰猛な笑みを浮かべた。

「なるほど。確かに、その通りであった。我としたことが、遠き異国の地で気が小さくなっていたらしい。復讐戦などと言われずとも、疾き馬と競い合うは、騎馬王国の民の誉れであったな」

そうして、慧馬が納得したのを確認してから、ミーアは改めてヒルデブラントに言った。

「ということで、どうかしら？」

話を振られたヒルデブラントは……。

「なるほど。それは、とても面白そうかもしれませんね」

ニヤリ、と勝気な笑みを浮かべた。

第二十二話　小麦と競馬

「ふむ、これは、上々の結果だったのではないかしら……？」

ヒルデブラントとの対談を終え、ミーアは、ほっくほく顔で白月宮殿に戻ってきた。

「あの単純なヒルデブラントですし、きっと、騎馬王国の乗馬技術に心を奪われるはずですわ」

もしそうなれば、騎馬王国の者を指導員に呼んで……などという、中途半端なことはしないだろう。彼は、美味しいケーキに出会った時にケーキになりたい男、ヒルデブラントなのだ。

当然、騎馬王国の素晴らしい技術を目の当たりにすれば……。

「騎馬王国の民になりたいと思うはずですわ」

もちろん、実際に彼が騎馬王国の民になるとは思わない。

――騎馬王国で、ヒルデブラントが魅力的な女性と出会えれば万事解決という感じはしますけれど、まぁ、実際には、その乗馬術を身につけるために、数年間、留学をするような形になるかしら？

それは、ただの時間稼ぎかもしれないが……この際は、それでも構わない。

縁談を先延ばしにし、その間に、ルヴィとバノスの婚儀を進めてしまえばよいのだ。

「騎馬王国に行くのならば、その前にせめて婚約を……などという話になったら面倒ですけど……そこは、上手いこと言いくるめればいいだけのこと……。ふっふふふ、チョロいもんですわ」

そうして、ミーアは、わるーい笑みを浮かべる。

その顔を陰で見ていたパティが、ゴクリッと喉を鳴らしていたりしたのだが……もちろん、ミーアは気付いていないのだった。


そうして翌日、早速、ルードヴィッヒを呼んで相談したのだが……。

「この時期に……乗馬大会、ですか？」

顔を合わせて早々にそんなことを言い出したミーアに、ルードヴィッヒは怪訝そうな顔をした。

「失礼ですが、どの程度の規模のものを想定されておられますか？」

「そうですわね。大会というほど大げさなものではありませんわ。身内のお遊びみたいなもので……ただ……」

ミーア、ここで黙考する。

――形としては、レッドムーン公爵をお呼びしないといけませんし……当然、お父さまも見に来られるかしら？　となると、それなりに護衛は必要ですわね。ふむ……。

ミーア、小さく頷き、

「レッドムーン公爵、それに、おそらくはお父さまも観覧されると思いますわ」

「皇帝陛下まで……。そう、ですか……」

ルードヴィッヒの顔が真剣みを増した。

ミーア、その顔を見て……ちょっぴり、まずいかなぁ？　と思い始める。

――ふむ、仮にお父さまが、そうしたイベントごとに来られるとなると、警備は厳重にする必要がございますわ。目下のところ、わたくしが気軽に動かせる兵力は、皇女専属近衛隊（プリンセスガード）のみ。けれど、彼らは、ここ最近、食糧輸送の護衛もしていただいておりますし……。これ以上、負担を増やすな、とルードヴィッヒに怒られてしまうかもしれませんわ。

かつての、クソメガネのお小言が脳裏を過ってしまうミーアである。なので、ちょっぴり慌てつつ、付け加える。

「もちろん、警備態勢を整える必要がございますけれど、もしも、お父さまが参加される場合には、近衛隊を動員したらよろしいのではないかしら？」

それから、ミーアは、悪戯っぽい笑みを浮かべてみせて、

「皇女専属近衛隊（プリンセスガード）のみなさんも、なにもせずというわけにはいかないでしょうけれど、ある程度、肩の力を抜いて……。ちょっとした息抜きぐらいに思ってもらえればいいのではないかしら？」

そう、あくまでも息抜きの提案。彼らの心の重圧を慮ってのことですよぅ、っとアピールを欠かさないミーアである。

「息抜き、ですか。休息については考慮しているつもりでしたが、なるほど。それは……盲点でした」

ルードヴィッヒは、わずかに目を見張りつつ、頷いた。

「わかりました。それでは、そのように取り計らいましょう」

眼鏡の位置を直しつつ、ルードヴィッヒは静かに言うのだった。


ミーアからの命令を受けて、ルードヴィッヒは動きだした。

乗馬の場所と警備の手配を終え、一息吐いたところで、タイミングよくディオンが訪ねてきた。

「ははは、なるほど。さすがは、姫さんだ。なかなか、簡にして要を得ているな」

ルードヴィッヒの話を聞いたディオンは笑みを浮かべる。

「しっかりと食べ、休息をとり、適度に肩の力を抜く。百人隊の連中は、その辺りのことは心得てるだろうが、実戦慣れしてない近衛やレッドムーン公の護衛なんかは、下手かもしれない」

そんなディオンの様子を見て、ルードヴィッヒは穏やかな声で言った。

「食と楽……。その二つを与える者こそが良き統治者の指標である、と、我が師ガルヴは言った。さしずめ『小麦と競馬』といったところか。ミーア姫殿下が統治論を書いたら、一つの標語になりそうだ」

人は、ただ食べさせているだけでは健康たり得ない。ただ睡眠を確保するだけでも不足だ。子どもは遊ぶもの。大人とてそれは同じ。人には娯楽という、楽しく、肩の力を抜く時間も必要なのだ。

今度、仲間たちに酒飲み話として聞かせてやろう、などとメモしておくルードヴィッヒである。

それから、彼は眼鏡を指で押し上げて……。

「まぁ……もっとも、それだけではないのだろうな。帝国の、軍務に強いレッドムーン公と皇帝陛下をお招きする……。その意味は……」

「騎兵の強化……か。実際、国内の輸送部隊の護衛だけでも、なかなかの手間だが……このうえ国外まで視野に入れたら、手が足りない」

「ミーアさまには騎馬王国にも伝手がある。いずれ、あちらの力を頼ることになるとは思っていたが……。あるいは、今回のことはそのための下準備……なのかもしれないな」

「まぁ、いずれにせよ、僕は、姫さんのそばを離れないようにしておこうか。例の狼使いを退けたという敵も気にはなるしね」


かくて、忠臣たちの思惑と期待をのせて、乗馬大会の準備は進んでいくのだった。

第二十三話　ちょっぴり番外編、その頃、皇女専属近衛隊（プリンセスガード）では……

「ふぅ、やれやれ……」

その日の夕方近く。皇女専属近衛隊（プリンセスガード）の詰め所に、遠征に行っていた一部隊が戻ってきた。

皇女専属近衛隊（プリンセスガード）は、現在、十人を一つの部隊にして活動していた。

食糧の輸送に際しては、その輸送量によって、一ないし二部隊の編成で護衛に当たっている。

現在、国内の治安は、そこまで悪化していない。ゆえに、精兵たる彼らが十人も集まれば、まず問題は起こらなかった。

精兵……そう、皇女専属近衛隊（プリンセスガード）は、すでに精兵と呼んでも差し支えがないほど、練度を高めていた。

実戦慣れしていなかった近衛隊出身の者たちは、編入された旧ディオン隊によって鍛えられた。

代わりに、旧ディオン隊の者たちは、近衛隊出身の者たちから礼節を教わり、皇女の軍としてのわきまえを備えるようになった。

最初は互いに少なからぬ反発があった両部隊だったが、バノスのとりなしと、なにより皇女ミーアの盾であるという誇りが、彼らの結束を強めた。

そこに加わったのが、レッドムーン公爵家から派遣された女性兵士たちだった。力に劣る彼女たちだが、それでも、その剣の技はみな素晴らしく、それ以上に弓の腕前が実に見事だった。どうやら、レッドムーン家では、弓の名手たるルールー族の者を教導者として迎え入れているらしい。

かくて、皇女専属近衛隊（プリンセスガード）は、腕利きの弓兵をも揃えたバランスの良い部隊となっていた。

たとえ十人といえど、そこらの盗賊にどうこうできる戦力では、決してなかった。

だからなのかはわからないが、輸送隊が襲われることは今まで一度もなく、今回も誰一人欠けることなく、帰還を果たしたのであった。

そんな部隊の一員たる年若き兵、エルンストは、厩舎に馬を戻したところで、ため息を吐いた。

帝都に帰るまでが遠征。帝国の叡智、ミーア姫の兵たる自覚を持つことを心掛けよ。

先輩兵士から言われた言葉を律儀に胸の中で反芻（はんすう）しながら、今回の遠征を振り返る。

「うん……今回もしっかりやれただろう」

護衛のみならず、相手方の貴族の私兵とのやり取り。道中に立ち寄った村での立ち居振る舞いなど、一つ一つ思い出しながら、満足げに頷く。

と、そこへ……。

「お疲れさま。なにか、問題は？」

話しかけてくる者がいた。凛と澄んだ声、そちらに視線を向けると、そこには、妙齢の女性の姿があった。

「ああ、これは、セリス殿」

彼女は、レッドムーン家から派遣された私兵たちのリーダー格の女性だった。

この皇女専属近衛隊（プリンセスガード）への編入時期が近かったから、比較的よく話をする間柄だった。

生真面目な態度と、職務に対する真摯（しんし）さに、エルンストは敬意と好感を持っていた。命を懸けた戦場の仕事だ。背中を預けるに値する、信用のおける相手というのは、それだけでも好意の対象になり得るのだ。

わずかに笑みを浮かべ、エルンストは姿勢を正した。

「特に問題はなかったよ。警戒のしすぎじゃないか、なんて言っている者もいるぐらいだ」

それを聞き、セリスがわずかに顔をしかめる。

「あなたも同意見か？」

問われ、エルンストは静かに首を振る。

「いや。食糧が不足すれば治安は簡単に悪化する。食糧の輸送隊を襲おうという者たちも出てくるかもしれない」

そして、輸送隊が襲われれば、食糧の供給が滞り、新たな飢饉が起こり、治安はさらに悪くなっていく。

負の連鎖が始まる。

エルンストが肌で感じる現状は、決して楽観視できるものではなかった。

大きな岩が山の上から転がり始めれば、それが落ちるのを止めることは困難。ゆえにこそ、岩が転がる前から、しっかりと押さえておく必要があるのだ。

「警戒しすぎぐらいのほうが、労力が少なくて済む、ということはあるからなぁ……」

彼の言葉に、セリスは深々と頷き。

「私も同感だ。そしておそらく、ミーア姫殿下もそうなのでしょう」

それから、ふと難しい顔をして腕組みした。

「ただ、わからないことが一つあるのだ。実は、過日、ここにいらっしゃったのだが……」

「こ、ここって……この詰め所にミーア姫殿下が？」

目を丸くして驚くエルンストに、セリスが頷いてみせた。

「それは、惜しいことをしたな……。俺が、ここに召集された理由をお聞きしたかったんだけど……。ところで、ミーア姫殿下は何をしに？」

「視察と労いを兼ねて、といったところかな。あの方は、平民にも、とても温和な態度で接してくださる方だから」

訪問の時の様子を思い出すように穏やかな笑みを浮かべるセリスである。

「まぁ、それはよいのだが……その後で、あの方の右腕たるルードヴィッヒ殿がいらしてな。ミーア姫殿下の命により乗馬大会を開くと言い出されて……。警備の相談をされて行かれた」

「じょ、乗馬大会……？　それはまた……。確かに……。こんな時期にそんなことをなさろうというのは、理由がわからないな」

よりによって、この非常時に乗馬大会とは、暢気（のんき）すぎるのではないか、と……エルンストは首を傾げる。

「いったい、何を考えておられるのか……」

などと、二人で顔を見合わせていると……。

「わからないか？」

話を聞いていたのか、厩舎で馬の世話をしていた男が話しかけてきた。

皇女専属近衛隊（プリンセスガード）の馬の世話を担う馬番、ゴルカである。ちなみに、ミーアの騎馬王国行きにも同行した男である。

普段、無口で、気難しげな顔をしていることの多い彼であるが、今は、微かに笑みを浮かべていた。

「さっき、セリス殿が言っていた通りだ。ミーア姫殿下は、我々を労ってくださろうとしているのだ。あの方は、そういう方だ」

「労う？　しかし、仮に乗馬大会を開くとなれば、我々も警備に駆り出されるのでは？」

それでは労働量が増えるだけではないか？　と首を傾げるエルンストに、ゴルカは小さく首を振った。

「体を休めるばかりが休養ではないということだ。肉体の疲れに比して、心の疲れというのは、なかなか回復しないものだからな」

皇女専属近衛隊（プリンセスガード）に派遣された文官は、非常に優秀な人物だった。

兵の疲労が増えれば、仕事上のミスも増えるということを、きちんと熟知していた。

それゆえ、休息をきちんと取れるように、無理のない予定を組んでいたのだが……。

けれど、帝国が依然として危機的状況に置かれていることに変わりはない。そのことを嫌というほど知る隊員たちには、心が休まる余裕がない。

「ミーア姫殿下は、乗馬大会という娯楽を提供することによって、我々の心を回復させようとされているのだろう。特に、エルンスト、お前のように、いつでも肩に力を入れているような堅物のな」

ゴルカはエルンストの肩をポンッと叩き、

「お前は、騎馬王国には同行しなかったから知らないだろうが……姫殿下の馬合わせ、あれは、実にお見事な勝負だった。馬を愛する者の中で、あの光景に興奮しない者はいなかっただろうな」

そうして、ゴルカは懐かしげに瞳を細めて言った。

「今回の乗馬大会、おそらくミーア姫殿下ご自身も出られるのだろう。またあの騎乗が見られるのは楽しみで仕方ないな」

……知らず知らずのうちに、ミーアに対する期待が高まっているわけだが……。

まぁ、いつものことであった。

第二十四話　ミーア姫、エンターテイナーの精神に目覚めかける！

その日、ミーアは穏やかな朝食の時間を迎えていた。

料理長の料理に舌鼓を打ちつつ、パティたち三人の子どもたちwithベルに「好き嫌いはダメよ？」なーんて、滔々（とうとう）と言って聞かせる。偉そうにお説教して、ちょっぴりいい気分になって……

実になんとも充実した朝の時間を過ごしていたのだが……。

自室に戻ったミーアをルードヴィッヒと、皇女専属近衛隊（プリンセスガード）の馬番、ゴルカが訪ねてきた。

「あら？　ルードヴィッヒにゴルカさん、いったいどうしましたの？」

ルードヴィッヒはまだしも、さて、ゴルカはなんの用だろうか？　などと首を傾げつつ、紅茶の香りを楽しんでいると……。

恭しく頭を下げたゴルカが、こんなことを聞いてきた。

「ミーア姫殿下は、どの馬にお乗りになりますか？」

「はて、わたくし……ですの？」

ミーア、目をぱちくり。一瞬、状況が理解できずに戸惑う。

なぜ、自分が乗馬大会に出ることになっているのか？

そもそもの話、ミーアが考えていたのは、ヒルデブラントに騎馬王国の技術を見せつけること。だから、ヒルデブラントと慧馬を対決させさえすればいいわけで。ミーアが出馬するなどという話は、どこにもなかったはず。なのに、なぜ……。

しばしの検討。その後、ミーアはすぐに悟る。

「ああ……しかし、なるほど。確かに、わたくしが出ないわけにはいかないかもしれませんわね」

と。

理由はとても簡単だ。皇帝マティアスが参加するからだ。

あの父のことだ。きっと、乗馬大会を開くならば、ミーアの乗馬を見たいと言うに違いない。正直、ミーア的に言えば、別に父に見に来てもらわずとも構わないのだが……。しかし、この帝都でそのような会を催すならば、そして、そこにミーアが関わっていると知られたなら……、きっと参加したいと言い出すに違いない。レッドムーン公爵を呼ばなければならないのであれば、なおのこと。なぜ、レッドムーン公だけが参加できるんだ、ずるい！　などとゴネかねないではないか。

となれば、ミーアも出場しないわけにはいかない。

――それによくよく考えれば、ヒルデブラントと慧馬さんの対決だけでは、面白くありませんわね……。

せっかく、レッドムーン公爵も呼ぶのだ。どうせならば、彼に楽しんでもらいたいと思うミーアである。

なにしろ、レッドムーン公マンサーナは、今回のことで素直にミーアへの支持を表明しようとしてくれた。いわば味方で支援者で恩人だ。その彼の想いを無視するようなことをしようというのだから……こう、なんとなく罪悪感を覚えてしまうミーアである。

だからこそ、せっかく来てもらうなら、きちんと楽しめるものを見てもらいたいと思うミーアなのであった。

「そうですわね。それならば……わたくしだけではなく、レッドムーン家の私兵と皇女専属近衛隊からも出場者を募るのはどうかしら？　さすがに公募というのは、警備の観点からできないでしょうけれど、良兵揃いのレッドムーン家ならば、良き乗り手も、きっといることでしょう」

腕組みしつつ言ってから、ミーアはポコンッと手を叩いた。

「あ、そうですわ！　どうせですから、東西の陣営に分けて、勝負するという形にしてはいかがかしら？」

「勝負ですか？」

「ええ。そうですわ」

そう言いながら、ミーアは思い出していた。

つい先日、明るみに出て潰えてしまった自らの悪だくみ。スイーツ十本勝負を……。

今年のペルージャンと帝国との親善パーティーは両国のお菓子を順々に出して、食べ比べるのはどうか……？　などと、考えていたミーアだったが……訪ねてきたタチアナに、うっかりそのメモを見られてしまい、頓挫してしまったのだ。

「ミーアさま……さすがに、こんなに食べては……お体に障りますから……」

などと、半ばマジなトーンで言われてしまったのだ。実になんとも、ロクでもない話であった！

まぁ、それはともかく……その計画を練っている時にミーアは思ったのだ。

「一品ずつ出していき、勝負していく……これは、なかなかに盛り上がりますわ」

などと……。

かつての計画を再利用する形で、ミーアは提案を続ける。

「応援する陣営を決めておけば盛り上がりますし……。勝負の種目もいろいろなものがあると楽しいかもしれませんわね。ただ速さを競うだけでなく……もっと乗馬の技術を見せられるものも入れて……」

そうして、ヒルデブラントの乗馬情熱を、より一層、燃え上がらせてやることが肝要だ。

「わたくしは、まぁ、最後のほうにチョロッと出られれば構いませんわ。レースである必要もないのではないかしら？」

できれば、馬に乗って登場するだけで済ませたいミーアである。なにしろ、レースって疲れるし……。それに、ミーアが負けてしまえば、父が黙っていないだろう。対戦相手を守るため、ミーアは目いっぱい父をなだめなければならない。

それは、とても疲れそうだ。

まぁ、相手が空気を読んでわざと負けてくれるかもしれないが、それはそれで微妙な気分になりそうだし……。

「なるほど。速駆け以外の種目も……。では、そうですね。日ごろの乗馬の訓練でやっているものの中で生かせるようなものがないか、検討してみます」

ルードヴィッヒは静かに一度頷いた。

一方で、ゴルカは、

「では、ミーアさまは、また東風にお乗りになるということでよろしいでしょうか？」

「ええ、ありがとう。お願いいたしますわ」

静かに頷きつつ、ふと、ミーアの脳裏に乗馬用の服のことが過った。

服というか、靴のことが……。

例のアレを踏んでしまった靴は、洗って綺麗にしてあった。なので、なにも問題はないはずだったが……。

──アベルがプレゼントしてくれると言ってましたし、できれば、新しい綺麗な靴で臨みたいものですけど……。でも、わたくしのほうから催促するのも、はしたないかしら……ううん……。

そんな風に悩むミーアを……静かに見守っている者がいた。

ひそやかに、こっそりと……ミーアのために動き出した者、それは、勝手に動くと定評のあるミーアの片腕の専属メイドで……。

第二十五話　恋愛脳姫ミーア、熱弁をふるってしまう！

さて、ルードヴィッヒとゴルカが部屋を出ていったところで、ミーアは、小さくため息を吐いた。

「さて……なんだか、面倒なことになってしまったようですけど……まぁ、馬に乗って出ればいいだけですし、そこまでではないか……あら？　そう言えば、アンヌの姿がありませんわね。どうかしたのかしら？」

これはもしかすると、お茶菓子の替えでも用意しに行ってくれたのかなぁ？　などと甘いことを考えるミーアである。

直後、コンコンッとノックの音。そうして入ってきたのは、

「ああ、ミーア姫殿下。こちらでしたか」

血相を変えたルヴィだった。

「あら、ルヴィさん。どうかなさいましたの？」

「いえ、実は、先ほどヒルデブラント殿が来て、父と話をしていかれたのですが……」

勢い込んで話し出すルヴィに、ミーアは思わず苦笑する。

「ああ、さすがに早いですわね。ヒルデブラント。もう、動きだしておりますのね」

「あの、これは……なにがどうなっているのでしょうか？」

困惑した様子のルヴィに、ミーアは穏やかに微笑みかける。

「心配はありませんわ。ええ。すべて計画通りですから」

自信満々に頷いて、それから少しばかり考え込む。

――ふむ……まぁ、確かにすべて計画通りですし、今回のことはなんとかして差し上げますけれど……毎回、わたくしを頼られるのも少し困りますわね。

ふと、そんなことも思ってしまう。

それは、ルヴィの成長を期待して……というわけではない。

もちろん、ミーアがサボっていたいから、ダラダラしていたいからである――かというと、実は、それも違う。

では、ミーアがなにを考えていたのか？　というと……。

――やはり、こちらで完全に道（ルート）を定めてしまうのは、面白くありませんわ。登場人物は、読者や作者の思わぬ方向に行ってくれなくては……。

そう、ミーアは……恋愛小説の良き読者さんなのだ！

ミーアは、帝国有数の大貴族の令嬢と平民の年の差恋愛劇を、心から楽しみにしているのだ。

――ルヴィさんがしたいことをお手伝いすることはやぶさかではありませんが、わたくしの思い通りに動かすのは、やっぱり違いますわ。今回の件は、ルヴィさんに、自発的に動いていただくための、良ききっかけになるやもしれませんわね。

うんうん、っと頷いてから、ミーアはちょっぴり真面目な顔を作る。

「ただ、そうですわね……。わたくしがしようとしていることは、あくまでも時間稼ぎに過ぎない、ということは、忘れないでいただきたいですわ」

「というと……？」

深刻そうな顔をするルヴィに、ミーアはできるだけ優しい口調で言う。

「知れたこと。あなたはレッドムーン公爵家の令嬢ですわ。このまま、永遠に縁談から逃げ続けるわけにはいかないでしょう？」

言われ、思わずハッとした顔をするルヴィである。

「さらに付け加えるならば、このたびの縁談は、あなたにとってとても良いものですわ。今後、これ以上の相手はいない、と、そう考えてもいいぐらいにね。そのぐらいに、ヒルデブラントとの縁談は、条件がいいですわ」

人物評に少々の誇張を施してから、ミーアは静かにルヴィの目を見つめた。

「それを破談にするというのですから、あなたが大切に抱えている想いを、きちんと成就させなければ意味がないですわ」

グッと力強く拳を握りしめ、熱弁を振るう。

ミーアの恋愛脳は今まさに活性化しきっており……、その言葉には熱があった。

そんな熱い熱い演説の途中で、ミーア、ふと我に返る。

――あら？　これ、ちょっぴり言いすぎかも……。

などと……。

調子に乗って、乗りに乗って……全力全開でルヴィの背中を押してしまったミーアであるが……。さりとて今さら後悔しても仕方ない。こういうことは、自信満々で言い切るのが大事なのだ。ゆえに、ミーアは、あえてブレーキをかけず突き進む。

ルヴィの目をジッと見つめて……。

「あなたは、覚悟を決める必要がありますわ」

「覚悟……」

ぽかん、とした顔をしていたルヴィだったが、すぐに表情を引き締める。

「それは……あの時のような覚悟ですか？　あの、乗馬対決の時の……」

ゴクリ、と喉を鳴らすルヴィ。対してミーアは頬に手を当て、首を傾げ……。

「乗馬対決……ああ……ええ。まぁ……そうですわね。あんな感じですわ……」

なぁんて、一応頷きつつ……。

――あの時は、ルヴィさん、自分の大切なもの、剣を懸けて戦ったんでしたわね、確か……。

レッドムーン家で生まれ育ったルヴィにとって、剣は自らの命に等しいほどに大切なものだったはず。それを懸けた時と同じぐらいの覚悟で臨む、とルヴィは言っているのだ。

ミーアは静かに視線を落とし、ジッと自らの手のひらを見て、

――やはり、背中を押す力が強すぎたかしら……。

「ミーアさま……？」

「……ま、まぁ、いずれにせよ、ヒルデブラントのことは、わたくしに任せてもらっても構いません

わ。その代わり、あなたは、きちんと自分の恋を成就させるよう、歩みださなければいけませんわ」

それから、ミーアは表情を和らげ……。

「その……小さな一歩でも構いませんわよ？　無理して大きく踏みだす必要はありませんわ」

などと、微調整を入れておく。

気合入れすぎなくていいですよー、ぐらいのつもりで言ったのだが……。

ルヴィは、晴れやかな、凛とした顔でミーアを見つめて、

「ありがとうございます。ミーアさま。私、少し吹っ切れました」

どうやら、ナニカが吹っ切れてしまったらしい！

若干、不安を覚えつつも……これ以上引っ張ることなく、ミーアは実務的なことを詰めておくことにした。

「それで、後でルードヴィッヒから話が行くと思いますけど、ヒルデブラントと慧馬さんの勝負だけでなく、皇女専属近衛隊（プリンセスガード）とレッドムーン公爵家の私兵団から、馬の乗り手を何人か出したいと考えているんですの。詳しいことはこちらに……」

言いつつ、取り出したのは一枚の書類……。つい先ほど、ルードヴィッヒに作ってもらった乗馬大会の計画書だった！

それを、さも自分が作りましたと言わんばかりの様子で手渡すミーアである。

「なるほど。それでしたら、むしろ立候補者を募ったほうが士気が上がるかもしれませんね。あとは、乗馬だけでなく、剣術や弓術、格闘術を交えた複合競技もよいかもしれません。戦場で必要と

なるのは乗馬術だけではありませんから……」

などとルヴィの考えに「いいね！」と頷くこと数度……。やがて、話が一段落し、ルヴィが退室したところで、今度は入れ代わりにアンヌが戻ってきた。

「あら？　アンヌ、今までどこに……あら？」

そこで、ミーアはかっくーんと首を傾げた。アンヌの後ろに控えていた人物を見て……。

「やあ、ミーア」

アンヌのすぐ後ろには、爽やかな笑みを浮かべる、アベルが立っていたのだった。

第二十六話　慧馬、くーきを読む

「ご機嫌よう、アベル。朝食はもうお済みになりまして？」

「ああ。少し前にね。ベル嬢たちが誘いに来て……」

と言ってから、アベルは苦笑いを浮かべた。

「いや、孫娘にお嬢さん付けはおかしいか。なかなか、呼び方が難しいな。まぁ、それはいいのだけど、それよりミーア。例のヒルデブラント殿と慧馬嬢との乗馬対決に、君も出ると聞いたんだが、本当なのかい？」

「ええ、そうなんですの。ヒルデブラントと慧馬さんの速駆け勝負だけしていただくつもりでしたけど、なんだか話が大きくなってしまって……。わたくしも最後のほうに少しだけ出馬する予定ですわ」

「そうか。そういうことなら、急いで約束の乗馬用の靴をプレゼントしなければならないな」

朗らかに笑いながら、アベルは言った。それを聞いて、ミーアは、思わず、自らの忠臣アンヌのほうに目を向けた。

――あら、もしや、アンヌ……これを見越してアベルに教えましたのね？

っと、目で問いかけると……アンヌは素知らぬ顔で、目を逸らした。

まるで、私はなにも知りませんよー？　とでも言っているかのような顔で……。

――ふふふ、別のメイドがこんな顔をする時は、なにかよからぬことを企んでいる時ですけれど……。アンヌの場合には、よき企みを隠そうとする時ですわね。

〝ありがとう〟と口の動きだけで伝えてから、ミーアは改めてアベルのほうに目を向けた。

「しかし、レムノ王国の職人に頼もうと思っていたんだが、どうしたものか……」

アベルは、悩ましげな顔をしてから、

「帝国の、腕の良い職人がいれば、紹介してもらいたいのだが……」

「うーん……。そう、ですわね……」

ミーアは、小さく首を傾げる。

基本的に、ミーアは帝国皇女である……いや、まぁ、応用的に見ても帝国皇女であることは間違いないのだが、時折、確認しておかないと忘れられがちな事実なので、あえて、ここで強調しておきたい。

ミーアは、帝国の、皇女なのである！

ということで、ともかく、良いご身分なのだ、ミーアは。

だから、ドレスやら靴やらを、いちいち町に買いに行くなどということは、基本的にしない。城に職人や商人を呼びつけ、オーダーメイドで作らせるのだ。

しかし……。

——城に呼びつけた職人に作らせて、そのお金を払ってもらってプレゼントというのは、ちょっぴり面白くないですわね。

セントノエルにおいて、アンヌと一緒にお店を回った経験、さらに、コティヤール領で素敵な布を求めてショッピングをした思い出が、ミーアの脳裏を過る。

お店の商品を見て回るのは、とっても楽しいのだ。

特に、ちょっぴり気になる男の子と一緒に、となれば、なおのことである。憧れシチュエーションなのである！

皇女の身分を隠し、街中を意中の殿方と歩く。広場でデートし、カフェでお茶をし、嘘を吐くと噛みつかれると噂の真実の聖女像の前で、キャッキャとするのは、ミーアの憧れシチュエーションなのである!!

ということで……ミーアは、アベルにおねだりすることにした。

「せっかくですし、デートがてら少し町を歩きたいですわね。アンヌ、申し訳ないのですけど、誰か、近衛隊の者にお願いしてきてもらえるかしら?」

ニッコニコ顔で、ミーア即決。そうと決まれば、護衛の手配をお願いすべく、即行動。

「かしこまりました、ミーアさま!」

一方で、アンヌの行動も迅速を極めた。デートと聞いて、俄然、鼻息が荒くなったアンヌである。疾風のごとく部屋から出ていったアンヌを見送り……待つことしばし。

やってきたのは、

「ミーア姫。聞いたぞ。これから、町に出るそうだな」

火慧馬だった。

「あら? 慧馬さん、どうして……」

不思議そうに首を傾げるミーアに、慧馬はしたり顔で言った。

「先ほど、アンヌが話しているのを立ち聞きしたのだ」

堂々と胸を張り、立ち聞きを告白する慧馬。そんな彼女は、騎馬王国の衣服に身を包み、キリリと引き締まった表情をしていた。

「町には、あの燻狼や兄上の仇(かたき)が潜んでいるかもしれない。ここは、ぜひ、我も護衛として共に……」

などと、気合満々に言い出す慧馬だったが……。

「やぁ、聞きましたよ、ミーア姫殿下。お出かけだそうで」

突如、聞こえた声にビクンッと飛び上がった。

「おや、これは、アベル王子も、お久しぶりです。それに、火の一族の慧馬嬢だったかな?」

ニッコニコ顔で現れた男、それは帝国最強の騎士、ディオン・アライアだった。

「あら、ディオンさん。なにか御用かしら？」

首を傾げるミーアに、ディオンは肩をすくめた。

「いえね。皇女専属近衛隊（プリンセスガード）の連中が忙しそうにしていまして。そういうことなら、今回の護衛は僕が担当しようかな、と思いましてね……」

「あら、そうなんですのね……ふふふ、確かに、あなたが護衛に来てくれれば、怖いものなしですわね」

などと笑みを浮かべるミーアである。

かつては、ミーアにとって恐怖の対象であったディオンではあるのだが、幾度かの経験が、ミーアの見方を少しだけ変えていた。すなわち、

——よくよく考えれば、いかにディオンさんと言えど、なんの前兆もなく唐突に切りつけてくるような真似はしないはず。急には刃が降ってこない断頭台と同じですわ。大切なことは、その兆候を見逃さないこと。とりあえず、ディオンさんが『誰でもいいから切り倒したい気分』みたいな顔をしているのを見逃さないのが肝要ですわ。

ミーア、ジッとディオンの顔を見て……。

——うん、なんか、ご機嫌っぽいですし、今は大丈夫っぽいですわ。

そう判断する。ちなみに、その判断にはなんの根拠もない。

一方で慧馬はというと……突如、出現したディオン・アライアを前に、一切表情を変えないまま、

すすすっと後退。

「……ああ、そうだった。よくよく考えれば、我は速駆けの準備をしなければならないのだった。うん、護衛は、ディオン・アライアがいれば問題ないだろう。うんうん」

ディオン・アライアの気配(くうき)を読んで、そそくさと退散していく慧馬であった。

第二十七話　皇女ミーアは〝普通〟を愛す

さて、ミーアとアベルは早速、馬車で町へと繰り出した。同乗するお付きの者はアンヌとディオンのみである。

なんとはなしに、外の景色を見ていたミーアに、アンヌが話しかけてきた。

「どうかしましたか？　ミーアさま」

「ん？　なにがですの？」

「いえ、その……なんだか、嬉しそうに外を眺めていらっしゃいましたから……」

「嬉しそう……？」

小さく首を傾げるミーアであったが、

「ああ、そうかもしれませんわ」

道行く人々を眺めながら、穏やかな顔で頷いた。

立ち寄った宿で目立たない服に着替えたら、待望の町歩きの始まりだ。

「ふふふ、帝都はいつでも変わりませんわね。賑やかで、活気があって」

それは、馬車に乗っている時にも思っていたことだが……こうして町を歩き、直接、そこに吹く柔らかな風を感じると、改めて、そう思えた。

町には、その時々にいろいろな風が吹く。

祭りの熱気を乗せた風、人通りの少ない冬道の冷たく澄んだ風、革命期のピリピリと肌を刺すような風……。

今、帝都に吹く風は、どこか忙しなく、されど明るさを失わない風だった。

ミーアが慣れ親しんだ帝都の匂いだった。

そのことが、今のミーアには少しだけ嬉しい。

「おや、もしかして、ご不満ですか？　変わらないというより、代わり映えがしない、と思って、それが気に入らないとか？」

からかうような……あるいは、試すような口調でそう尋ねてきたのはディオンだった。

その顔をジッと見てから、ミーアが答えようとした、その時だった。

不意に、ミーアの視界の端に、小さな子どもの手を引く女性の姿が見えた。

刹那、ミーアの脳裏に甦る光景があった。

ぐしゃり、と頭に何かがぶつかる音。

ねっとりと髪に絡みつく、腐った臭い。

驚き立ち止まったミーアの耳に突き刺さる、非難の声。

「お前らのせいで、私の子どもが死んだ。それは子どもに食べさせようとした卵だ！」

血走った眼で睨みつけてくる女性の顔。

そして……。


前の時間軸では、その事件以来、ミーアが帝都を歩くことはなくなった。

殺伐とした町を歩くことは、護衛をつけたとしても危険なことになってしまったからだ。

あの時の嫌な空気と比べ、馴染みある帝都の空気の、なんと優しく居心地のよいことか……。

――あの母親は、子どもを失わずにすんだかしら？　それならばよいのですけど……。

ふと思い出した人の無事を静かに祈りながら、ミーアはディオンに答える。

「いいえ。ディオンさん。この変わらない『普通』が、どれほどの労力によって支えられているものか、わたくしはよくわかっているつもりですわ」

ミーアが知る限り、今のところ、どこかで疫病が流行ったということは聞かない。食糧の不足も聞かれはするものの、その都度、備蓄を供給し、解消している。

飢饉は起きていないし、それに伴う内乱も起こったという報告はない。

それらはすべて、食糧の輸送に関わる人たちと、皇女専属近衛隊の奮闘によるものだと、ミーアはよくわかっていた。

――食糧不足が起きても、すぐに救援が駆け付けると、人々が信じている。それが大事でしたわね。

あのクソメガネ……、ルードヴィッヒが嘆いていた言葉を思い出す。

「ミーア姫殿下のお仕事は、失墜した帝室への信頼を取り戻すことです」

彼はいつもミーアに、そう言い聞かせていた。

「というか、実際、ミーア姫殿下にできることは、そのぐらいですし……」

などと、思わずカチンとくる余計な一言と共に。

ぐぬっと唸りつつも、ミーアは反論を試みる。

「しっ、しかし、信頼を取り戻したところで、食糧が降って湧いてくるわけでもなし……。本当に意味があるんですの？」

「そうですね。少なくとも状況を悪化させる速度を緩めることはできるかと……」

ルードヴィッヒは肩をすくめつつ、続ける。

「もしも『待てば助けてもらえる』と思っているのなら、民は我慢しましょう。けれど、いつまで待っても救援が届かないと絶望すれば……自らの努力によって状況を打開しようとすることでしょう」

「自らの、努力？」

「そうです。貴族や商人を襲い、食糧を奪うことです。そうして起きた戦の火は、時に畑を焼き、輸送を混乱させ、さらなる被害を拡大させる……。それがさらに、食糧の不足を生み……」

「ますます状況が悪化する。負の連鎖ですわね……」

「なんとか、その連鎖を回避するために、帝室の信頼を回復させ、少しずつでも食糧の供給を復旧させる必要があるのです」

苦々しげな顔で言ったルードヴィッヒだったが……その努力は、実らなかった。

一度、崩れてしまった〝普通〟を回復するのは、かのクソメガネであっても容易なことではなかったのだ。

そんな苦い記憶が、ミーアに、心からの言葉を紡がせる。

「……わたくしは、この〝普通〟を誇らしく思いますわ。あの母親が、当たり前に愛しい我が子と笑い合える普通を、わたくしはなにより貴重なものと思いますわ」

ああして子どもと笑い合っている限り、あの母親が唐突に、腐った卵を投げつけてくることは、おそらくない。それは、いきなり断頭台の刃が降ってこないのと同様に、あるいは、いきなりディオン・アライアが斬りかかってこないのと同様に、である。

この〝普通〟を維持することこそが、断頭台の道を開かぬコツなのだ、と深々と実感するミーアである。

「普通は貴重、か……」

アベルは静かに、辺りを見回した。

「そうか。それが、ミーアが思い描く理想なのか……」

しみじみとつぶやくアベルを、ミーアは不思議そうに見つめる。

「アベル、どうかなさいましたの？」

「いや、なんというか、ミーアらしいなと思ってしまっただけさ。ああ、やっぱりミーアはミーアだ」

「ええと、それはどういう意味ですの？」

きょとんと首を傾げるミーア。であったが、まるでアベルに同意するように頷きあうディオンとアンヌの姿を見て、ますます怪訝そうな顔をするのだった。

第二十八話　新しい靴と不穏な気配

ミーアたちがやってきたのは新月地区だった。

かつての貧困地区、今では帝都一の賑わいを見せる地区の一角に、その巨大な建物は建っていた。通常の商店、五、六軒分はありそうな大きさの建物は、新月地区の中では、ひときわ目立っていた。

「ミーア、このお店は……？」

驚いた様子で建物を見上げるアベルに、悪戯っぽい笑みを浮かべて、ミーアは言った。

「わたくしの知人のお店ですわ。さ、中に入りましょうか」

躊躇うことなくズンズンと、ミーアは店内へと足を踏み入れた。

「これは、ミーア姫殿下。ご機嫌麗しゅう」

「お久しぶりですわね。店長さん」

出てきた男に、ミーアはニッコリ笑みを浮かべた。続けて……。

「オーナーのシャロークさんは、息災かしら？」

こう言った。

そう、この店は、かの大商人シャローク・コーンローグの帝都支店なのだ。

実を言えば、女性用の乗馬靴というのは、わりとニッチな商品だった。なにしろ、基本的に帝国では、馬に乗る女性というのが少ない。騎馬王国ならいざ知らず、お客の数が、圧倒的に少ないため、ほとんどは職人に直接発注するオーダーメイドで。

既製品を取り揃えておくようなビジネスが成立しないのだ。

だから、ミーアの今回のショッピングは、いささか無謀な試みであった。

にもかかわらずミーアがそれを断行したのは、この店があったからだった。

この店を開く際、シャロークは言っていたのだ。

「ミーアさまにごひいきにしていただくために、いろいろと品を取り揃えておきましょう。手に入りづらい乗馬用の装備なども準備しておきますので、ぜひ、いらした際にはお申しつけください。そして、周りのご令嬢にもぜひ一言宣伝してもらえれば……」

などと……。

シャロークがここに店を構えた理由は、もちろんミーアとの関係を良好に保つためであろうが……。それだけではなく、ミーアの絶大な人気をも計算に入れたものであったのだろう。

ミーアがひいきにしている店という評判は、売り上げに有利に働く。

ミーアへの恭順を誓ったシャロークであるが、そこはそれ。完全に商人の利を捨てたわけでは決してないのだ。

　そしてミーアは、その抜け目のなさをこそ頼もしく思う。

　――ふふん。それでこそ、シャローク・コーンローグというものですわ。

　そうして、店長と雑談しがてら、ミーアはアベルを紹介する。

「今日はこちらのアベル王子が、わたくしに乗馬靴をプレゼントしてくださるというので、来ましたの。良いものがあれば嬉しいのですけど……」

「はい。無論、取り揃えてございます。すぐにご準備いたしますので……」

　そう言いつつ、素早く店内に下がっていく店長を見ながら、アベルは感心した様子で頷いた。

「しかし、ミーアは相変わらず、味方を作るのが上手いな。君の叡智にかかれば、大陸すべての王たちと人脈を築くことも可能なんじゃないかな？」

「ふふふ、それはさすがに買い被りというものですわ。シャロークさんとのことも、わたくしはただ、ペルージャンの美味しいご馳走を食べて、ダンスしただけですもの」

　などと、華やかな笑みを浮かべるミーアであった。


　さて、奥に入った店長は、三人の店員と共に戻ってきた。全員が山積みの箱を抱えている。そうして、ミーアたちの前で、箱から靴を取り出していった。

「まぁ、こんなにたくさん……」

　目の前に並べられた乗馬靴に、ミーアは感心の声を上げた。その数は、五十は下らないだろう。

しかも、デザインや色合いなどが微妙に違っていて、同じものが一つとなかった。

「ふぅむ、すごい数ですわね。しかも、これ全部、わたくしとサイズが合うんですの？」

「はい。シャロークさまの命により、ミーア姫殿下のサイズのものをいろいろと取り揃えてございます。微調整で合わせられます」

「おお、さすがは商人王ですわ……ふむ……」

腕組みするミーアに、アベルが苦笑して、

「せっかくだから、履かせてもらったらどうだろう？　乗馬の時には足首を使うから、できるだけその部分が動かしやすいほうがいいと思う」

「ああ。そうですわね。デザインだけではありませんものね……。ええと、アンヌ、いいかしら？」

「はい。かしこまりました」

恋愛脳補正により、いつもより一・五倍近く素早さを増したアンヌの手を借りて、ミーアは一つ一つブーツを試着していく。

履き心地を試し、さらに、足首をぐいぐいっと動かしてみる。

「ふむ、動かしやすさは問題ないですわ。アベル、これはどうかしら？」

「そうだね……。ううん……」

アベルは、腕組みしつつ、ミーアの格好を眺めて、一歩下がってから眺めて……。

「ああ、君の美しさをとてもよく生かしたデザインだと思う」

「まぁ！　お上手ですわね、アベル」

ミーア、一瞬でテンションが上がる。

声がウキウキとスキップを始める。

「では、こちらはどうかしら？」

靴を履き替え、タターンッと華麗にステップを踏むミーア。

「いいね。ダンスにも使えるんじゃないかな。君のステップがとっても素敵に見える」

「まっ！　アベル、とっても口が上手いですわ！　そんなに褒めてもなにも出ませんわよ？」

などと言いつつ、ニッコニコのミーアである。ウキウキ、ふわふわ、その体は弾んでいた。

「では、これはどうかしら？」

「はっはっは。なんだか、ミーアが履くと、どれも素晴らしいものに見えてしまって、判断に迷うな」

「んまっ！　アベルったら、ホントにお上手ですわね！」

実に、なんともラブラブバカップルな光景が展開していた。

そして……恐ろしいことに、それを止める者はなかった……！

店員も、アンヌも、優しい笑みを浮かべたまま、二人のラブラブっぷりを眺めていた！

「やれやれ……これは……ちょっと場違いな感じだな……」

ただ一人、苦笑いを浮かべたディオンは、そっと店の外へと向かった。

「あれ？　ディオンさん、どちらへ？」

アンヌの問いかけに肩をすくめてから、

「ああ……ちょっと胸やけ……じゃない。周りのことが気になるから、店の周囲を見回ってるよ。

なにかあったら、呼んでくれ」

ディオンは店から出ていった。


さて、楽しい楽しいショッピングデートを終えて、ミーアは店から出てきた。

ほくほくと、その頬は赤く上気している。

「うふふ、感謝いたしますわ。アベル、とっても素敵な靴を選んでいただきましたわ」

無事に靴を買い、上機嫌に鼻歌を歌うミーア。それを見て、アベルも優しい笑みを浮かべる。

「それはよかった。気に入ってもらえれば幸いだ」

っと、その時だった。不意に、アベルがミーアを見つめ、息吐く間もなくミーアの肩を抱き寄せた！

「はぇ？　あ、え？　アベル？　なにを……？」

急なことに、口をパクパクさせパニックになるミーアだったが、構わず、アベルはそばにいたアンヌの腕も引いた。

「きゃっ……」

彼にしては乱暴な手つきで、主従を抱き寄せてから、アベルはディオンのほうに目を向けた。

「ディオン殿、今……」

周囲に鋭く視線を動かしながら、ディオンに尋ねる。

その様子を見たディオンは、感心した様子で頷いて……。

「ああ。気付かれましたか。なかなかやりますね、アベル殿下。大丈夫、矢などは飛んできそうも

ありませんよ」

涼しい顔で、ディオンが言った。

「確かに、先ほどまでこちらに殺気を向けてくる者たちがいたようですがね……。てっきり矢でも射かけてくるかと思ったが……、どうやらなにもせずに帰っていったようですね」

それを聞き、アベルは驚愕に目を見開いた。

「本当ですか？　ディオン殿。それで、敵はどんな姿を？」

「さて……。そこまでは。おそらくですが、無理して、こちらを攻撃しようという意図もなかったんじゃないですかね。まともにやりあえば、僕にかなわないと知っているか、もしくは、なにか別の企みがあるのか……」

ディオンは、ふーん、っと鼻を鳴らし、

「まぁ、すでに気配も消えました。このまま、僕が白月宮殿までエスコートすれば問題ないと思いますよ」

そうして、ディオンは威嚇するように、獰猛な視線を周囲に向けた。

「まぁ、仕掛けてくるというなら、久しぶりに剣の時間を満喫するだけですよ。ははは」

何気なくディオンの顔を見て、ミーアは……思わず、背筋に鳥肌が立つのを感じた。

――ああ、慧馬さんを連れてこなくってよかったですわ。あんな顔見たら、眠れなくなってしまいそうですもの。

などと、友のことを心配するミーアだった。

第二十九話　別に、見せびらかしたいわけじゃないんだけどね？

さて、部屋に戻ったミーアは、新しい乗馬靴を枕元に飾ってみた！

新品の革の香り、可愛らしいデザイン、なにより、アベルからのプレゼントということで……。その靴はミーアには輝いて見えた。

ベッドの脇に飾ったそれを見て、ムフフッと満足の笑みを浮かべる。

「ああ、素敵ですわ。とっても素敵。素晴らしい」

ベッドの上にぴょーんっと寝転がり、横になりながら、靴を眺めてニッコニコ。

鼻歌など歌いつつ、足をパタパタさせる。

「うふふ、アベルからのプレゼント。さすがはアベル。とっても良いセンスですわ」

真剣な顔で、プレゼント選びをしてくれるアベルを思い出すと、実に、なんとも、胸がポカポカしてしまうミーアなのである。

夕食前にニヤニヤ眺め、湯浴みの後もニヤニヤ眺め、寝る前もニヤニヤ、ニヤニヤしながら、その日は眠りについたミーアだった。

そんな不気味に笑うミーアを見かけて、パティがビクッとしていたが、まぁ、それはどうでもいいのだった。

そうして翌日、たっぷり靴を飾って楽しんだ後、ミーアはそれを手に取り、今度は履いてみた。キュッと紐を結べば、靴はミーアの足をピッタリと包み込んでくれる。鞣（なめ）した革のしなやかな感触は、実になんとも心地よかった。

「ふむ、やはり、履き心地も上々ですわ」

試しに、部屋の中を歩いてみたり、ジャンプしてみたり、ステップを踏んでみたりする。

靴は、長年履き慣れたもののように、ミーアの足に馴染んでいた。

「うふふ、いいですわ。ああ、とっても素敵。あ、そうですわ！」

そこで、ミーアはポコン、っと手を叩いた。

「よくよく考えれば、わたくしは、来る乗馬大会のために、練習をしておかなければいけないのでしたわね」

ミーアは、新しく買ってもらった服はすぐに着たいし、新しく買ってもらった傘は、早く差したいから、雨が降らないかなぁ、などと思う性格の人である。新しいフォークをプレゼントしてもらった時には、早くケーキが食べたいな、と思う……いや、ケーキは、フォークが古くても食べたいミーアなのである。

それはともかく、ミーアは、せっかくの乗馬靴をすぐにでも使って、馬に乗りたいと思ったのだ。

ミーアは大変に、単純な性格をしているのである。ということで……。

「どこかで馬に乗りたいですわね。良い場所は……」

むろん、帝都の外に遠駆けに出かけたい、などということは言わない。昨日は「殺気を向けてくる者が……」なぁんて、ディオンも言っていたし、遠出は避けるべきだろう。

それに、護衛に負担をかけるのは本望ではない。スッと行って、スッと帰ってくるのが理想だ。

となると、場所は……。

「コティヤール家の前庭ですわね……。あそこが最適ですわ」

皇女たるミーアが頼めば、否とは言うまい。それに、ヒルデブラントは生粋の馬好きである。同好の士に冷たい態度はとらないだろう。

「あとは、そうですわね……。せっかくですし、子どもたちも誘ってあげようかしら……」

良いことを思いついた、とばかりにミーアは笑った。

まぁ、言わずともわかることながら、あえて指摘するならば、別に見せびらかしたいわけではない。決してない。

ただ、子どもたちが退屈していないか、心配だっただけである。

お城にただいるだけでは退屈だろうなぁ、それなら、馬に乗ってる自分の姿を……具体的には真新しい靴を見てもらい、いいなぁ、羨（うらや）ましいなぁ、なんて思ってもらえればいいかなぁ？　と思っただけで。

決して自慢しようとか、見せびらかそうなんて思ってはいないのだ。

純然たる気遣いである。まったくもって見せびらかしたかったわけではない。ないったらないのである！

というわけで、ミーアは早速、パティたちのところへと向かったのだが……。

パティとヤナ、キリルは、白月宮殿の大図書館(ライブラリー)にいた。

さらに、そこにはベルとシュトリナに加え、エリスまでが揃っていた。

「あら、エリスまでおりますのね？　いったいここでなにを？」

「あ、ミーアおば、お姉さま。実は、子どもたちが退屈してないか心配になって、それで、エリスか、さんに、いろいろな話をしてもらっていたところなんです」

ベルは嬉しそうに笑いながら言った。

「はて、いろいろな話……？」

「はい。ミーアお姉さまの、華麗なる逸話をいろいろと……」

「ふむ……逸話……？」

目を向けると、エリスが神妙な顔で頷き、

「ミーアさまの素晴らしい活躍を、細大漏らさずにお話しさせていただきました」

そんなエリスの言葉に、実に嫌ぁな予感がするミーアであったが……。

「それで、今、話していただいていたのは……」

ベルが、頬に人差し指を当てつつ首を傾げてから、

「要約すると、ミーアお姉さまのダンスは、とっても上手いっていう話でしょうか」

「あら、ダンス……まぁ、それでしたら」

ダンスの腕前には、それなりに自信を持っているミーアである。ダンスならば、多少オーバーに、

大陸有数の腕前ぐらいに言われても、それほど困らないはず。

——なにしろ、本当のことですし。それだけならば、まぁ……。

と、納得するミーアである。

……心なしか、ヤナとキリルは、キラキラした目で……そして、パティは……相変わらず、感情の読み取れない顔をしていた。けれど、よく見ると、その細い喉が、一瞬、こくん、っと生唾を飲み込んだように動いた。

——ふむ、あの様子は、わたくしへの尊敬の念を新たにしていると思えばよいのかしら……。まぁ、マイナス感情ではないと思っておきましょうか。

「ところで、ミーアさま、なにかご用で来たのではないのですか？」

きょとん、と首を傾げるエリスに、ミーアは小さく笑みを浮かべた。

「ええ。そうでしたわ。これから馬に乗りに行こうと思うのですけど、子どもたちも一緒にどうかな、と思いまして……」

この時、ミーアは気付かなかった。

自らの祖母に、孫娘ミーアがダンスの達人であると知られることが、なにを意味しているのか……。

過去に戻ったパティがどのように行動するのか……今のミーアには想像すらできないことなのであった。

第三十話　知られざるダンスの秘密

時間は、少しだけ巻き戻る。

「ふぅむむ……」

その日、ベルは朝から唸っていた。

部屋のベッドの上、うつぶせに横たわり……眉間に皺を寄せつつ、悩ましげに唸る、唸る。

ルードヴィッヒから預かった日記を読みつつ、頭を抱える。

「やっぱり書いてない。どういうことなんだろう……」

「ベルちゃん、大丈夫？」

心配そうな顔をするのは、シュトリナだった。

ちなみに、きちんと個室を用意すると言われたシュトリナであったが……ちゃっかり、親友と同室に泊まることで話をつけてしまった。

イエロームーン家で培われた交渉力をいかんなく発揮するシュトリナである。

休暇を満喫するつもりだったベルとしても、お友だちとの相室は望むところであったが……、同時に少々の不安も感じていた。

――リーナちゃん、まだ、ボクが死んじゃったショックから脱してないのかな……？

ついつい、そんなことを思ってしまう。

なんだか朝起きた時、ちょっぴり心配そうに見つめられているし……。それに、今にして思うと、シュトリナがディオンと結ばれたことも、ベルは気にかかっていた。

――もしかして、二度とボクが殺されないようにって……守る力を欲したとか……？

そんなことすら思ってしまうベルである。

「ベルちゃん？」

きょとん、と首を傾げるシュトリナに、ベルは小さく微笑みを浮かべた。

「ううん、なんでもありません。ただ、ボクがここですべきことってなんだろうって、悩んでるだけです」

ベルは改めて、目下のところの問題点に思考を移す。

女帝ミーアの帝位を継ぐ者……それこそが、未来からやってきたベルに期待された役割だった。

女帝ミーアの施策、それを最も間近で、直接、余すところなく目の当たりにすること……。

それは、ベルの権威をなににも増して高めるものだった。

時間転移を経験する予定のベルは、女帝の地位を継ぐ者であると、誰もがみな思っていた。

だから、この過去の世界への転移は、言ってみれば留学のようなものだった。

ミーアのもとで、しっかりとその功績を眺めつつ、ちょっぴり遊ぶ休暇のようなもの……そんなつもりで、ベルはやってきたのだが……。

「ボクの時間遡行(そこう)にも意味があるなんて、思ってもいませんでした……」

突然、指摘された事実。それに驚いたベルは急いでヒントを求めた。のだが……。

「ううん……ルードヴィッヒ先生の日記帳に書かれているかと思ったんですけど……」

ルードヴィッヒの日記帳、それは、極めて有効な世界の観測記だった。

ミーア皇女伝の記述が書き換わったことを知ったルードヴィッヒは、自らの日記帳の記載も容易に書き換わることを予測して、現実で起きた出来事だけでなく、夢で起きた出来事をも、すべて書いてまとめることにしたのだ。

これにより、日記を書いていた時間軸が消え、別の時間軸の流れが主流となった時にも、以前までの記述自体は夢の記録という形で残るのではないか？　と、そう考えたのだ。

だが……。

「ボクのことは、なぁんにも書いてません……。うーん、ルードヴィッヒ先生ならば、なにかヒントぐらいは書いていてくれるかと思ったのに……。うう、やっぱり、ルードヴィッヒ先生、厳しいです」

……ミーアが聞いたら「どこが厳しいんですの!?　大甘ですわっ！」などと、ぷりぷり怒りだしそうなことを口にしつつ、ベルは両手で頭を抱えた。

「うーん……。ボクがすべきこと……というと、やっぱり、パトリシア大お祖母さまのこと、でしょうか……。とりあえず、パトリシア大お祖母さま……、いいえ、パティと仲良くなることが先決かもしれません」

なにしろ、元の時代に戻ってしまえば、パティとは二度と会うことができないのだ。

パティと出会い、話ができるのは、ベルが過去に飛ばされ、同時にパティが未来に飛ばされてきた、この状況しかあり得なかったわけで……。

そこには、いかにも、なにかヒントがありそうな気がする。

ベルの、メイタンテイとしての勘が冴え渡る。

「よし、そうと決まれば……リーナちゃん。これから一緒に、子どもたちと遊びませんか？」

「ベルちゃんとみんなで遊ぶのは大歓迎だけど、なにをして遊ぶの？」

「ううん……そうですね」

ベルは、小さく首を傾げてから、

「ああ……今の時間なら、エリスか……さんが、大図書館でお仕事をしているはずです。いろいろお話を聞くのがいいかもしれません」

かつて、ベルにとっての一番の娯楽は、エリスの書いた物語を読むことだった。それは、今のベルにとっても変わらないことだった。

「早速、子どもたちを誘って行ってみましょう！」

ぴょーんっと起き上がると、ベルは、さっさか部屋を出た。

白月宮殿、大図書館。その一角に、皇女ミーアのお抱え作家、エリス・リトシュタインの仕事場があった。

「小説を書くのに調べ物をする必要があるでしょうし、せっかくですから、ここで仕事をすればいいですわ！」

などと言う、ミーアの一言で、あっさり確保されてしまったスペース。そこは、一人で仕事をするには、いささか広すぎる空間であった。

……実のところこれには、いざという時、リトシュタイン家の人々を連れて、お城に逃げ込めるようにとの、ミーアの配慮があったりする。

ミーアが帝都にいるならば、近衛兵に命じて、アンヌの家族を避難させることも可能だが、セントノエルにいたのでは間に合わない。だから、エリスに会いに来た、という名分で城に入れるように、状況を整えたのだ。

さて、そんな広い仕事場にて……。エリスは急な来客に驚いていた。

「ええと、ベルさま……これは？」

隊長ベルを筆頭に……実質は保護者シュトリナに率いられた三人の子どもたち。パティ、ヤナ、キリルは、初めて見る大図書館に目をまん丸くしていた。

「こんにちは、エリスか……さん。実は、子どもたちが退屈していそうだったので、なにか、お話を聞かせてあげようと思いまして……」

「お話、ですか。確かに、ここにはたくさん本がありますけど……」

っと、エリスは小さく首を傾げた。

白月宮殿の大図書館には、子どもが喜ぶような面白いお話は、ほとんどなかったからだ。けれど、ベルは小さく首を振ってから、

「エリスさんの書いた物語とか、それに、ミーアお姉さまの偉大なる功績のお話を聞かせてもらおうと思ったんです」

それを聞き、エリスの眼鏡が、きらーんっと光った。

「なるほど。ミーアさまの……。うん、それは、とてもいいことですね。そうですね。それでは、初めにミーアさまのダンスのお話をしましょうか」

エリスはそっと眼鏡の位置を直してから話し始める。

「ところで、みなさんは、ミーアさまがとってもとってもダンスがお上手だということは、ご存知ですか？」

「当然です！　ミーアお姉さまと言えば、やっぱりダンス。知ってますか？　ミーアお姉さまが本気で踊ると、宙を舞うと言われていて……」

ぺらぺらっと得意げに語るベル。その話を聞いて、おおー、と驚きの声を上げる子どもたち。キラキラ、目を輝かせるキリルとヤナ。さらには、パティまでもが、興味深そうにふんふん、っと頷いていた。

「うふふ。詳しいですね、ベルさん。それじゃあ、こんなお話はどうでしょうか？　これは、私の姉であるアンヌから聞いたお話なのですが……」

そうしてエリスは話し出す。

帝国の叡智ミーアにまつわる……伝説級の与太話を……。

ところで、ミーアのダンス上手は、別に生来のものではない。

もちろん、もともとそれなりの才覚はあっただろうが、それ以上に大きかったのはやはり日々の鍛練であった。

ミーアに課された練習は、一般的な貴族令嬢に比して、いささか厳しいものであった。けれど、ミーアはお姫さまにはダンステクが必要！　と言われれば「まぁ、そんなもんか……」と疑うことなく受け入れていた。

特に不満もなく、きびしーいレッスンを受け入れてきたわけだが……。その厳しい、きびしーい！　レッスンが、はたして、誰の命令によるものだったのか……。

そして、誰のせいであったのか……？

ミーアは知る由もないのであった。

第三十一話　馬番、ナニカを確信する！

「しかし、ベルが子どもたちの面倒を見てくれているとは思いませんでしたわ」

ミーアは改めて、自らの孫娘ベルを眺めた。心なしか以前より、若干大人びて、お姉さんっぽくなったベル。それが、ちょっぴり心強いミーアである。

「それに、エリスにお話を聞きにきた、というのも、なかなか冴えてますわね。てっきり、あなたのことだから、子どもたちを連れて白月宮殿の中を探検しよう、なぁんてやってるのかと思いましたわ。ふふふ、あなたも成長しますのね」

っと、そんなミーアの言葉にベルは、大人のお姉さんっぽい笑みを浮かべて……。

「ふふふ、当然です。ミーアお姉さま。白月宮殿なんか、ボク、小さい頃に探検しつくしておりますから、今さら探検なんて……」

ドヤドヤァッと胸を張るベルである。ミーアはそんなベルに、ため息混じりに肩をすくめて、

「ああ……やっぱり、あなたには、もっと厳しい教育が必要そうですわね。まぁ、それはともかく……。これからコティヤールのお屋敷に、乗馬の練習に行こうかと思いますけど、あなたたちはどうしますの？」

「はい！　しっかり勉強させていただきます。ミーアお姉さま！」

スチャッと姿勢を正し、生真面目な顔をするベル。

一瞬、はて？　なんの？　などと思いはしたものの……。まぁ、気分がいいから、別にいいか、と思い直す。

こうして一行は、コティヤール侯爵家の屋敷へと向かった。

ちなみに、本日の護衛もディオンと、それに、ゴルカから、皇女専属近衛隊（プリンセスガード）の面々も数名、同行していた。

「東風がご入り用とのことでしたから……」

などと言う馬番ゴルカである。

一方で、アベルは、今日は別行動だった。サフィアスら帝国貴族の青年たちと交流会があるらしい。

——アベルもいずれ、帝国に来てもらうわけですし。今の内から、しっかりとサフィアスさんとも仲良くしておいていただいたほうがよろしいですわね。うん……。

将来の国家運営すら視野に入れた帝国の策士、ミーアは腕組みしつつ頷く。

——それに、デートは時々するから楽しめるもの。たとえ楽しいことであっても、毎日やっていては、飽きてしまうのが世の常というものですわ。

いつでもデートを楽しみ尽くさんとする帝国のエンターテイナー、ミーアは、しかつめらしい顔でうんうん、と頷いた。

「ところで、ミーアお姉さま、その靴は……」

っと、その時だった。目ざとく、ベルがミーアの足元に目を向けた。

「あら、気付きましたのね？　うふふ、そうなんですの。実は、アベルがプレゼントしてくれたものなんですのよ？　どう？　素敵でしょう？」

「ああ、アベルおじ……王子が。はい。とってもよくお似合いですよ」

祖父母の仲良しっぷりに、ニコニコのベルであった。

さて、コティヤール邸についたミーアは、挨拶もそこそこに早速、乗馬服に着替えた。

そうして、屋敷から前庭に出ると、すでにミーアの第二の愛馬、東風が待っていた。

「うふふ、相変わらずですわね、東風」

鼻を寄せてくる東風を、優しく撫でる。っと、東風は高らかに嘶（いなな）きを返してきた。

「ほぉ、それがミーア姫殿下の馬ですか」

声が聞こえてきた方を見ると、ヒルデブラントが馬に乗ってやってくるのが見えた。

「ふむ。典型的なテールトルテュエ種……。月兎馬ではないのですね」

「ええ。セントノエルには、乗り慣れた月兎馬がおりますけれど……。そういうあなたの馬は、どうなんですの？」

「ふっふっふ、我が愛馬、シルバーアローは、テールトルテュエといくつかの駿馬の血を引く混血種です。良い馬だが、しかし、かの月兎馬には、やはり、及びませんね。月兎馬はとても素晴らしい。ミーア姫殿下も、そう思いませんか？」

その問いかけに、ミーアは、しかし、首を振った。

「いいえ。わたくしは、すべての馬を貴重なものと思っておりますわ」

ミーアは、自分を乗せ、自分よりも速く走る存在を、あまねく尊敬しているのだ。

馬車であれ、船であれ、自身を危険から逃がしてくれるものに、貴賤などない。

そして、馬は最後の最後にミーアが頼るべき生命線。

どんな馬であれ、文句を言うはずもないのであった。

「なるほど。それが姫殿下の馬の見方ということですか……。ああ、ところで本日は、普通に馬を走らせるだけでしょうか？」

「といいますと？」

尋ねれば、ヒルデブラントはすまし顔で、馬を走らせる。彼の向かう先には、木で作った障害物が置いてあって……。

ぴょーんっと軽々、それを飛び越えて、ヒルデブラントは笑った。

「てっきりこの、特製の障害物に興味があったのかと思ったのですが……馬が好きならば、ね」

「あら、ヒルデブラント。あなた、わたくしを挑発しておりますの？」

「いえいえ。ただ騎馬王国の民に勝利したというミーア姫殿下であれば、あのぐらいは軽いかと思っただけのこと」

ははは、と笑うヒルデブラントに、ミーアはニヤリと勝気な笑みを返して、

「いいでしょう。ここで引いては、わたくしの名が廃れますわ。行きますわよ、はいよー、東風！」

ミーアに応えるように、東風、再びの嘶き。それから、静かに走りだした。

眼前に、見る見る、木製の障害物が迫ってきた！

近くで見ると思ったよりも、高い。

——あら？　これを飛び越えるのって、結構……。

などと思っている間にも、東風はぐんぐん障害物に向かって加速していき、その目の前で、グッと思い切り地面を蹴った。

「はぇ……？」

一瞬、体が浮きかけて、ミーア、慌てて、両足に力を入れる。手綱を離さぬよう、ギュッと握りしめ……そして！

次の瞬間、着地を決めた東風、想像より大きな衝撃に、体をぐらんぐらんと揺らしつつ、ミーアは懸命に、姿勢の維持に努める。

そうして、東風が、勢いの余韻を殺しているところで……。

――こっ、ここ、こわぁ！

ミーア、思わず震えあがる。

背筋につめたぁい汗が流れ落ちていく。が……。

「わぁあっ！」

パチパチと、拍手をするヤナと、歓声を上げるキリルの姿が見えて……。びっくりした様子で目を見開くパティを見て……ちょっぴり気分が良くなって……。

「ふふふ、このぐらい、軽いですわ」

なぁんて、調子に乗って、片手を振ってみせたりなんかして……。

「ふっふっふ、なかなか、いい気分ですわ。それ、行きますわよ、東風！」

そうしてミーアが障害物を飛び越える様を、静かに……ジッと見つめる者がいた。

……皇女専属近衛隊(プリンセスガード)の馬番、ゴルカだった。

彼は、障害物を華麗なジャンプで飛び越えるミーアを見て……。

「おおっ！」

と、思わず歓声を上げる。それから、なにごとか納得した様子で、うんうん、っと頷いていた。

はたして、彼がなにを思ったのか……。

ミーアが障害物をぴょーんっと飛び越える姿を見て……ナニを確信してしまったのか……？

そんなことは知る由もないミーアなのであった。

第三十二話　平和を嗤う者と、アベルの覚悟

「ふぅ、やれやれ……」

帝都ルナティアの宿屋の一室に、深い深いため息の音が響いた。

ベッドの上にデーンッと倒れこんでから、蛇導師、火燻狼は、目の前のバンダナの男を睨みつける。

「あなた、正気ですかね？　かのディオン・アライアと一戦交えようだとか……」

そう尋ねれば、バンダナの男は不服そうな顔で言った。

「なんだよ？　別に驚くことはなかろうよ。追っ手である狼使いと刃を交え、敵の最強戦力たるディオン・アライアと刃を交える。浜辺の砂を波がさらうがごとく、当たり前のことだ」

「ああ、なんと、蛇らしくもない、単純明快な正攻法。これは、西の海蛇には、巫女姫さまの教えを施す必要がありそうだ。みっちりとね」

嘆くように首を振り、燻狼は言った。

「海の民は、ご存知ないですかね？　城攻めの鉄則。城や砦を攻める際には、まず、その城を陥落

させる必要があるかどうか、よく考えてから始めよ、と」

「ついぞ、『地を這うモノの書』では見たことのない文言だ」

「一般常識の話なんですがね……」

呆れた様子の燻狼に、バンダナの男は鋭い視線を向けてくる。

「ミーア・ルーナ・ティアムーンは殺すべき標的なのだろう？　落とすべき城の最たるものだろうが……」

「仮に殺す必要があるとしても、なにも最も難易度が高いところから攻めなくってもいいってことです。難攻不落の城を攻めるなら、兵糧(ひょうろう)攻めなり、毒を使うなり、火を使うなり、いろいろやり方があるでしょうに。正面から攻め落とすというのは、我々、蛇のやり方じゃあない」

やれやれ、これは、やりづらくて仕方ない……っと、燻狼はため息を吐いた。

「まぁ、いずれにせよ、ここは余計なことはせず大人しくしていましょうや。余計なことをして、帝国の古き蛇たちの邪魔をするのも悪いですし、あいにくと荒事は、好きじゃないんだ。俺は平和主義者なんでね」

「平和……ねぇ」

バンダナの男は、吐き捨てるように言って、首を振った。

「おやおや、そのご様子、平和はお嫌いで？」

まぁ、平和好きな蛇はいないか？　などとつぶやく燻狼に、男は皮肉げな笑みを浮かべた。

「俺の知る限り、その言葉は、現状維持をしたいだけの連中の常套句(じょうとうく)だからな。今、いい目を見てる連中には、そりゃあ、平和が望ましいだろうさ。自分が得をできる仕組みをぶっ壊すような暴力は嫌う。当然だ。だが、踏みつけにされるほうの俺たちが、その言葉を口にするのは、滑稽に過ぎるってもんだろうさ？」

男は、そう言いながら、バンダナを外す。彼の額では、疎外の証、ヴァイサリアンの第三の目の刺青が、静かに虚空を見つめていた。

「なるほど。蛇らしくないと言ったのは取り消さないといけませんねぇ。あなたは、確かに、蛇だ。紛れもなく純粋な蛇だ」

『地を這うモノの書』は、弱者に戦う牙を与えるもの。

踏みつけにされた弱者に、自分たちを踏みつけにするような秩序を破壊せよと、囁く書。

そして、暴力は、最も根源的で、手っ取り早く混沌をもたらす手段だ。が……。

「まぁ、それでも、しばらくは大人しくしてるほうがいいと思いますがね」

「この俺という剣があってもか？」

「はっはっは、我らが巫女姫は狼使いという剣を持ち、ご自身も相当に強いお方でしたが……。哀れ、帝国の叡智の前に潰えて消えましたたゆえ」

よよよっと泣き真似をする燻狼に、バンダナの男は剣呑な目を向ける。

「だが、俺は、あの狼使いより強いと思うが？」

「船の上ではそうでしょうよ。けれど、あの男も馬の上では相当に強いお人でしたよ。だが、かのディオン・アライアは、まったく問題にしなかった。まぁ、あなたが死にたいって言うなら、止めないんですけどね」

と、そこで一度、言葉を切ってから、燻狼はニコリと、どこか人懐っこい笑みを浮かべた。

「あなた、馬駆よりもユーモアがわかる方だ。旅の道連れにはちょうどいいんですよ」

「……そいつはどうも。それじゃあ楽しい雑談代わりに聞いておこうか。巫女姫の蛇導師。邪魔をするなと言うが、帝国内の古き蛇は、なにを企んでいると考える？」

その問いかけに、燻狼は、小さく笑って首を傾げた。

「さてさて……。争乱屋のジェムが浸食したサンクランドの諜報網はすでになく、できることは限られているが……。まぁ、古き者たちには関係ないか。彼らは、我らが動き出すより遥か昔から、帝国にいた者たちですからね」

顎をさすりつつ、燻狼はぶつぶつとつぶやく。俺は帝国内の事情には、それほど詳しくはないのだが……などと前置きしてから、

「まぁ、狙うとすれば、皇女ミーアの仲間たちでしょうがね……。黄色の月は蛇を知る者。古き蛇についてもなにか知っているかもしれないから、狙うには適さない。赤い月はいろいろと突けそうだったが、皇女ミーアが介入している真っ最中。となれば……、懐かしきエシャール殿下を保護する緑の月か……あるいは青の月か。いずれにしても、狙えそうなところはいろいろとありそうなもの。彼らが、近いうちに仕掛けるというのであれば、それを見守るのが我々の役どころじゃないですかね？」

「あくまでも黙って見ていると？」

「本当であれば、混沌をより広げるように努めるのがいいのかもしれませんがね。下手をすると共倒れ。我々の行動が、蛇足になりかねないですからねぇ。蛇は蛇らしく、余計なことはしないようにしましょうや」

「ふん。足の生えた蛇というのも、混沌とした生き物のように見えるけどな」

バンダナの男に言われ、燻狼は愉快そうに笑った。

「はっはっは、やはり、あなたは馬駆より楽しい方だ。ぜひ、もう少し旅の道連れに付き合ってもらいたいですね」


さて……宿屋でそんな会話がなされた翌日のこと。

そして、ミーアがコティヤール邸で、ぴょんぴょん障害物を飛び越えている頃……。

アベル・レムノは、ブルームーン公爵家の、帝都にある別邸を訪れていた。

サフィアスから、交流会に誘われたためだ。

セントノエル学園において、共に生徒会の仕事をした仲であるが、個人的に繋がりがあるわけではなかった。

――これを機に、仲を深めておくのは、ミーアのためにもなるだろう。

通された部屋で、アベルは、今日のホストに頭を下げた。

「今日はお招きいただき、感謝する。サフィアス殿」

「いやいや、お越しいただき恐縮ですよ。アベル王子。こうして、セントノエル学園の外で会うのは、初めてのことだったでしょうか？」

部屋にはサフィアスのほかに、彼と同年代の青年の姿が見えた。全部で五人。恐らくはブルームーン派の貴族の子弟たちだろう。

——ただ交流を深めればいいのか……それとも、サフィアス殿には他の思惑があるのか？

自らに向けられる、観察するような視線をアベルは涼しげな顔で受け止めた。

一人一人と握手をしつつ、アベルもまた、彼らを観察する。立ち居振る舞いは、完璧に礼節をわきまえたもの。ではあるが、隙が多い。握った手のひらも柔らかく、おそらく剣を握ったことがない者がほとんどではないだろうか。

——いや、油断は禁物だな。

アベルは気を引き締めつつ、案内された席に着いた。

「さぁ、それでは、アベル王子の歓迎会を始めようか」

サフィアスの声で、彼の仲間たちも、それぞれ席に着く。

ちなみに、昼間だから、供されるのは紅茶とお菓子だった。

見事な菓子を見て、アベルは、ふと、ミーアに持って帰ってあげたいな、などと思ってしまう。

「しかし、アベル王子、ずいぶんと久しぶりな気がしますね。セントノエルの生徒会の様子はどうですか？」

「変わりませんよ。相変わらず。みな、それぞれにミーアを支え、職務に邁進（まいしん）しています」

そう言うと、サフィアスは、どこか懐かしそうに瞳を細めた。

「ああ……。それは、ふふ、少しだけ羨ましいな。私はもうあそこには戻れないから……」

そうして、しばしサフィアスと旧交を温めつつも、アベルは場の観察を進める。

――サフィアス殿以外からは、あまり歓迎されていないようだな。まぁ、ブルームーン派の貴族たちは、サフィアス殿を皇帝に推したいのだろうから、ミーアと近しいボクに敵意を持つのは当然か……。しかし、昨日、街中で感じた殺意のような強さはないな……。どちらかというと……。

「アベル王子、よろしいでしょうか？」

突然、声をかけられた。ふと見れば、そこで小太りの青年が見つめていた。

――おや、彼は……。

アベルは、その青年に見覚えがあることに気がついた。

――確か、選挙の時にミーアを応援していた……。

「こうして、直接、お話しするのは初めてですが。ランジェス男爵家のウロス・ランジェスと申します。アベル王子殿下。どうぞ、お見知りおきを」

「これはご丁寧に。アベル・レムノです」

爽やかな笑みを浮かべるアベルを、ウロスは睨みつけるように見つめて……。

「アベル王子殿下は、ミーア姫殿下と恋仲とお聞きしましたが……」

その言葉に、一瞬、場の空気が固まる。

突然の踏み込み。されど、アベルは朗らかな笑みでそれを受け止める。

「恋仲……と言えるかはわからないが、懇意にさせていただいています」

「失礼ながら、レムノ王国は、我が帝国より国力に劣る国……、それでも、我が帝国の皇女、ミーア・ルーナ・ティアムーン殿下とご自分とが釣り合うとお思いになっているのですか？」

その無礼な質問に、けれど、アベルは怒りはしなかった。

それが貶（おとし）める目的で発せられたものだったら、怒りを感じたかもしれない。その無礼に相応の報いをくれてやることだって、やぶさかではなかった。

けれど、ウロスの意図は、恐らくそこにはない。

その質問の意図を静かに吟味してから、アベルは思う。

――なるほど、彼は……ミーアのことが心配なのか。

それから、ウロス以外の者たちの顔を見て、アベルは静かに納得する。

ここにいる者たちの警戒心。その理由。

確かに、ブルームーン派の貴族の中には、派閥工作としてミーアに敵対しようとする者もいるのだろう。けれど、ミーアを慕い、好意を持つ者たちもいるのだ。

そして、今日、この場に集ってきている者たちは、恐らく、そのような者たち。

ミーアを支えようとするサフィアスと、想いを共にする者たちなのだ。

――サフィアス殿、しっかりと、ご自分の派閥の把握に努めておられるのだな……。

感心しつつも、アベルは気を引き締める。

なぜなら、目の前にいる者たちは単純な敵ではない。彼らは、いわば、ミーアを守り奉る騎士たちなのだ。

そして、彼らにとってミーアは、紛れもなくティアムーン帝国の姫なのだ。

輝かしい栄光、揺らがぬ誇りなのだ。

そんな、大切な姫君たるミーアの恋人となろうとする者がいる。それも、帝国から遠く離れた、国力に劣るレムノ王国の……しかも第二王子が相手だという。

警戒されても仕方ないことだし、彼らを納得させるのは、ほかならぬアベルの責任なのだ。

――そうだ……。ボクは……ミーアに相応しい者にならなければならない。彼らを納得させられるような……。

静かな闘志を胸に、アベルはウロスに笑みを見せる。

「山を見れば、頂上に登ってみたくなる。星空を見上げれば、輝く月に手を伸ばしたくなる。それが、人というものでしょう？　ウロス殿」

アベルは静かに自らの手のひらを見つめてから、

「今のボクでは、到底、ミーアに相応しいとは言えないだろう。それは自分でもよくわかっている。けれど、ボクは、いつまでも今のボクに甘んじているつもりはない」

グッと拳を握りしめて言った。

「約束しよう。ウロス・ランジェス殿。ボクは必ず、帝国の叡智ミーア・ルーナ・ティアムーンに相応しい男になってみせると……」

その答えに、満足げに頷いて、ウロスは言った。

「なるほど……。アベル王子のお覚悟、しかと見させていただきました。それでこそ、ミーアさまが選んだ方だ。アベル殿下。私も微力ながら、応援させていただきます」

かくて、サフィアス主催の交流会は、和やかなムードで進んでいくのだった。

第三十三話　ミーア姫、全力で波に乗りに行く

帝国の叡智ミーア・ルーナ・ティアムーンの仕事は多岐にわたる。

現在、ミーアは『第二の執務室』で、大切な仕事の真っ最中だった。

第二の執務室……すなわち、白月宮殿『白夜の食堂』である。

――ここで仕事をしてると、お茶がスムーズに運ばれてきますし、時折、気を利かせたどなたかが、お茶菓子を持ってきてくれることもある……。実に良い環境ですわ！

などと、まことにロクでもないことを思いついたミーアは、時折フラッと出没しては、ちまちまと仕事をしていくのだった。

では……そんな場所でしている大切な仕事とは何か？　それは……。

「ミーアさま、今日の晩餐会のメニューをお持ちしました」

「ふむ、ご苦労さま」

そう。夕食メニューチェックである。ミーアにとって、それは、とてもとても大切な仕事なので

ある。

「ほう。黄月トマトのシチューと、三種のキノコの盛り合わせ……。ふむ、さすがは料理長、わかっておりますわね！」

厨房のスタッフから受け取った羊皮紙に目を通し……ミーアは偉そうに頷いた。

「子どもたちにはしっかりと、好き嫌いなく良いものを食べてもらいたいですし……このチョイスはなかなか良いですわ」

特にパティはミーアの祖母である。しっかり健康に育ってもらわなければ、ミーアの今に関わるわけで……。

「ああ、でも、これでは、キリルには少し足りないのではないかしら？　男の子はたくさん食べますし。それに、アベルもお肉が欲しいんじゃないかしら？」

「なるほど。肉料理を追加でございますね。かしこまりました」

「あとは、このデザートの量を倍に……」

「ミーアさま、甘いものはほどほどに、と、料理長からことづかっておりますので……」

厨房スタッフが困り顔を見せると、誤魔化すようにミーアは笑った。

「おほほ。嫌ですわね。もちろん冗談ですわ、冗談。そんな、デザートを増やせなどと、わたくしが本気で言うと思っておりますの？　おほほ」

なぁんてやり取りを終えたミーアであるが、ふと、食堂の入り口から視線を感じる。

「……はて？」

そちらに目を向ければ、いつから見ていたのか、パティがジーッと眺めていて……。

「あ、あら……パティ。どうかしましたの？」

「……あの、キリルがお腹を空かせてるみたいだったから……。なにか食べるものをもらえないかと思って……」

「あ……ああ。そうなんですのね。それでしたら……」

っと、ミーア、厨房のスタッフに目配せ。

「わたくしと同じお茶菓子を子どもたちに。それと、わたくしにもお代わりをいただけるかしら？」

「かしこまりました。ミーアさまに〝お茶の〟お代わりと、小さなお客さまのところにお持ちいたします」

「あら……？　わたくしにも、お茶菓子のお代わりを……あら？」

ミーアの言葉が聞こえなかったのか、さっさと行ってしまう厨房スタッフ。実に優秀である。

微妙に納得いかないものを覚えつつも、ミーアはパティのほうを窺う。

——ふぅむ、パティもお城にだいぶ馴染んできたみたいですわね。それに、楽しそうでなによりですわ。わたくしの『今』を守るためにも、パティにはできるだけ、この世界を好きになってもらわなければなりませんし。それに、蛇から遠ざかっている今だからこそ、心を休めてもらいたいものですわ。

やがて、やってきたお茶菓子に、ほんの少しだけ嬉しそうに顔を綻ばせるパティを見て、ミーアは満足げに頷いた。

さらに、息吐く間もなく次の仕事がやってくる。それは、眼鏡をかけた忠臣の姿をしていた。

「失礼いたします。ミーアさま、今度の乗馬大会の種目なのですが……」

「ああ。ルードヴィッヒ。できましたのね。どれどれ……」

ルードヴィッヒから羊皮紙の束を受け取るミーア。

「ルヴィさまとバノス隊長、それに、馬番のゴルカの意見も取り入れて作りました」

「なるほど……。おお、やはり、ただ競走をするだけではないのですわね」

紙面にざっと目を通せば、途中途中でルードヴィッヒが補足を入れてくれた。

「一番から三番目、それに、メインの慧馬嬢とヒルデブラントさまの勝負は、純粋に速さを競うものにしました。もっとも、同じでは面白くないので、それぞれに距離を変えています。それと、四番、五番目のものは、途中で障害物を飛び越える競走にしています」

「なるほど。おお、この現代五種というのは、面白そうですわね」

「ええ。七番目は馬上弓術、八番目は馬上剣術。そして、九番目の、その現代五種については、兵の訓練を参考にした複合競技にさせていただきました。地上での剣術と馬上剣術、地上での弓術と馬上弓術に乗馬術……。その総合点で競うというのは、私も聞いたことがありません」

「これは、アイデアを出してきたのはルヴィさんかしら？　ふふふ、さすがはレッドムーン家といったところですわね……。良い発想ですわ。ふむ……？」

っと、次の瞬間、ミーアの視線は、最後の種目に吸い寄せられる。

「はて……？　この……ホースダンス（仮）というのは、いったい……？」

「はい。何と書けばよいのか、競技の名前がなかったので便宜上ですが……」

　ルードヴィッヒは真面目な顔で頷いてから、クイッと眼鏡の位置を直して……。

「馬番のゴルカから聞かせていただきました。昨日、コティヤール侯爵邸にて、ミーアさまが熱心に、障害物を飛ぶ訓練を積んでおられたと……」

「ええ……。まぁ、そんなこともありましたけれど……」

　昨日のことを思い出すミーアである。そういえば、調子に乗って、子どもたちの前で、片手離しで手を振ったりしてたなぁ、とか……。何回も障害物を飛んでは降りてを試したなぁ、とか……。

「このホースダンスというのは、そうした障害物を華麗に飛び越えつつ、人馬一体のダンスを披露するというもので。最後のミーアさまは、他者と競い合うのではなく、勝負に参加したすべての者たちを労うような、そのような競技がよろしいのではないか、とのことで、ご提案させていただきました」

　なぁるほど……それは、確かに、乗馬大会の最後に相応しい競技だなぁ……などと他人事のように思うミーアだが……。あいにくと、それは他人事ではなく自分事である。ゆえに、無責任なことは言えない。

　実際、馬にジャンプさせてみて、つくづく思ったのだが、あれはなかなかに大変だ。

　いくつも障害物を連続で飛ばせるのは、それなりに訓練が必要だろうし、あの東風ですら、途中でジャンプを嫌がったこともあった。

ミーアは慌てて羊皮紙をめくっていき、ほどなく「ホースダンス（仮）」なるページを見つける。

そこには、馬場を最大限に使い、各所に障害物を並べた一案が描かれていた。

「おお……こっ、これは……」

「ゴルカが上げてきた、あくまでも一案ですが。会場のどこにいても、ミーアさまの華麗なる乗馬が見られるように、と、障害物を配置させていただきました」

「そ、そうなんですのね……」

ミーア、若干、顔を引きつらせつつ……。

――これ、やるのかなり大変なんじゃ……。なっ、なんとか、いい感じでお断りすることはできるかしら……？

ミーアはすぐさま検討を始め……もしも、自分がこれをしなかった時のことを想像し……改めて、羊皮紙を眺めて……。

――ぐっ、こっ、この熱量はっ！

思わず圧倒される。羊皮紙の上から溢れでる乗馬愛に……。

もしも、ミーアがこのホースダンス（仮）とやらをすれば、どれほど見事なものになるか……。

そんな期待と情熱の滲（にじ）み出る文面に、ミーアは思わずクラァッとする。

さらに厄介なのは、この競技がとてもよくできていることだ。つまり、最初からできないようなものではなく、ミーアが頑張ればギリギリでできそうなラインを攻めていることだった。

例えば城壁を馬で駆けあがれとか、馬で宙を飛べとか言われたら「んな無茶な……」と却下もできるだろう。けれど、このホースダンスは頑張れば、できそうなのだ。

そして、頑張ればできるものを提案されてしまっては、あとはミーア自身の頑張りにかかってくる。

すなわち、これをやらないということは、ミーアが頑張らないことを宣言することに等しい。

——かっ、仮にやらないと言ったら、これを書いたゴルカさんの士気と忠誠が下がること間違いありませんわ……。かといってみっともない乗馬姿を見せても、やはり忠誠は下がるわけで……。

ミーアの目の前に迫るは大波。頑張って乗れば、臣下からの忠誠心も大きく上がるが、サボって沈めば、ダメージは計り知れない。

——うう、お、おかしいですわ。今回、わたくしは、最後のほうにチョロッと出て楽をするはずでしたのに……。なぜ、このようなことに……。

すっかり夏休みを満喫するつもりになっていたミーアは、かつて、ベルに言った言葉が、自らに返ってきたことを悟った。

そう……ミーアの休日も、今日、終わったのだ。

たった今！　終わってしまったのだ！

ミーアは、うぐうう……と小さく唸ってから、言った。

「……ああ、これは、素晴らしい企画を立てていただきましたわ。気合を入れて取り組まなければ、いけませんわね……」

仕方ない。波に逆らうのは、結局、海月ミーアのやり方ではないのだ。

波が来てしまった以上、それに逆らわず、全力で乗るのが、最も楽をする方法なのだ。

こうして、ミーアの特訓が始まった。

第三十四話　ミーア姫、お友だちを語る

乗馬大会が開かれるのは、七日後だった。

それまでの期間、ミーアはできうる限りの練習を重ねていく。完全本気モードだ。

基本的に、後ろから断頭台が追いかけてきている時には、無類の集中力を見せるミーアである。

――もしも、なにかがあって馬で逃げなければいけないのならば、目の前に柵があるからといって、足を止めるわけにはいきませんわ。

そのための事前練習と思えば、ハードな練習もまったく苦にはならないのだ。

そうして、メキメキと「馬の邪魔にならない乗り方」を磨き上げていったミーアは、ついには、乗っている途中で手綱から手を離し、片手を振れるぐらいの余裕を見せるようになっていた。

余裕……あるいは、油断を……見せるようになっていた。

「うふふ、ああ、なんだか馬に乗るの、とっても楽しいですわ！」

そうして練習でたっぷり体を動かし、空腹を癒やすためたっぷり食べて、お風呂でたっぷり汗を流して、たっぷり寝る。

ミーアは、未だかつてないほどに、健康極まる生活を送っていた。そのお肌は、健康そうにつやつやや輝きを増していた。

そんな、ミーアの練習には、大抵、誰かがお供としてついてきていた。

ベルとシュトリナのこともあれば、慧馬のこともあり。

本日は、ヤナたち、三人の子どもたちが一緒だった。

子どもたちは、特に小さな馬に乗るのが楽しいらしく、エンジョイしている様子がよくわかった。

ヤナとキリルはもちろんのこと、パティもちょっぴり楽しそうにしているのは、予想外だった。

――パトリシアお祖母さまが馬に乗れたという話は聞かなかったから心配しておりましたけれど、楽しんでいるならなによりですわ。

ちなみに、ミーアが練習している間、子どもたちの面倒は、アベルが見てくれていた。

優しく手綱を引き、子どもたちを遊ばせるアベル。その姿が、将来の自分たちの家庭を見ているようで……。

――子どもの世話をするアベル……イイですわね！

などと、思わずグッと来てしまうミーアである。

……まぁ、それはさておき。

その日、乗馬訓練を終え、白月宮殿に帰ってきたミーアは、駆け付けひとっ風呂とばかりに入浴。

その後、ホッカホカになった体を、食堂でのんびり冷やしていた。

「あー、お風呂上がりには、冷たいジュースが沁みますわ～」

なぁんて言いつつ、ダーラダラしていると、不意にヤナが歩いてくるのが見えた。その髪が、しっとり湿っているのを見つけて、ミーアはニンマリ、笑みを浮かべた。

皇女ミーアの数少ない贅沢の一つが入浴であることは、宮殿内では周知の事実である。

セントノエルのようには、設備が整っていない帝国において、お湯を沸かして入るというのは、結構な手間。にもかかわらず、毎日、入浴したいなどというのは、紛れもない贅沢であった。

だから、といってはなんなのだが、ミーアは自分だけが入ったお湯をそのまま捨ててしまうのは、もったいないなぁ、と常々思っていたのだ。なにしろ、ミーアのお風呂は、アンヌが用意してくれた浴槽香草（バスハーブ）も浮かんでいる豪華仕様なのだ。一回一回お湯を入れ替えるのは、なんだか、すごくもったいない気がしてしまって……。

かと言って、アンヌに使わせるというのは、少しまずい。いかに専属のメイドとはいえ、そこまでの特別扱いは、却ってアンヌに対する風当たりが強くなる。

かといって、貴族令嬢、例えばシュトリナであったり、他国の王侯貴族であったりの場合には、当然、ミーアの残り湯でというわけにはいかない。それぞれにお湯を用意して、湯浴みできるように手配するのが当然だ。

そんなこんなで、長らく、皇女ミーアの残り湯の使い道は定まらないままになっていたのだが……、三人の子どもたちの存在は、ミーアのそんなもったいない欲求を解消してくれたのだ。

まぁ、そんなこんなで、今日も、ミーアの二番湯に与かった子どもたちである。

――乗馬の後、汗まみれなのは気持ち悪いですし、お湯を有効に使っているようですわね。

髪を拭きつつ、トコトコ歩いてくるヤナに、ミーアは声をかける。

「今、お風呂から出たところですの？」

「あ、ミーアさま！」

ぴょこん、っと飛び上がり、背筋を伸ばすヤナ。それから、小走りに近づいてきた。

手が届く位置まで近づいたところで、ミーアはヤナの髪に触れた。

「ふむ、洗髪薬と香油もしっかり使ってますわね？　うふふ、髪がとても綺麗ですわ」

指先で確かめるように毛先をいじってから、ミーアは優しく微笑んだ。

アンヌがミーア用に、と取り揃えてくれた入浴グッズを、ミーアは惜しむことなく、子どもたちにも使うよう、厳に言い含めてあった。

ケチケチはしない。祖母にも、そのお友だちにも、清潔かつ健康に過ごしてもらわなければ、ミーアが困るのだ。

――セントノエルに帰った時、この子がげっそりしていたら、ラフィーナさまに怒られてしまいますし……。

そういう意味では、この子は、ラフィーナを怒れる獅子にするか、親しみやすい猫にするかの良き指標なのかもしれない。

手厚くもてなそう！　っと気合が入るミーアである。

ミーアに髪を撫でられて、ヤナは、くすぐったそうに笑った。

「あら？　どうかしましたの？　ヤナ」

「……そんなこと、言われたことないですから」

ヤナは、ちょっぴり頬を赤く染めて言った。

「あら、そうなんですのね。それならば、覚悟しておいたほうがいいですわよ」

ミーアは悪戯っぽく笑ってから、

「あなたは、きっと美しい淑女になりますわ。ふふふ、これから、嫌というほど殿方に言われると思いますわよ」

そう言ってやると、ヤナは困り顔で見つめてくるのだった。

「まぁ、それはともかく、帝都はどうかしら？　キリルも退屈しておりませんこと？」

「あ、はい。ミーアさまにこのようにお気遣いいただいて……」

「ふふふ、そんなに堅苦しい言い方をしなくても構いませんわ。そう、退屈していないならばなによりですわ。ああ、そうそう」

っと、そこで、ミーアはパンッと手を叩いた。

「せっかくですし、聞いておきたいのですけど、最近、パティの様子はどうかしら？　あの子も楽しんでおりますの？　乗馬とか……」

そう聞くと、ヤナは一転、表情を曇らせる。

「あら、どうかしましたの？　なにか、気になることでも？」

「えっと……」

ヤナは、少しだけ考え込んでから……。

「馬に乗るのは、楽しんでると思います。でも……」

「でも？」

「弟に会えなくって寂しがってる、と思います。たった一人の家族なんだって言ってたから……」

「そう……」

ミーアは、腕組みして考え込んでしまう。

——弟……そういえば、以前、うなされながら名前をつぶやいていたことがありましたわね。確か、ハンネス、と……。キリルへの接し方を見ていても思ったことですけど、やはり、パティには弟がいたのですわね。

納得感に、深々と頷くミーアである。

——しかし、たった一人の家族ということは、クラウジウス家には、パティの両親がいなかったということかしら？　では、パティの時代のクラウジウス家の当主は……うーむ……。

「あの、これからも、気をつけて、様子を見て、報告するようにします」

キリリ、っとした顔で背筋を伸ばすヤナに、ミーアは優しく笑みを浮かべて、

「ええ。お願い……し……」

瞬間、嫌ぁな予感が背筋を走った。その『予感』はニッコリと微笑むラフィーナの顔をしていた。

——いっ、今のは……いったい……？　わたくしは、なにを危険だと思ったんですの？

刹那の思考。答えはすぐにわかる。

キーワードは「お友だち」だ。

自らの危機感に導かれるままに、ミーアは言葉を組み立てる。

「ヤナ、あなたのその気持ちはとても嬉しいですわ。けれど、わたくしはあなたに、打算でパティのそばにいてほしくはないんですの」

「え……？」

「わたくしのために、パティのことを気にかけてくれるのは嬉しいことですわ。けれど、お友だちであることを二の次にして……パティの心を探るために友だちであることを利用してほしくはない。あなたには、本当の意味でパティの良きお友だちでいてもらいたいんですの」

ヴェールガの聖女ラフィーナにとって「お友だち」というのは、とても大切なものなのだ。

では、もし、その「お友だち」というものを利用して、ミーアが情報収集をしている……などということが知られたら、どうなるか……？

――いい気分はしませんわね。自分の大切な価値観を汚されたと思っても不思議ではありませんわ。それはヤバイ。下手をすると、また「あなた誰でしたっけ？」などと、ラフィーナに言われてしまう可能性だってある。

いや、なまじっか友誼を結んでしまっている以上、さらにラフィーナを傷つけてしまうことだってある……。

――ただでさえ怖い獅子を、手負いにさせてしまうとか……危険極まりないですわっ！

それは怖いし、それ以前にあの笑顔をもう一度見せられるのは精神的にもきつい。

せっかくお友だちになったのだから、このまま仲良しのままでいてもらいたい。

このまま心優しいラフィーナさまのままでいてもらいたいと切に願うミーアである。

「もちろん、友としてパティのことを気遣っていただくのは構いませんわ。それが良きお友だちというものですもの。心配事があれば、遠慮なくわたくしに言ってくれればいいですわ。ただ、わたくしのためになろうとする……その気持ちが強くなりすぎれば、パティと友だちなのかなんなのか、わからなくなってしまうでしょう?」

それから、ミーアはヤナの頭を撫でた。

「ヤナ、あなたの気持ちは嬉しいですわ。だけど、別にわたくしの役に立とうだなんて、考えなくってもいいですわ。あなたがなんの役にも立たなくたって、あなたやキリルのことを、わたくしは決して見捨てませんわ。だから安心して、普通のお友だちとして、パティと接してもらいたいんですの」

ミーアの言葉を聞いたヤナは……なんだか、泣きそうな顔をして、ぽつり、とつぶやく。

「ミーアさま……お友だちって……なんですか?」

「……え?」

「あたしは……友だちとか、いたことがないからわからない、です」

その言葉に、ミーアは思わずハッとする。

そうなのだ、ヤナはヴァイサリアン族……。海賊の末裔と後ろ指を差される彼女には、友だちがいなくっても、当たり前のことで……。

「ああ、そう……でしたわね」

ミーアは自身の迂闊さに舌打ちしつつも、思わず考えてしまう。

——友だちとはなにか……。なかなか、難しいですわ。

されど、話の流れから考えて、適当なことは言えない。ヤナは真剣に質問しているのだ。ここではぐらかしては、パティに悪影響が出るかもしれない。

ミーアはしばし熟考……。自らのお友だちであるクロエを頭の中に思い浮かべて……。

「ふむ……そうですわね。わたくしの考えでは、お友だちとは……相手が大事にしているものを、否定したり馬鹿にしたりせずに、きちんと大切なものとして扱える関係……かしら？」

ミーアとクロエは読書を通じて友だちになった。だが、本の好みが完全に一致しているわけではない。そんなのどこが面白いんだろう？　と思うようなものを、クロエが読んでいたこともあった。

だが、ミーアは決してそれを否定しなかった。クロエもまた、ミーアの好きな本を否定しない。むしろ、自分では手に取らなかったものだ、と、積極的にそれを読み、結果、二人の好みの幅は広がっていったのだ。

「相手とお話しして、相手の大切なものを知って……。そうして、お互いが良い影響を与え合い、お互いの世界を広げあっていける、そんな関係が良いお友だちといえるのではないかしら……って、ちょっぴり難しいことを言ってしまいましたわね」

照れ笑いを浮かべるミーアだったが、ヤナは真剣な顔で聞いていた。なんだったら、メモでも取りだしかねない勢いだった。

「そんな怖い顔をしなくっても平気ですわよ。今までいなかったとしても、これからたくさんお友だちを作っていけばいい。もっと気楽でいて大丈夫ですわ」

そうして、ミーアはヤナの頭を撫でる。パティの良きお友だちとなる、そのモチベーションアップに繋がるよう精一杯、励ましてみせたのだった。

ところで……ミーアは気付いていないことがあった。

それは「お友だち」という価値を大切に扱い、頭を悩ませるぐらいに真剣に向き合うということ……。それは、ラフィーナが大事にしているものを、自分自身も大切に扱うということ……。

特に意識することなく、ラフィーナとも良いお友だちの関係を育んでいることに、まったく気付いていないミーアなのであった。

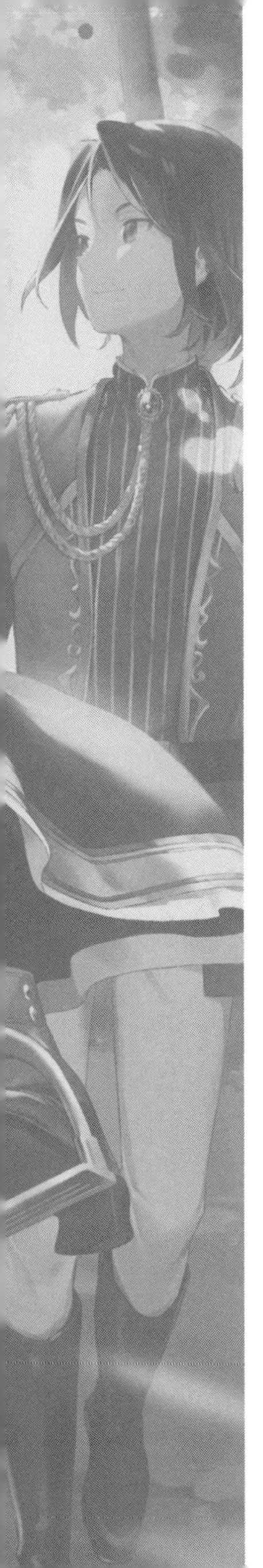

番外編
生徒会食料支援忠義団
～蛇の繁栄を謳歌した少女～

FOOD・NEED・YEOMAN-A GIRL
WHO GLORIFIED THE PROSPERITY OF SNAKE

ティアムーン帝国において皇帝一族および中央の門閥貴族を焼き尽くした革命の炎。

その火から、からくも逃れたばかりか、逆に繁栄を手にした一族があった。

星持ち公爵家で唯一生き残ったイエロームーン公爵家と並び称されるその家の名は、ラガーフェルド子爵家という。

これは、蛇の恩恵を受けし子爵令嬢、ヘンリッカ・ラガーフェルドの華麗なる繁栄と成功の物語。


ヘンリッカの前に、その蛇が現れたのは、彼女がまだセントノエルに入学する前のことだった。

その当時、ラガーフェルド子爵家は、中央貴族とは名ばかりの貧乏貴族だった。

浪費家の当主のせいで財政は破綻寸前で、その解決のため農地を潰し〝画期的かつ革新的な未知の産業〟に活路を見出ださんとするような、実に典型的な帝国中央貴族であった。

そんな状況ではあったが、長い歴史を持つ家柄に、ヘンリッカは誇りを持っていた。

だからこそ、自身がセントノエルに通えそうもないという事実が許せなかった。

「伝統と格式あるラガーフェルド家の娘であるこの私が、セントノエル学園に通えないなんて間違ってますわ！」

などと嘆いてはみても、それで状況が変わることもなく。ただ、鬱々とした日々を過ごしていた。

変化は唐突に訪れた。

ある日、一匹の蛇が彼女の前に現れたのだ。

「おお、嘆かわしい。格式あるラガーフェルド家のご令嬢がセントノエルに行けないとは！」

愛想よく微笑むのは、ジェムと名乗る男だった。

父の客人としてやってきた男は、ラガーフェルド家の人々の自尊心をくすぐるような甘い言葉を弄した後、こんなことを言った。

「ぜひ、我々に、栄光のラガーフェルト家を支援させてはいただけないでしょうか？」

「いや、だが、支援を受けずとも我が家は……」

「無論そうでしょう。されど、ぜひ支援することをお許しいただきたい。そもそもラガーフェルド家が窮地に陥っていることこそが過ちなのです。正しき行いをする御当家がこのような窮状にあることを目にするは、忍び難きこと。なにとぞ」

その言葉は耳に心地よく、ヘンリッカの心に甘く沁み込んでいった。

それは、父も同じようで……。かくて、ジェムの支援を受けて、ラガーフェルド家の財政は持ち直した。それが、甘い蛇の毒であることは、誰も気付いていなかった。

さて、無事にセントノエルに通えることになったヘンリッカであったが、ジェムから奇妙なお願いをされた。

それは皇女ミーアの取り巻きになって、彼女の様子を、聖女ラフィーナやサンクランドのシオン王子に教えること。

ミーアがいかに姫らしく中央貴族を庇護し、威厳を持って下級貴族をしつけているか、つぶさに観察し、その噂を流すこと。

「まぁ！　それだけでよろしいのですか？」

驚くヘンリッカに、ジェムは上機嫌に笑った。

「大事なことですよ。ミーア皇女殿下がどれほど堂々と立派な姿をされているのか、ラフィーナさまたちに示すのです。そうすれば、帝国の威光も高まろうというもの。それができるのは、ヘンリッカお嬢さまだけなのです」

「けれど、ミーア姫殿下はわがままだとも聞きますわ。それをお話ししたらまずいことになるんじゃありません？」

一抹の不安を胸に、そう問えば……。

「もしも聖女さまに咎（とが）められるようなことをしていたら、むしろそれを直してもらわなければならないでしょう。ラフィーナさまやシオン殿下に咎めていただくことが、ミーア姫殿下のためにもなるわけです」

ジェムの言葉は、またしても、甘くヘンリッカの胸に沁み込んだ。

「なるほど、言われてみればもっともなこと。それに、我がラガーフェルド家の援助をしてくださるあなたの言うことですものね」

そうして、ヘンリッカはジェムの指示に従い、ミーアの行動をさりげなく、ラフィーナやシオンに流した。

そのつど、ジェムの〝善意の支援〟はラガーフェルド家を潤した。

正しいことをすれば、その分、家が潤い、父と母からは褒められる。

ヘンリッカは意気揚々とミーア姫殿下の威容を称え、彼女がいかに厳格に、帝国貴族の伝統を重んじて、下級貴族をしつけているかを触れ回った。

ジェムの指示に従い、送られた情報を噂の形として流し続けた。

そうして、一年が経ち、二年が経ち……。

ようやく、彼女は、自分がやってきたことの意味を知った。

険悪な関係を露呈するミーアとシオン、ラフィーナ。その関係はいつしか修復しがたいものになっていた。

次いでやってきた恐ろしい大飢饉の時代。

ルドルフォン辺土伯領に端を発する帝国革命の時代。

激動の時代を、ラガーフェルド子爵家は見事に乗り越えた。否、それだけではない。

ティアムーン帝国とサンクランド王国、ヴェールガ公国を分断するのに一役買ったヘンリッカと、ラガーフェルド子爵家は蛇の恩恵を受けて、勢力を増していった。他の中央貴族家が革命の炎で焼き尽くされる最中も、その繁栄は衰えることはなかった。

その裏で、ヘンリッカはひたすらに、流言飛語（りゅうげんひご）を繰り返す。

ジェムの言葉に従い、ただ教えられた言葉を、指示された人に囁き続ける。

その言葉は強き酒。口に甘く涼やかで、聞く者を泥酔へと誘う。

そうして酔いが醒めるのは、破滅する瞬間で、すべてが手遅れになった後。

ラガーフェルド家は、その隙に、ますます財と権勢を増していく。

成功に成功を結び合わせた、栄光の輪つなぎのような人生。その人生の終わりも見え始めた頃……。

ヘンリッカは、自室の窓から、広大な庭を見下ろしていた。

庭では、今まさにヘンリッカの誕生日を祝う宴の準備が進められていた。

庭の一角では孫たちが、敬愛する祖母を祝うための出し物の練習をしているのが見えた。

彼女の三人の子どもたちも集い、彼女を祝ってくれる予定だった。

刹那、ふと彼女は思った。

『これが、私の幸せだっただろうか』と。

眼下に広がるは、栄光あふれる光景、幸せに満ちた風景。それを眺めつつ……。

「ああ……。とても素晴らしい人生ですわね。繁栄を極めた我がラガーフェルド家は私の誇り」

口に出して、そうつぶやいてみた。

領民から搾取し、革命政府を欺き、同じ貴族を貶める。

そうして手に入れた繁栄。揺らぐことのなき権勢。

それは確かに誇れるもののはずで……そのはずなのに。

胸に生まれた小さな感情。それは、理由のわからない焦燥（しょうそう）。

ジワリ、と生まれた焦りに背中を押されるようにして、彼女は宝石箱を取り出した。

手にした大きな宝石が一つ、二つ、三つに四つ。

そのどれもが庶民はおろか、数多（あまた）の王族ですら手に入れられないような、極めて稀で高価な代物だった。

精緻な意匠をこらした指輪に首飾り、イヤリング。美しいドレスに履き心地のよい高級な靴まで、彼女は何でも持っていた。

屋敷を飾るのは、美しい絵画、遠方の国の細工がされた絨毯に、見事な木材を使った家具、煌々と輝くシャンデリアの絢爛豪華な明かりは、ラガーフェルド家の栄光をより一層、輝かせるものだった。

それら一つ一つを、まるで戦利品のようにして数えながら、ヘンリッカは、ソワソワと歩き回る。

「ああ、幸せ。幸せですわ。私は、間違っていなかった。私は、一度も間違えなかった」

老境を迎えたヘンリッカは、そうして、勝者の笑みを浮かべた。

「大きなお屋敷、ラガーフェルドを飾る美術品、宝石たち、才気溢れる夫。子や孫たちも健康で、我がラガーフェルド家は安泰ですわ」

歌うように、あるいは、天に向かって宣言するように、彼女は言った。

「こんなにも幸せで、怖くなってしまうぐらい。ああ、幸せ。本当に心の底から幸せ」

誰に言うでもなく、ただ自分に言う。言い聞かせる。

……それは祈りだった。

自分が幸せである、幸せであってほしい……という切なる祈りだった。

「私が間違えなかったから、こんな幸せを得ることができた。そういうことでしょう。そうでしょうとも、事実、私は失敗しませんでしたわ」

自分が間違っていなかったと、誰かに、そう保証してほしかった。

いくら高価な宝石を数えても、その確信が持てなかった。

栄光のラガーフェルド家を支える立派な子や孫たちの顔を見ても、その確信は持てなかった。

否……逆に、可愛い孫たちを見るたびに、頭に浮かぶのは、彼女が成してきたことだ。

蛇から言われるがままに、他者を欺き、貶めた。

仕方のないことだった。

言うとおりにしなければ、貶められるのは自分たちの一族だ。

言うとおりにしていれば、約束された繁栄が与えられるのだ。

それなら、選択肢は一つしかない。

ヘンリッカは間違えなかった。間違えなかったはずだ。なのに……。

「ああ、本当に幸せ。間違いのない人生、素晴らしいわね」

幾度も口ずさめば、それが真実になるとでも言うかのように。その確信が得られるとでも言うかのように。

彼女は幾度も繰り返す。幾度も、幾度も、幾度も、幾度も。

「幸せな人生でしたわ。私には、なんの後悔もない。本当に心から誇らしい人生でしたわ」

やがて、その人生が終わる時、ヘンリッカはそうつぶやいて、息を引き取った。

かくて、帝国最後の子爵家、栄光のラガーフェルド家の当主、ヘンリッカ・ラガーフェルドの輝かしき華麗なる人生は幕を下ろした。

かの商人王シャローク・コーンローグにも引けを取らぬとまで言われた富と繁栄によって飾られた人生が、はたして、その言葉どおり幸せなものであったのかどうかは、本人以外……否、本人ですらわからぬことだった。


そして、時間は流転して。


ミーアは、その年、生徒会長任期三年目を迎えていた。

歴代の生徒会長の中でも、これは、なかなかの長期政権といえた。まして、同世代に公国の聖女ラフィーナがいることを思えば、それはまさに奇蹟的な状況といっても過言ではなかった。

さて、そんな三年目であるが、ミーアは生徒会の人事に少しだけ工夫を凝らしていた。それは、

「ラーニャさんを、ぜひとも巻き込んでおきたいですわ」

これである。というのも、ミーアの脳内カレンダーにおいては、いよいよ、大飢饉の時期が到来しようとしていたからだ。

今年の夏、そして来年、その次も……。収穫はさらに下がっていくはず。そのための備えはしてきたが、やはり対策はより綿密にしておきたい。

「ペルージャンの姫であるラーニャさんとも緊密な連携が取れるようにしておきたいですわ」

こうして、ラーニャを生徒会に迎えたミーアは、人的に万全な体制を整えたのだった。

さて、生徒会の中でも、とりわけ食料事情に通じているのは、農作地に詳しいラーニャとティオーナ、そして、流通経路に詳しい商人の娘、クロエだった。

ミーアネットに関しても重要な役割を果たすこの三人は、それぞれがミーアになにを期待されているかをしっかりと自覚していた。そのため、積極的に自分たちの知恵を出し合う、話し合いの機会を持つようにしていた。

いつしか彼女たちは、生徒会・食料支援忠義団（Food・Need・Yeoman）と呼ばれるようになり、食料関連の課題は、彼女たちを中心に話が進められるようになっていった。

その日も、食料支援忠義団（Food・Need・Yeoman）、通称、F・N・Y団の三人は、迫りつつある食料危機に対しての意見交換を行っていた。

「ミーアさまが提唱された〝パン・ケーキ宣言〟は、やはり素晴らしいと思います。食料支援を進めるうえで、欠かすことのできない理念だと思います」

自らの胸にそっと手を当ててティオーナは続ける。

「あの理念を実践するために、私は全力を尽くそうと思っています」

ミーアが蹴り飛ばした歴史において、ルドルフォン辺土伯は、民衆に食料を無償で分け与えた人徳の人であった。その娘であるティオーナもまた、その思考は、純粋な善意に偏りがちなところがあった。

一方で、それを聞いていたクロエは眼鏡の位置を直してから、おもむろに口を開いた。

「そうですね。あの考え方はとても素晴らしい、理想だと私も思います。でも、善意によるのみでは、難しい局面があるように思うんです」

商人の娘、クロエにとって善意に基づく口約束というのは、信ずるに足りぬものだった。人の心は移ろいやすく、その言葉もまた違えるのに易きもの。だから……。

「食料を支援するのは、もちろんです。そこには条件を加えるべきではないとも思います。でも、〝次に他国が窮状に陥った時には協力する〟という約束は、書面にして残しておく必要があるのではないでしょうか？」

大切なことは文書にし、いつでも読み直せるようにしておくのが肝要。契約書を重んじる、商人の視点がそこにはあった。

いざという時、言った言わないの水かけ論にならないように、きちんと書面にしておくのは、とても大切なことなのだ。

そして、色々と約束を踏み倒された経験のあるティオーナも、ラーニャも、クロエの言葉には深く同意するところがあった。

「それならば、いっそのこと農地を借りる契約もセットで入れておくのはどうかな？」

明るい声で提案するのは、この場の最年長、ラーニャ・タフリーフ・ペルージャンだった。

「農地を取り上げるということでしょうか？」

「いいえ。協力をお願いするということ。ミーア学園で新種の小麦を開発していることは、知っていますよね？　その小麦を植えられる農地を、色々なところに確保したいと思って」

ラーニャの提案に、クロエが眼鏡を輝かせた。

「なるほど……。借りた農地の様子を視察する名目で人を送ることができれば、その地の収穫量の大まかな情報も手に入る……。いいかもしれませんね」

「ラーニャ姫殿下のご提案、私もいいと思います。素晴らしいお考えだと思います」

「えー？　そ、そうかな。それほどでも……」

二人からのあまりの褒められっぷりに、ちょっぴり照れくさそうな顔をするラーニャであったが、ティオーナはとても生真面目な顔で続ける。

「ミーアさまの〝パン・ケーキ宣言〟は私たちが誇りを持って生きるための道を示すものだと、私は思っています」

どこか厳粛な言葉に、クロエとラーニャは小さく息を呑んだ。

「そして、クロエさんとラーニャ姫殿下によって作られた契約書は、ミーアさまの道に誘うために有益なものに思えます。困窮した人たちを助けることを約束させ、そのための方法を事前に用意させておく……そういうものなのだと思ったんです」

「そう言ってもらえて、少しだけホッとしました。弱みにつけ込むことになるから……反対されるかって思ってたんですけど……」

苦笑いを浮かべるクロエに、ティオーナは首を振ってみせた。

「いいえ、私たちは弱い者です。その瞬間は恩を感じ、いつか返そうと思っても、なかなかその気持ちを持ち続けることはできません。そして、安易に通りやすい広い道に流されていく。良いことをしたいと思ってもそうはできない。自分の領地だけが、自分たち貴族だけが富めば良い、とそんな考えに流されていきます。だからこそ必要なんです。ミーアさまの示された道を歩く、仲間を増やしていく仕組みが……」

っと、そこで、ティオーナが照れ笑いを浮かべた。

「すみません。なんだか、偉そうなことを言ってしまいました」

そんなティオーナを見て、ラーニャとクロエは、顔を見合わせた後、小さく吹き出すのだった。

一方、生徒会室でF・N・Y団の面々が盛り上がっている頃、ミーアは廊下を歩いていた。

自国の飢餓対策を整え、生徒会の陣容にも万全を期したミーアであったが、実は一つだけ気になっていることがあった。それは……。

「問題は、貴族というやつが見栄っ張りなことですわ。手遅れになるまで、自領の窮状を黙っているということも考えられるわけで。その辺りの情報収集は四大公爵家にお願いしたいところですけど……」

卒業していった三人の星持ち公爵令嬢・令息に期待したいミーアであったが、さりとて、他人任せにばかりもしていられない。

ことは、破滅へと直結するような重大事なのだ。

「むしろ、セントノエルだからこそ、見つけやすいということもあるはずですわ。まぁ、中央貴族はプライドが高い分、おだてればすーぐペラペラしゃべりますし、やりようですわね」

そんなわけで、日夜、変わった様子の生徒がいないかどうかを注視する眼力姫と化しているミーアである。

そんなミーアの視界の中に、ふと一人の少女が入ってきた。手紙を手に、ソワソワと歩き去る少女。その顔色は、あまり良くない。

「あら、今のはヘンリッカさんではないかしら？」

ミーアは小さく首を傾げた。

ラガーフェルド子爵令嬢のヘンリッカは、入学当初、ミーアの取り巻きをしていた一人だった。

そういえば、最近は全然見なかったし、二年時の生徒会選挙の時にも、ミーア派の中には姿がなかったかもしれない。

「アンヌを重用するのが気に入らないからと離れていった方もおりますから、取り巻きをやめたこと自体は問題ございませんけど……あの様子、気になりますわ」

大きく一つ頷くと、ミーアは静かに、かつ迅速に動きだした。

実家から届いた手紙を一読し、ヘンリッカは深いため息を吐く。

そこに書かれていたのは、財政的窮状と、なぜ、ジェムの指示を聞かなかったのか、という、幾度目かの叱責（しっせき）だった。

「お父さまは、ご自分がなにをせよと言っているのか、わかってないのですわ」

セントノエル学園に来た当初、ヘンリッカはジェムの言うとおりに行動しようと思っていた。彼のおかげで入学できたのだし、そうするのが正しいことと思ったからだ。

けれど、わがまま姫という評判に反して、ミーアは悪いことはなにもしなかった。

辺境の貴族にも平民にすら分け隔てなく接するその姿勢は、むしろ、中央貴族のヘンリッカからすると違和感すら覚えるようなもので……。

――これを噂で流しても、帝国の姫の威光を伝えることにはならないのではないかしら？

などと首を傾げる日々が続いた。

そんな時、ジェムからの新たな指示書が、ヘンリッカの背筋を冷たくさせた。

「ミーアの罪をでっちあげて、悪評を流せ」

いつもと同じ、ヘンリッカの心をくすぐるような甘い文面ではあったが……そこに書かれていたのは、恐るべきことだった。

ヘンリッカは、その指示に従わなかった。ミーアの行動をそのまま伝えるのならばともかく、やってもいないことを噂として流すことは、悪意を持った完全なる虚偽だからだ。

「別に断ってもいいですが……、ご実家が困ったことにならなければいいですけどね」

最後に会った時、ジェムは脅すように睨みつけてきた。その顔を見て、ヘンリッカは目が覚めたような気がした。

さらにラフィーナやシオンの人柄を知るにつけ、彼女は自分がなにをしようとしていたのかがわかってきた。

「私は、ミーア姫殿下と、あのお二人との仲をこじれさせようとしていた、ということですの……」

それに気付いてからというもの、ヘンリッカはミーアと距離をおいた。自分がしようとしていたことが、バレてしまうかもしれない。それが恐ろしかったのだ。

——もしも知られれば、きっと許してはいただけないはず……。

ほどなくジェムからの指示は届かなくなった。そして、ラガーフェルド家は、再び落ちぶれた。最近では、食料不足が深刻化し、困窮が広がっていた。

けれど、ヘンリッカにはどうすることもできなかった。

ジェムにこちらから連絡を取るのは難しいし、仮に連絡が取れたとして、今さら彼の指示に従う気もない。

仮に、ラガーフェルド家の繁栄が得られるとしても、それはしてはいけないこと、と……彼女の心のどこかが告げているのだ。

「はぁ……手詰まりだわ」

っと、彼女がため息を吐いた、まさにその時だった。

「ヘンリッカさん、少し、よろしいかしら？」

その声に、彼女は跳び上がった。慌てて振り返れば、そこに立っていたのは、

「みっ、みみ、ミーア姫殿下……」

ミーアは、小さく首を傾げつつ、こちらを見つめていた。

「ご機嫌よう、ヘンリッカさん。どうかなさいましたの？　顔色が、少し優れない様子ですけど……」

「別に大したことはありませんわ。ただ少し、気分が優れなかっただけで……」

「まぁ、そうなんですの？　でも、無理はいけませんわ。あなたは栄えある帝国子爵家。それも、我が帝室を長年にわたって支えてきた中央貴族の令嬢ではございませんの？　わたくしで助けられることがあれば、素直に言っていただきたいですわ。例えば、そう、ラガーフェルド領の農作物の収穫が悪いとか、食料不足で飢饉が起きそうだとか……」

「なっ……ど、どうして、それを……っ⁉」

驚愕に目を見開くヘンリッカに、ミーアは優しい笑みを浮かべる。

「もちろん、わかりますわ。あなたは、わたくしの大切な臣民なのですから……」

「う……うう、ミーア、姫殿下……」

思いもかけぬ優しい言葉に、ヘンリッカはあっさりと陥落した。

ウルウルと瞳を潤ませつつ、ぽつり、ぽつりとヘンリッカは語りだした。

ジェムという男のこと。自分がさせられそうになっていたことを……。

すべてを聞き終えた後、ミーアは静かに口を開いた。

「……なるほど。そういうこと、でしたのね」

ヘンリッカは、思わず身をすくめる。裏切り者！　と叱責されるのを恐れたためだった。けれど、ミーアの口調は、あくまでも穏やかだった。

「よく話してくれましたわね。ラガーフェルド家とその領民が苦しんでいること、見過ごすことはできませんわ。すぐにでも支援をしなければなりませんわね」

その言葉に、ヘンリッカは驚愕する。

「ミーアさまは、私を、お許しくださる……と？」

その問いかけにミーアは……ただ黙って、何事か考えているようだった。

が……実のところ、ミーアの胸の内は……怒りの炎で燃えていた！

――ぐ、ぐぬぬ。なるほど、そういうことでしたのね？　わたくしの悪い噂をシオンやラフィーナさまに……。くぅ！　許したくないのはやまやまなのですけど、飢饉が一度起きればラガーフェルド領だけではでとどまらないでしょうし……。

場所的にはルドルフォン辺土伯領も近いし、ベルマン子爵領は隣だ。プリンセスタウンも、ミーア学園にも累が及ぶかもしれない。

――それに、なんだかんだで、ヘンリッカさんは顔見知り。見捨てるのは少々気が引けますわね。

素直に告白してきたわけですし、過剰な罰を与えるというのも……ならば！

ミーアは、厳かな表情で告げる。

「いいえ、許しませんわ。あなたには、罰を与えますわ」

「罰……？」

ごくり、っと喉を鳴らすヘンリッカに、ミーアは沙汰を言い渡す。

「あなたは、ティオーナ・ルドルフォン、クロエ・フォークロード、ラーニャ・タフリーフ・ペルージャンの三名に、食料支援についての指示を仰ぎなさい」

中央貴族の子女にとって、辺土貴族であるティオーナに指示を仰ぐのは屈辱のはず。同じく、ラーニャは、自分たちが見下す農業国の姫、クロエは爵位を金で買ったと蔑(さげす)まれている商人の娘である。

いずれも、ヘンリッカが頭を下げたくない者たちのはずだった。ゆえに、

「あなたの家、ラガーフェルド子爵家の誇りを守りたいというのならそうしなさい。これが、わたくしの罰ですわ」

その言葉を聞き、ヘンリッカは唇を噛みしめ、それでも深々と頭を下げるのだった。

かくて、ヘンリッカは、F・N・Y団が作った契約書に署名をすることになった。

食料を支援してもらう代わりに、農地を提供すること、そこで新種の小麦を育てること、そして、どこか食料不足の地域が出た時には、躊躇なく保有する食料を供出するということを誓ったのだ。

月日は、流れ、巡りゆく。

その日、女帝となったミーアは、かつての学友ヘンリッカの訪問を受けていた。

「ご機嫌麗しゅう、ミーア陛下」

「しばらくぶりですわね、ヘンリッカさん。変わりはないかしら？」

互いに老境を迎えた二人ではあったが、笑みを交わし合うその様は、かつての学友同士の親しげなものだった。

不意に訪れた沈黙、その後、ヘンリッカは口を開いた。

「ミーア陛下、覚えておられますか？　私に与えられた罰のこと……」

「ああ……。そんなことも、ございましたわね」

昔を懐かしむように瞳を細めるミーアに、ヘンリッカは頬を膨らませてみせた。

「あの時、私は屈辱のゆえに陛下をお恨みしましたわ。また、あの契約書を見た時、馬鹿げた内容に眩暈(めまい)がしそうでしたわ。けれど、すぐに思い直しましたわ。ミーア陛下に助けを求めたことも、与えていただいた罰を素直に受け入れたことも、決して間違いではなかったと」

帝国の叡智ミーアの示した道は、ヘンリッカにとってとても狭く、歩きづらい道だった。

実際、もっと狡猾(こうかつ)に振る舞えば、ラガーフェルド家は、今より大きくなっていたかもしれない。支援など無視すれば、より巨大な財を溜め込むことだってできたかもしれない。その誘惑は大きく、ゆえに自らを縛り律するあの契約書は、とても貴重なものだった。

「ありがとうございます。陛下。私は、私の歩いてきた道を誇らしく思っていますわ。たとえそれが自ら選び取ったものではなく、陛下によって無理やりに導き入れられた道であっても……。私は、素晴らしい人生を歩むことができた。子や孫たちに誇ることのできる、素晴らしい人生でした」

静かに語るヘンリッカに、ミーアは悪戯っぽい笑みを浮かべた。

「ふふふ、そう思っていただけたなら何よりですけれど、まだ、老け込むのは早いのではないかしら？　まだまだ、わたくしたちの素晴らしい歩みは、続いていくのですから」

そうして、二人の老女は、かしましくもお茶会を楽しむのだった。

かくて、ヘンリッカ・ラガーフェルドの人生は続く。

平凡な、帝国の子爵家の当主として、また、女帝ミーアの友として。

彼女がその人生の最期にどのような言葉を残すのか……。

それが、自分が間違っていなかったという勝利の宣言なのか、それとも、ただ愛しい人たちに残す、凡庸で、満ち足りた愛の言葉なのか……。

今はまだ誰も知らない。

ミーアの乗馬練習日記
（後のランチ）

Mia's DIARY of Horse-riding Practice (After Lunch)

Tearmoon Empire Story

なんの因果か、乗馬大会に出場することになってしまいましたわ。

まぁ、せっかくですし、これも日記につけて、記録に残しておくことにいたしましょうか。

ということで、乗馬練習と、ついでにランチの記録を日記につけておくことにいたしますわね。

七つ月　二十日

今日は、東風と障害物の跳び方を研究する。あまり障害に近すぎると足が引っかかるので注意が必要。ちょうどよい距離を検討する。

ちょうどよいといえば、今日のお昼に食べたサンドイッチはなかなか。

運動後に、ちょっぴり塩辛い干し肉とフレッシュな葉物野菜のシャキシャキ感が素敵だった。

相変わらず、料理長の腕前はパーフェクト！　☆五つ

七つ月　二十一日

ちょっぴり筋肉痛だけど、時間がないので今日も訓練。

障害物への角度の調整が難しい。真っ直ぐに入ると上手く跳べることが多いが、少し角度がきつ

くなると、いかに東風でも、足を止めてしまうことが多い。

たっぷり練習した後の今日のランチは、ターコースだった。ペルージャンが懐かしい。

ピリ辛なソースと、肉汁たっぷりのお肉がベストマッチ。文句なし。思い出の分も味に上乗せされてとっても楽しめた。☆五つ

七つ月　二十二日

今日のランチは、キフィッシュという、パイ生地に燻し紅魚（スモークルージュサーモン）をのせたものだった。パイというと甘いものというイメージがあったが、とても美味しかった。
紅魚（ルージュサーモン）の脂（あぶら）がのっていて、こってりしたお味がパイ生地とよく合っていた。☆四つ
東風ともだんだんと息が合ってきた感じ。心なしか、ジャンプまでの動作もスムーズになってきたように思う。

七つ月　二十三日

今日は、パティとヤナ、キリルも一緒にランチ。サンドイッチの中身をたくさん用意して、自分

で具材を選べるように楽しい工夫がされていた。さすがはアンヌ！

ちなみに、パンの形は馬の顔の形をしていた。さすがはアンヌ……と思ったけれど、どうやら、耳の形がいまいち納得がいっていない様子。

中身をたくさん挟みすぎて、食べた時に、ズレて飛び出してしまった。失敗。

でも、笑顔が絶えないランチタイムだったから、よしとする。☆五つ以上。

練習もはかどってよかった。

七つ月　二十四日

今日のお昼は、ピッツァルナティアーナだった。

とろーりとろけるチーズたっぷり。トマトソースたっぷり。帝都名物のピッツァはカリカリ、サクサクでとっても美味！

焼き立てピッツァをお外で食べるのは、最高の贅沢なのではないだろうか。

料理長の工夫が嬉しい一品だった。☆五つ

妙ですわね。乗馬記録のついでにランチの記録をつけていたはずですのに、途中からランチの記録のついでに、乗馬記録をつける感じになっておりますわ。これでは、まるで、わたくしが食いしん坊みたいに見えてしまいますわ。まったく、この謎の現象はいったいなんなのかしら……？　今度ベルに聞いてみたほうがいいのではないかしら。こう、未来を揺るがす、謎の事象の兆候だったりしたら大変ですわ。

それはともかく、本番までに頑張ってホースダンスをものにしなければなりませんわね。無様な姿は見せられませんし、ルヴィさんのためにも頑張らねばなりませんわね。

しかし、パティが楽しそうにしているのはよかったですわ。この調子で健康的な環境で心身を育んでいければ……少なくともこちらの時代にいる時は、たっぷり遊んでもらうのがよろしいですわね。

あとがき〜後悔or悔い改めの物語〜

こんにちは。お久しぶりです。餅月です。十三巻、お楽しみいただけたでしょうか？

今巻と合わせてＣＤドラマの第二弾も発売になっております。あのキャラに声がついていて、おお！　っと盛り上がっています。そちらもぜひお楽しみいただければ幸いです。

さて、以前こんな話を聞いたことがあります。「後悔」と「悔い改め」とは違う、と。後悔は過去を振り返り悔いること。対して、悔い改めは誤った道から方向転換すること。

後悔は過去に縛られ足を止めることであるのに対し、悔い改めは方向を変え、歩み続けていくものである、と。

今回のバルバラの顛末は、そんなことを考えながら書いていました。

そして、意識していませんでしたが、ミーアという人は前世を後悔しても、そこで立ち止まらず、きちんと道を改めて歩みだしているのだなぁ……なんて思うと、さすがは帝国の叡智……などとつぶやいてしまいそうだから、大変です。

恐るべきは帝国の曇り眼鏡といったところでしょうか。

ミーア「あら……？　これは、わたくし褒められているのかしら？」

ベル「当たり前じゃないですか。ミーアおば、ねえさま。前向きだって褒めてますよ。そんなことより、なんと、ボクにも声がつきました！」

ミーア「ああ、例のCDドラマですわね。いろいろインタビューで聞かれましたけれど……まぁ、大したことは話してませんし、大丈夫ですわよね。どうも、油断するとすぐトンデモない方向に皇女伝が逸れていくのですけど……また、わたくしが空を飛んだりすることになっていないか、心配ですわ」

ベル「そうですね。ボクもチェックしないとって思ってました。そもそも飛べるのって、月光ダンスが上手くいった時だけですし、そこは正確に書いてもらわないと」

ミーア「……アンヌとエリスにはしっかりとお話ししておかないといけませんわね」

ここからは謝辞です。

Ｇｉｌｓｅさん、ありがとうございます。馬が相変わらず美しい。表紙を額縁に入れて飾りたい！

担当のＦさん、もろもろお世話になっております。今後とも、よろしくお願いいたします。

家族親族のみなさまへ。いつも応援並びに草の根の宣伝活動をありがとうございます（笑）。

そして、この本を手に取ってくださった読者のみなさま、感謝いたします。これからもミーアの頑張りを応援していただけると幸いです。

姉妹の会話

ティアムーン帝国物語13巻お買い上げありがとうございます！

もじゃみず

恋を賭けた――
乗馬大会（ミーアピック）が
始まる！

…って、いろいろ想定外ですわ！
ミーアさまぁ…！
ドラマCD
第2弾
好評発売中！
ティアムーン帝国物語XIV
断頭台から始まる、姫の転生逆転ストーリー
2023年秋発売！
TEARMOON EMPIRE STORY
餅月望——著
Gilse——イラスト

ティアムーン帝国物語
小説
第14巻
2023年 秋
発売!
シリーズ累計
120万部
突破!
(紙+電子)
TVアニメ放送開始!
帝国物語
餅月 望 ― 著
Gilse ― イラスト
式HPへ!
原作HP
TVアニメHP

Comics
ティアムーン帝国物語
ティアムーン帝国物語
ティアムーン帝国物語
ティアムーン帝国物語
ティアムーン帝国物語
コミックス
第⑥巻
2023年
4月15日
発売！
漫画：杜乃ミズ
2023年10月より
MBS・TOKYO MX・BS11にて
ティアムーン
断頭台から始まる、
姫の転生逆転ストーリー
詳しくは公

リーズ累計100万部突破！（紙＋電子）

NOVELS

原作小説第24巻
2023年
7月10日発売！

寄宿士官学校の留学生――
異国の姫君が誘拐された!?
ペイスと学生たちによる
事件解決策とはいかに……？

※23巻カバー
イラスト：珠梨やすゆき

COMICS

漫画：飯田せりこ

コミックス1～9巻
好評発売中!

JUNIOR BUNKO

イラスト：kaworu

TOジュニア文庫第1～2巻
好評発売中!

原作最新巻

第⑦巻

イラスト：イシバシヨウスケ

コミックス最新巻

第③巻

漫画：中島鯛

好評発売中!!

ほのぼのる500

著者シリーズ累計 **90万部突破!**

（電子書籍含む）

原作最新巻

第⑨巻

2023年6/10発売!

イラスト：なま

コミックス最新巻

第⑤巻

2023年6/15発売!

漫画：蕗野冬

※4巻書影

TVアニメ化決定!

は

The Weakest Tamer Began a Journey to Pick Up Trash.

ゴミ拾いの旅を始めました。

（宝島社刊）
『このライトノベルがすごい！2023』
単行本・ノベルズ部門
第1位
殿堂入り
詳しくは原作公式HPへ
tobooks.jp/booklove

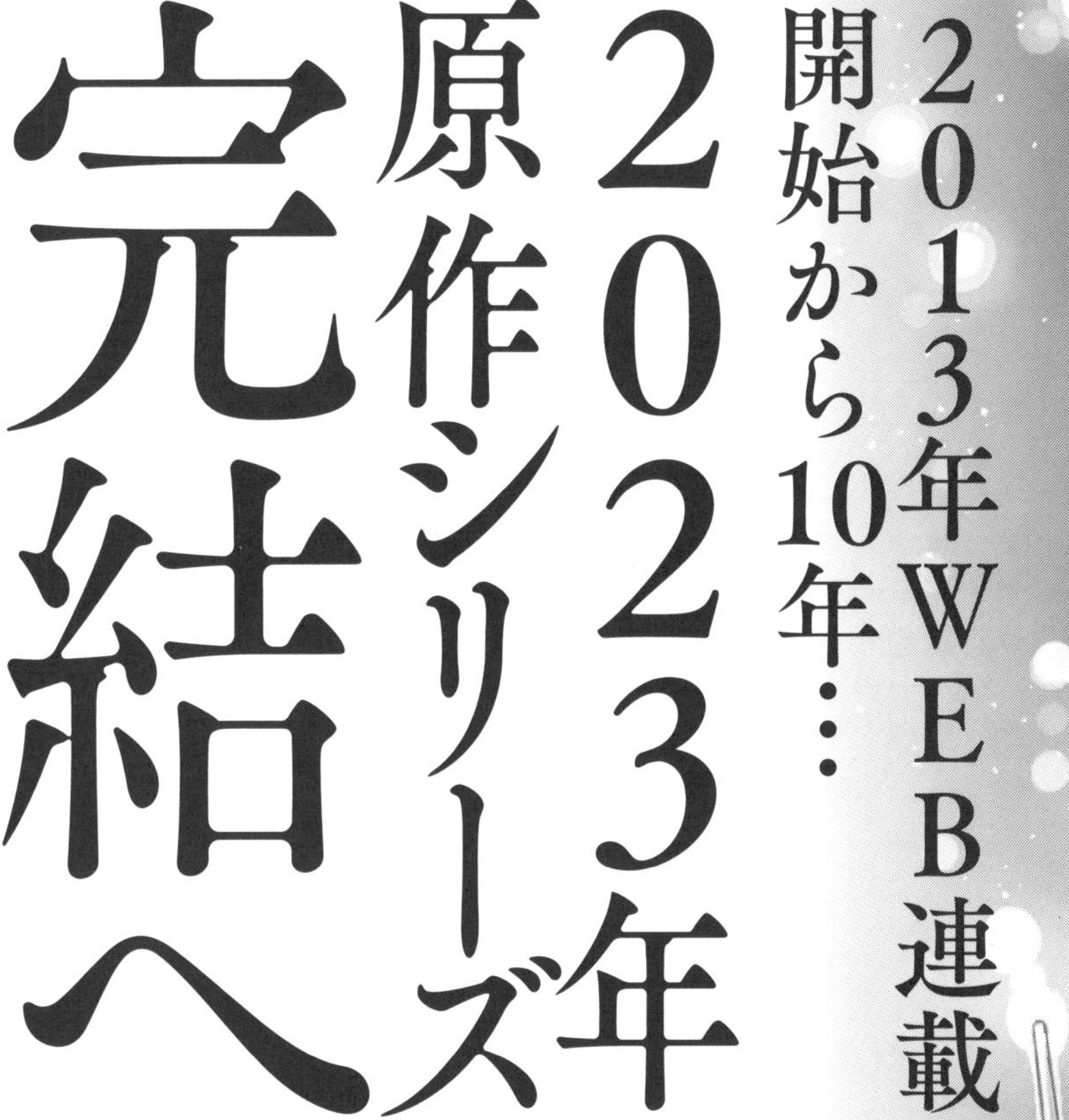
2013年WEB連載
開始から10年…
2023年
原作シリーズ
完結へ

（第13巻）
ティアムーン帝国物語XIII
～断頭台から始まる、姫の転生逆転ストーリー～

2023年5月1日　第1刷発行

著　者　餅月 望

発行者　本田武市

発行所　TOブックス
〒150-0002
東京都渋谷区渋谷三丁目1番1号　PMO渋谷Ⅱ　11階
TEL 0120-933-772（営業フリーダイヤル）
FAX 050-3156-0508

印刷・製本　中央精版印刷株式会社

ISBN978-4-86699-804-6